KB118295

개밥바라기별

문 학 동 네
한국문학전집
0 0 2

황석영
장편소설

개밥바라기별

문학동네

젊은 시절 언제나 아들의 귀가를 기다리시던
어머니께 이 책을 바칩니다.

차례

1

그해 겨울에 나의 베트남 파견이 결정되었다.

처음에는 내가 전출간 대대가 베트남 증파부대로 정해진 것을 까맣게 모르고 있었다. 얼마 안 가서 우리 대대는 전원이 정글전 특수학교에 입교하도록 결정이 났다. 훈련이 끝난 뒤에 우리가 어디로 향하게 될지는 뻔한 일이었다. 나는 별로 억울하게 생각하지도 않았다. 오히려 나 자신을 어디엔가 막연하지 않은 데다 걸어볼 좋은 기회라고 여겼다. 죽거나 아니면 살아남거나 둘 중의 하나였으니까.

전투교육이 끝나고 마지막 군장검열이 있고 나서 장교와 하사관 들은 사흘간의 특박을 받았고 사병들은 하루 동안의 외출만 허락되었다. 높은 놈들은 집에 가고 아랫것들은 나가서 술이나 퍼마시라는 소리였다. 나는 동기생인 특교대의 행정병에게 정확한 출동날짜를 물었다.

다음주 월요일 새벽이야. 그날 아침 여섯시에 출동사열을 받으면 된다.

이어서 그가 속삭였다.

네 기록카드는 벌써 베트남의 여단본부로 넘어갔다구. 이젠 여기서 소속두 없어졌는데 전쟁터에 가기만 하면 되지 않겠냐? 하여튼 일요일 밤까지는 지구가 두 쪽 나두 돌아와야 해.

동기생 행정병은 장교나 하사관 들과 똑같은 특박증을 내게 만들어주었다. 그가 가짜 증명서를 만들어주지 않았어도 나로서는 전쟁터로 나가는 병사를 누가 건드리기만 해봐라, 하는 심사였을 것이다.

나는 그날 밤 철조망을 통과하여 면소재지까지 삼십 분쯤 걸어나가서 시외버스를 탔다. 대구에 도착할 때까지 웬일인지 헌병은 커녕 군인의 씨알머리도 보이질 않았다. 서울행 특급열차에 무임승차했던 터여서 좌석이 있을 리 없었다. 찬바람이 비집고 들어오는 승강구에 걸터앉아 소주를 한 병 반쯤 마셨다. 어스름 속에 낯익은 도시가 갑자기 나타났다. 서울역에 도착한 것은 어둠이 걷히기 시작한 새벽녘이었다.

이 짧은 밤의 여행은 군인이 되기 전 나의 온갖 외로움과 방황을 모아놓은 것과도 같았고, 언제나 취해 있거나 흐리거나 비 오는 날 같았던 육십년대의 축축한 습기가 배어 있는 듯했다.

나는 역전 광장의 푸르스름한 가로등 밑에서 어디로 갈지 모르는 여행자처럼 잠시 서 있었다.

내가 여기에 왜 왔을까. 뭘 하러, 누굴 만난다고. 그래, 일요일 밤까지 귀대해야 한다면 오늘이 금요일 아침이니까 서울에서 이틀 동안의 시간이 있는 셈이다.

버스정류장이나 담뱃가게나 하여튼 무엇인가 찾으려는 사람처럼 광장을 맴돌았다. 먼저 어디로 가서 두고 왔던 나를 만날 것인가, 내 흔적이, 내 그림자가 어디에 남아 있는가.

희미하게 불 켜진 전화박스가 보였고 나는 전화를 걸었다. 한참 동안이나 벨이 울렸지만 이른 새벽이라 그랬는지 받을 기색이 아니다. 끊으려는데 수화기 너머로 아직 잠에 잔뜩 취한 듯한 민우의 목소리가 들려왔다.

미안하다. 내가 잠 깨웠니?

누구슈?

내가 누구겠냐, 군바리 나간 네 형님이지.

아아 오랜만이다. 부대에 있냐?

나는 월요일에 베트남으로 출동이라고, 일요일까지 시간 있다고, 오늘 저녁에 만나자는 등의 얘기를 했고 그가 줄줄이 대답해 왔다.

음 그렇게 됐니? 전선에 나가면 많이 죽이지 마라. 그래 저녁에는 연합군한테 술 사야지.

나는 나중에 후회가 되었지만 참지 못하고 그에게 묻고 만다.

너 혹시 방울이 전화번호 아니?

가만있어봐. 그게 누구지? 아아, 옛날 니 짝 말이냐? 그게 언젯적 얘긴데 인마. 모두 흘러가버렸지. 낸들 아냐? 누가 꿰어찼겠지. 청춘이 다 그런 거다.

한강을 건너 고개를 넘자마자 아직도 내게는 낯선 시장 동네가 언덕 아래쪽에 보였다. 텅 빈 좌판과 굳게 닫힌 덧문이 연이은 시장 골목에는 청소원이 쓰레기 리어카를 끌어다놓고 비질을 하고 있었고 주택가에서 나온 개들이 비실대며 돌아다녔다. 아직 꺼지지 않은 외등은 빛이 바랬다. 가게의 덧문은 베니어판 위에 양철판을 씌운 것이었는데 내가 검은 페인트로 쓴 번호 표시가 그대로 남아 있다. 3이라고 쓴 덧문 앞에서 나는 작은 쪽문을 두드렸다.

누구세요……?

잠에서 막 깬 듯한 어머니의 목소리가 들린다.

저예요. 준이요.

쪽문이 열린다. 내가 들어서기도 전에 어머니는 손을 내밀어 내 소매를 붙잡았다.

아니, 네가 웬일이냐?

나는 어둠에 익숙지 않아서 눈을 가늘게 뜨고 가게 안을 둘러보왔다. 덧문 틈새로 햇빛이 새어들어왔다. 판매대는 텅 비었고 그 위에 상자들이 쌓여 있다.

전쟁터엔 안 가게 된 거야?

장사 안 해요?

어머니와 나의 서로 다른 질문이 부딪친다. 내가 먼저 대답하기로 한다.

교육 끝나서 대기중이에요. 월요일에 떠난대요.

어머니도 내 질문에 뒤늦게 답한다.

점포를 정리하기로 했다. 내놓았더니 며칠 전에 나갔어.

가게 안쪽의 방에서 중학생인 아우가 콩자반 같은 머리를 내밀었다. 형 왔느냐고 졸린 목소리로 아우가 인사했고 나도 잘 있었느냐고 대꾸한다. 나는 어머니가 아우를 먼저 학교에 보낸 다음 나와 뭔가 얘기하고 싶어한다는 걸 알기 때문에 부엌칸 구석에 출입구가 있는 다락방에 올라가 있기로 했다.

피곤할 테니 좀 쉬어라. 마침 어제 치워놓기는 했는데…….

사닥다리나 다름없는 가파른 계단 위에 서너 칸쯤 발 딛고 올라서자마자 널판자 문에 머리가 닿아버린다. 나는 널판자의 손잡이를 쥐고 위로 쳐들었다. 나는 이 천장 위 다락방 공간을 잠수함이라고 불렀다. 물론 내 방의 별명은 동생에게만 가르쳐주었다. 나는 다 올라서지 않고 잠깐 멈춰 서서 머리만 내밀고 방안을 둘러보았다.

내가 떠나기 전에 확인하고 싶었던 것은 무엇이었을까. 그건 파충류의 허물과도 같은 것이고 나는 그 허물을 다시 뒤집어쓰고 싶어서 돌아온 건 아닌가.

시장 안의 점포는 아버지 먼저 보내고 혼자 남은 어머니가 이리저리 까먹다가 남은 마지막 밑천이었다. 살림집을 팔고 누나들이 시집가기 전까지는 점포를 사고 남은 돈으로 전셋집을 얻었다. 누나들이 집을 떠난 뒤 우리 세 사람은 점포 안에서 살아왔다. 어린 아우와 어머니가 가게에 붙은 방에서 잤고 나는 그 천장 위의 잠수함을 썼다. 이를테면 거꾸로 기어들어가는 셈이라 다락방의 지붕 바깥은 깊이를 알 수 없는 바닷속이라고 생각했다.

그 어두운 가게의 천장 위에 내 잠수함은 뚜껑을 닫고 선장을 기다리고 있었다. 뚜껑을 젖히고 머리를 내밀자 나는 다시 심해에 잠기는 것 같았다.

내 다락방의 벽에는 떠나오던 날의 낙서가 여전히 남아 있었다. 베이지색 벽지 위에서 글자들이 꼬불꼬불 중얼거리고 있다.

—미친 새는 밤새껏 울부짖는다.

또는 이런 낙서도 보인다.

—나는 가우데아무스 이기투르에 맞추어 젊음을 제※ 지내고 있네.

—바다 바다, 그리고 마그네슘.

나는 저 첫번째 글귀의 연원을 기억하고 있다.

어느 겨울밤에 공중변소를 집으로 삼던 미친 여자가 얼어 죽었다. 아마도 내가 독극물을 먹고 세상을 하직하려던 무렵의 일이었을 게다. 사람들로 붐비고 밤늦게까지 시끄럽던 시장 골목 안이 잠잠해지는 것은 대강 한시 무렵부터였다. 그러니까 새벽 두세시 정도가 되면 동네는 갑자기 정적에 잠기고 좌판 위에서 나부끼는 비닐봉지가 멀리서 펄럭대는 소리까지 생생하게 들린다. 점포에 사는 시장 사람들은 공중변소를 이용했다. 언젠가 새벽에 변소에 갔다가 나는 깜짝 놀랐다. 입구의 벽 쪽에 뭉쳐져 있던 헝겊 무더기 같은 것이 움찔하더니 그 속에서 사람의 손이 나와 나를 붙잡았기 때문이다. 나는 너무도 놀라서 힘껏 다리를 휘둘러 뿌리치면서 물러났는데 그 미친 여자가 아저씨 밥 줘, 라고 말했다. 시장 청소부가 그녀에게 잠자리를 지정해준 모양이라며 점포 사람들은 별로 불평하지 않았다.

나는 그 겨울에 가끔씩 비명소리에 잠이 깼다. 온 동네 사람들이 잠을 설쳤을 것이다. 비명소리는 한겨울 추운 밤에 그녀가 추위를 참을 수 없어서 본능적으로 울부짖던 소리였다. 나는 못 보았지만 어느 새벽에 공중화장실을 다녀온 아우가 말했다. 청소부가 그녀를 가마니로 덮어서 리어카에 실어 내갔다고 한다. 가마니 밑으로 빨간 맨발이 나와 있더라구.

두번째 글귀는 내 친구 그림쟁이 장무가 죽기 전에 마산 요양원에서 보내온 엽서에 쓰여 있던 것이다.

수채화 물감으로 바다와 산을 그렸는데 아래쪽 귀퉁이에 찍어놓은 붉은 점들은 아마도 여름꽃들이었을 것이다. 아름다운 가포 해변에서, 라는 끝 문장도 보였다.

그는 전에 나보다 먼저 여기 시장 동네에 살았다. 그가 죽은 다음에 우리가 이사를 오게 되었고 언젠가 나는 문득 생각이 나서 우리 구역에서 멀지 않은 다른 골목으로 그의 집을 찾아나선 적이 있었다. 안이 보이지 않는 젖빛 유리문을 두드리니 우리 어머니 또래의 배운 사람 같은 얼굴의 여자가 나왔다. 나는 그냥 무의 예전 친구라고 말했다. 무의 어머니는 그가 몇 해 전에 죽었다고 그랬고 나는 알고 있다고. 사실은 내가 그의 마지막 엽서를 받았는데 보여드리고 싶다고 말하면서 그의 손짓이 생생하게 남은 엽서를 꺼내보였다. 무의 어머니는 엽서를 받쳐들고 찬찬히 들여다보고는 내게 내밀었다. 그러고는 침착하게 냉정을 유지하려 애쓰면서 한 손으로 털스웨터의 가슴 위를 누르고는 말했다. 이건 친구가 그대로 간직하는 게 좋겠다고. 그녀는 나에게 들어오라고 하지는 않고 문을 닫기 전에 한마디해주었다. 젊거나 나이먹거나 세월은 똑같이 소중한 거랍니다. 젊은 날을 잘 보내세요. 평범하고 지당한 말씀이었는데 그 말이 오랫동안 기억에 남았다.

세번째 낙서는 나와 함께 퇴학을 맞았던 인호의 엉터리 시의 한 구절이다. 바다와 마그네슘이라니.

그건 아마 부산 태종대 바위 절벽에 서서 성난 파도를 향하여 수음을 하던 그의 모습을 내가 알고 있어서 더욱 쑥스럽게 생각했는지도 모른다. 하지만 그런 시도를 하는 건 어딘가 멋있지 않은가. 포도주를 바다에 쏟으니 어쩌구 하는 것보다는 노골적이지만 덜 쑥스럽다. 그러나 어쨌든 표절의 냄새가 난다. 내가 이걸 왜 적어두었을까. 아마도 그 무렵 우리들의 열정에서 그렇게 장식하고 꾸민 낌새를 눈치챘기 때문이었을 것이다.

나는 앉은뱅이책상 앞에 앉았다. 내가 읽던 남은 책들은 종이함에 넣어 창문이 있는 벽 쪽에 일렬로 쌓아두었다. 대부분은 그전에 누나들이 시집갈 적에 분양해버렸다. 아우가 잠수함 뚜껑을 열고 머리를 들이밀었다.

잠깐 책가방 좀 쌀게.

나는 얼른 책상 앞에서 비켜나 상자에 등을 기대어 앉았고 아우는 허리를 굽히고 수업시간표에 맞는 교과서들을 추려넣었다. 아우가 물었다.

형 월남 가는 거야?

그래 월요일에.

어머니가 걱정이 많으신가봐.

니가 그걸 어떻게 아냐?

어머니 밤에 오랫동안 기도하셔. 잠두 몇 시간 못 주무신다구.

아우는 몇 해 전에 나에게 울며 외친 적이 있었다. 나는 형한테 치였다구. 엄마는 언제나 형 걱정뿐이야, 나두 형 땜에 힘들단 말야!

나는 진심으로 아우에게 말했다.

누구보다두 네게 미안하다. 나 없을 때 네가 어머니 잘 보살펴 드려라.

중학생인 아우는 가방을 챙겨들고는 어른처럼 혀를 차면서 말했다.

형은 참…… 진작 그러시지.

야, 우리 한번 안아보자.

내가 두 팔을 벌렸더니 아우는 성큼 내 가슴 안으로 들어왔다. 나는 그의 등을 토닥여주었고 아우가 울먹였다.

형 정말, 무사히 돌아와야 해.

나는 이 방에서 음독을 했고 병원에 실려가서 산소호흡기까지 달고 안간힘을 쓰다가 닷새 만에 깨어났다.

내가 다른 날보다 이상한 점을 맨 먼저 발견한 것은 아우였다. 그가 책가방을 싸러 올라왔다가 거품을 물고 널브러진 나를 보았던 것이다.

엄마, 형이 이상해요.

그랬지만 독하게 침착한 우리의 홀어머니는 아무 말 없이 아우를 학교에 등교시킨 다음에야 나를 살피고 동네 사람들의 도움을 받아 앰뷸런스를 불렀다.

옆집 아저씨와 함께 나를 일으키는데 등이 이미 바닥에 붙어버려서 너무도 무거웠다고 한다. 장정이 떠메고 시장통을 벗어나는

큰길까지 가는데 내 두 다리에 벌써 경직이 시작되어 뻣뻣하게 선
채로 질질 끌려갔다.

아침 먹어야지.

뚜껑을 들추면서 어머니가 고개를 내밀고 말했다. 나는 별로 생
각이 없었지만 어머니와 얘기를 나누기 위해서 가겟방으로 내려
왔다. 방안에는 옷장과 아우가 어려서 쓰던 작은 나무책상뿐이다.
책상 위에 통통한 자명종 시계 하나가 달랑 놓였다. 세 식구가 함
께 모여 앉으면 누군가의 국그릇을 내려놓아야 하는 소반에 어머
니와 내 아침밥이 차려져 있었다. 나는 새삼스럽게 비좁은 가겟방
안을 둘러보며 말했다.

점포를 팔았다면서요…… 그다음엔 어떡할 거예요?

이사를 가야지. 한복집을 해볼까 생각중이다.

어머니가 밝은 목소리로 말했다.

너 기억나지? 해방 직후에도 그리고 전쟁 뒤에도 이모하구 양재
점을 했잖아.

양장하구 한복은 다르지 않은가요?

좀더 꼼꼼해야겠지.

하고 나서 그녀는 웃었다.

모두 써먹진 못했지만 내가 가진 재주가 많단다. 너 돌아올 때

까진 다시 살림집을 장만할 수 있을 거야.

나는 아무 말도 할 수 없었다. 이미 오래전에 나는 그녀의 울타리를 벗어났고 도움은커녕 오랫동안 홀어머니의 버거운 짐이었다. 어머니가 말했다.

남들은 수월하게 넘기든데 너는 군대생활마저 평탄치가 않구나. 멀리 가면 내가 찾아가볼 수도 없게 되지 않니?

사실 그녀는 내가 특교대에 입교해서 한참 훈련을 받을 즈음에 느닷없이 면회를 온 적이 있었다. 그후로는 집에다 편지를 곧이곧대로 할 수도 없었다. 나는 어머니와 얘기를 나누다가 끝내는 언제나 그랬듯이 슬슬 짜증이 나기 시작했다.

돌아오지 않을지두 몰라요.

그녀가 고개를 숙이고 잠깐 기도를 드리는 사이에 나는 얼른 일어나 잠수함으로 올라와버렸다. 골목 건너편 솜틀집에서 기계 돌아가는 소리가 들렸지만 한 팔을 이마에 얹고 곧 잠이 들었다.

잠이 깼는데 아직 다락의 창문이 훤한 걸 보니 다섯시 어름이나 된 것 같았다. 나는 이삿짐 싸듯 꾸려놓은 트렁크에서 접힌 자리가 선명해진 사복 바지며 셔츠와 상의를 꺼내 입었다. 온몸에서 나프탈린 냄새가 났다. 나다니다보면 좀약 냄새가 사라지겠지. 아래로 내려가니 판자문 두어 칸을 떼어놓고 어머니가 텅 빈 가게에 의자를 내놓고 앉아 있었다.

왜 어디 나가니?

친구들과 약속이 있어요.

외식하자구 누나하구 매형 오라구 연락했는데.

내일 하자구 그러세요.

너 내일이면 벌써 토요일이다. 일요일엔 떠나야 하지 않니?

그렇군요, 아마 내일두 바쁠 거 같은데.

나는 집을 나서자마자 후회한다.

오랜 뒤에야 나는 그 무렵에 소설 속에서나 나옴직한 사랑하는 여인이 있었던가 생각해보았고 그런 일 모두가 건성이었음을 알게 되었다. 엄청나게 힘든 상대가 따로 있었던 게 아닐까. 그때 내 속에 무슨 공간 따위가 있었고 거기 어머니가 차지한 곳을 밀어내려고 애를 썼는데 전장에서 돌아올 무렵에는 이미 모든 공간이 사라져버렸다. 전쟁을 겪고 나서 나는 갑자기 젊지 않게 되어버렸던 것이다.

광화문 뒷골목에 있는 무슨 산 이름을 붙인 찻집에 들어섰다. 한 바퀴를 돌아서 구석자리에 앉은 민우 일행을 찾아낸다. 세 녀석이 나와서 기다리고 있다. 우리는 악수를 하고 머리를 툭툭 치기도 하면서 인사를 나누었다. 나는 그림쟁이 정수의 곁에 털썩 주저앉았다. 그는 두툼한 서류봉투를 탁자 위에 쌓아놓고 있었는데 며칠 동안 면도를 못 했는지 수염이 덥수룩했다. 정수는 얼마 전까지 떠돌다가 간신히 하숙을 정하고 일거리를 잡았다고 한다. 출판사의 아동물 전집에 삽화를 그리는 일감이라고 했다. 민우는 대학원생이고 상진이는 극단 일을 집어치우고 군대 나갈 날짜를 기다리고 있었다. 나와 정수는 고등학교 동급생이었고 상진은 같은 학교였지만 일 년 선배고 민우는 학교도 다르고 우리보다 한 학년 아래였다. 그래도 이맘때쯤에는 다른 애들과 달리 우리는 형이니 아우니 하지 않고 친구로 트고 지냈다.

오랜만에 만나서 우리는 개들처럼 서로의 냄새를 맡고 한번씩 가볍게 물기도 하면서 탐색하는 시간을 가졌다. 나와 함께 퇴학을 맞았던 인호 소식을 물었더니 공군에 나가서 산꼭대기 레이더 기지에 틀어박혀 있다고 한다. 다른 누구는, 또 그 녀석은, 거의 모두들 그맘때에 군대에 끌려가 있었다. 그들 모두 돌아올 때쯤에는 풀빵처럼 판박이로 변해서 그럴듯하게 점잖은 표정을 짓고, 바쁘다고 엄살떨고, 실속 있는 생활에 대하여 말하게 될 것이다.

우리는 예전처럼 청진동 골목 안에 모여 있는 소줏집으로 자리를 옮겼다. 드럼통 안에 연탄 화덕을 넣고 석쇠를 얹어 돼지갈비를 구워주는 집이었다. 소주를 털어넣고는 민우가 말했다.

너 개구리복 차림으로 살벌하게 나타날 줄 알았는데 겉으론 우리하구 똑같아서 다행이다.

그건 나두 동감이야. 남쪽나라 십자성이라는 노래두 있잖아. 일제 때 동남아에 끌려갔던 거나 지금이나 무슨 차이가 있겠냐.

상진이가 민우를 거들고 나오자 정수는 내게 술을 한잔 따르며 말했다.

이놈들 괜히 너 건드리구 싶은가보다. 야, 전쟁터에 끌려가는 녀석에게 명분 타령 할 거야?

나는 잠자코 소주만 홀짝거리고 앉아 있었다. 상진이가 다시 말했다.

야, 베트콩이 솔직히 우리 식으론 독립투사 아닌가?

역사적 맥락은 그렇지. 우리는 붉은 무리 무찔러 자유 지킨다구 하던데.

나는 상진이와 민우의 말에 그저 한마디로 대꾸해버렸다.

어쨌든 내가 멀쩡하게 살아서 돌아오기를 빌어주라.

민우가 말로와 오웰의 스페인 내전 참전에 대한 얘기를 꺼냈고, 상진이가 노골적으로 나왔다.

스페인에서라면 물론 반파쇼 전선에 가담해야 할 테고…… 가만있어봐, 태평양전쟁 때의 학병이라면 탈출하든지 적극적으로는 연합군측에 가담하는 게 원칙일 테지. 그러면 베트남에서는?

모두들 입을 다물었다. 징병과 징용에 나가라고 적극 권유하던 식민지 지식인들 얘기도 나왔고 그들 중에 어떤 이들은 정말로 일제의 대동아적 세계관을 적극적 신념으로 가졌을 거라고도 말했다. 나는 우리들의 평소 간접화법에 비추어 너무 겉으로 많이 드러났다고 생각했고 그게 불편했다.

글쎄 내가 장본인이니까 한마디하자. 어느 상황에서나 개인이 감당할 만한 한계가 있는 법이다.

민우가 알아듣고 중립적으로 나왔다.

상황은 같지만 우리는 분단되어 있잖아. 전선을 선택할 때에 스페인식으로는 어렵겠지.

그러면서 그가 덧붙였다.

소극적이긴 하지만 베트남에 가서는 절대로 안 될 것 같아.

정수가 잔을 들고 나를 바라보며 말했다.

어떡하니, 지금 와서. 네 말처럼 멀쩡하게 살아서 돌아오기만 해라.

그건 찬성이라며 셋은 내 면전에 술잔을 들어 보였고 모두들 함께 잔을 비웠다. 상진이가 공군에 갔다가 휴가 나왔다던 인호 얘기를 꺼냈다.

얼마 전에 인호를 만났더니 많이 가라앉았든데? 발목에다 큰 바윗돌을 매달아놓은 놈 같더라. 그 녀석 길이 끝나버렸지. 길두 끝나구 저한테 알맞은 늪을 만난 거다. 다음에 만나면 어디서 많이 본 듯한 아저씨가 되어 있을 거야.

민우가 나를 손가락질하며 말했다.

준이 너하구 인호하구 고등학교 짤리구 둘이 젤 먼저 튀었잖아? 나중에 나까지 끼어서 셋이 되었다구.

정수가 자기 죄를 아뢰었고 상진이가 덧붙였다.

정수하구 준이는 아직두 갈 길이 멀구나.

그 말 괜찮군.

정수의 말에 민우가 빙글거리며 말했다.

얘네들은 예술가 기질이거든.

술이 취해갈수록 우리는 말수가 적어졌다.

열한시가 가까워지자 통금시간을 염두에 두어야 했고 마지막으로 소주 한 병을 더 시켜 서둘러 마셨다. 우리는 광화문 지하도 앞에서 헤어지기 전에 각자 적당한 거리로 떨어져서 손을 흔들었다. 나는 정수에게 물었다.

너 선이 전화번호 알지?

그애하구 헤어진 지 한참 됐다. 왜…… 그러는데?

응, 혹시 방울이 연락이 되나 해서 말야.

나두 몰라. 하여튼 예전 전화번호는 알려줄 수 있다.

정수는 서류봉투 귀퉁이를 찢어서 끄적여 내밀며 말했다.

인마, 흘러간 강물은 돌아오지 않는다.

나는 봉투를 세 개씩이나 옆구리에 끼고 지하도의 계단을 내려가는 정수의 굽은 등을 바라보았다.

토요일 오전에 시장 부근의 영화관 앞에 있는 공중전화박스에서 선이에게 전화를 걸었다. 내 이름을 대자마자 눈치 빠른 선이는 내가 무엇 때문에 자기에게 전화를 걸었는지 알아차렸다.

미아 어디 사는지 내가 알아.

선이는 내가 시치미를 떼서 그랬는지 자기도 정수에 대한 얘기는 꺼내지도 않았다. 하여튼 선이는 인호나 정수만큼 오랜 친구였다. 전화번호를 찾는지 한참 동안 잠잠하던 그녀가 다시 수화기를 집어드는 기척이 들리더니 방울이의 전화번호를 불러주었다.

여기가 어디래?

거기, 참 모르겠구나. 미아가 가정교사 입주한 집이래. 나두 본 지 오래됐어. 나는 안 보구 갈 거야?

미안하다. 내일은 떠나야 하거든.

그래? 가거든 엽서라두 보내줘.

나는 선이가 가르쳐준 번호로 두 번 전화를 걸었다. 처음 걸었을 때에는 나이 지긋한 목소리의 여자가 나와서 그녀가 집에 없다며 저녁때에 다시 걸어보라고 했다. 저녁에 매형과 큰누나가 왔고 우리 식구들과 함께 외식을 했다. 나는 식사 도중에 슬그머니 자리를 떠서 다시 한번 전화를 걸었다. 누군가가 전화를 받더니 그녀를 바꿔주었다. 내 목소리를 듣자마자 미아는 그냥 싱겁게 중얼거렸다.

웬일이야?

잠깐 서울에 온 김에…… 나올 수 있니?

언제 또 오는데?

나 베트남 간다. 내일 부대루 돌아가야 해.

미아는 주위에서 지어준 별명이 그랬듯이 맑고 또랑또랑한 소리가 아니고 감기라도 걸렸는지 나직하게 잠긴 목소리였다. 그녀가 일요일 오후에는 집에 들를 거라면서 동네 부근의 공원으로 오라고 말했다. 그러고는 끝으로 내게 당부했다.

나 요즘 안 좋아. 기가 많이 죽었거든. 그전처럼 잘난 척하면 안 돼.

일요일 아침에 어머니는 교회도 빠지고 내게 줄 물건들을 챙겼다. 볶은 고추장, 깻잎과 마늘장아찌, 말린 오징어포 같은 것들을 곁에서 지켜보다가 내가 한쪽으로 치워버렸다.

이런 것 다 필요 없어요.

애, 왜 그러니? 월남 가는 장병들 모두 이런 걸 가져간다구 하더라. 미군들 깡통 음식은 곧 질린대.

아 글쎄 안 갖구 가요.

어머니는 섭섭한지 몇 번이나 보퉁이를 들었다 놓았다 했고 집을 나설 때 종이에 뭔가를 싸서 쥐여주었다.

그럼 이건 노잣돈이거니 해라. 그리구 성경책두 있어. 널 지켜줄 거다.

나는 더이상 뿌리치지 못하고 들고 섰다가 얼른 백에다 넣어버렸다. 어머니와 아우가 시장 어귀에까지 나를 따라왔다. 나는 얼른 그들과 헤어지려고 둘을 한꺼번에 그러안았다. 멀리 가서 돌아보니 둘은 그대로 서 있었고 나는 다시 걸음을 빨리해서 행인들 속으로 몸을 숨겼다.

눈발이 날리기 시작하더니 버스를 탔을 때에는 눈송이가 커지면서 함박눈이 되었다. 차들은 네거리가 나올 때마다 밀려서 서로 엉키고 신호는 있으나 마나였다. 나는 연신 손목시계를 살피다가 차라리 걷기로 하고 차에서 내렸다. 차도와 인도가 벌써 분간할 수 없이 눈에 덮였고 내가 쓰고 있던 군모의 챙 위에도 눈이 쌓였다. 세 블록을 더 지나가야 공원으로 가는 오르막길이 나오게 되어 있었다. 몇 번이나 넘어질 뻔하고 가로수를 부둥켜안았다가 마주 오는 행인들과 부딪치기도 하면서 횡단보도를 건넜다. 공원 쪽으로 올라가는 비탈길은 더욱 미끄러웠다.

내가 공원 입구에 이르렀을 때 시간은 이미 삼십 분이나 지난 뒤였다. 사철나무는 흰 눈을 솜사탕처럼 뒤집어쓰고 있었고 은행나무며 플라타너스 가지에는 눈꽃이 하얗게 피어나 있다. 벤치도 하얀 눈에 덮여서 연필로 그린 것 같은 선만을 드러내고 있었다. 나는 잠깐 멈춰 서서 저쪽 먼 광장과 어린이 놀이터까지 내다보았다. 외투 차림의 사람들이 몇몇 보였지만 그녀는 없었다. 곧장 어린이 놀이터 쪽으로 걸어갔다. 눈발이 끊임없이 날리는데 미끄럼틀이며 사다리, 그네와 시소가 아이들 없는 공간에 거리를 두고 서 있었다. 나는 입속으로 뭔가 투덜거렸을 것이다. 그녀가 일찍부터 와서 나를 기다리다가 지금의 나처럼 이 자리의 무의미함을 깨닫고 천천히 공원을 돌아서 빠져나가는 게 보일 것만 같았다. 나는 미아의 흔적을 뒤쫓기라도 하듯 공원 가녘을 돌아 입구 쪽으로 걸어갔다. 그때 나는 미아를 다시는 만나지 못하게 될 거라는 생각이 들었다. 단순하고 분명한 느낌이었는데 실 같은 것이 툭, 하고 끊어져나가는 듯했다.

군용열차를 탈 때까지 내가 어디서 무엇을 했는지 기억나지 않는다. 아마 잘 가던 선술집에서 벽을 보고 앉아 술을 마셨을 것이다.

플랫폼에는 떠나고 배웅하는 사람들이 많았다. 방금 도착했는지 사람들이 계단을 메우고 꾸역꾸역 몰려 올라오는 중이었다. 나는 계단 앞에서 인파를 헤치고 내려가지 않고 잠시 서 있었다. 사람들은 내 어깨를 건드리기도 하고 한 손에 들고 있던 백에 걸려서 주춤거리기도 하면서 양옆으로 지나쳐갔다. 그때에 나는 바로 몇 발짝 아래에서 올라오고 있는 얼굴을 보았다. 어, 영길이가? 단정하게 빗어넘긴 머리와 코트 안으로 넥타이가 보이고 그 옆에는 뭐라고 얘기를 하고 있는 여자가 보인다. 그들은 곧 내가 서 있는 자리를 자연스럽게 피하면서 지나쳐갔고 나는 돌아서서 몇 걸음 걷다가 멈춘다. 그는 영길이보다는 키가 좀 커 보였다. 잘못 본 것 같다.

우리는 그해에 함께 피투성이가 되었다. 수돗가에서 피가 흠뻑 묻은 옷을 빨면서 쿨적이며 울었다. 그는 아주 이따금씩 집에 찾아와 내가 없을 적에는 어머니와 몇 시간이고 한담을 나누다가 돌아간 적도 있고, 내가 잘 가던 모짤트의 구석자리에서 나를 기다리던 날도 있었다. 영길이는 나는 물론이고 정수나 인호 같은 애들과는 종류가 다른 사람이었다. 착한 학생 박영길.

고정시킨 카메라로 느리게 찍은 화면처럼 매 순간은 재빠르게 덧없이 지나가고 하늘에는 구름이 거리에는 빛과 어둠이 미묘하게 교차한다. 오가던 사람들은 화면 속에 등장했다가 시간 속으로 사라지고.

나는 그 순간에 회한덩어리였던 나의 청춘과 작별하면서, 내가 얼마나 그때를 사랑했는가를 깨달았다.

2

아카시아와 느티나무 그늘이 싱그러운 교사 뒤편의 동산에 올라가서 중길이와 점심 도시락을 먹는데 그애가 먼저 준이 얘기를 꺼냈다.

영길아, 저 녀석 별나지 않니?

내가 두리번거렸더니 중길이가 나직하게 말했다.

유준이. 돌아보지 말구.

가끔 야외수업을 하는 곳이어서 나무들이 둘러선 공터에 벤치가 줄지어 있었는데 우리에게서 멀찍이 떨어진 가녘자리에 준이가 앉아 있었다. 그는 누군가를 기다리고 있는지 우리에게 전혀 신경을 쓰지 않는 것 같았다.

글쎄 쟤 속을 누가 알겠니? 교실에선 언제나 같은 역할인데. 시시한 농담이나 해서 애들 웃기기나 하구.

어제는 내 책상 앞에 와서 내가 읽고 있던 책 겉장을 들춰보더니 앞뒤 뚝 잘라먹구 그러는 거야. 너희들은 어째서 말 잘 들으라는 책만 보냐구.

그래서…… 그게 무슨 책이었는데?

그냥, 뭐 성경책은 아니었다구.

하면서 얼굴이 빨개지는 걸 보니 중길이는 준이가 마음에 걸렸던 모양이었다.

내가 준이를 알게 된 건 중학교 때부터였지만 고등학교에 올라가서 한 반이 되면서 조금 더 가깝게 되었다. 아니 정확하게 말하자면 그 이듬해 사월에 시청 앞 광장에서 중길이가 총 맞아 죽은 뒤에 준이하고 친해질 수가 있었다. 나는 중길이와 하굣길도 같았고 특별활동도 문예반에 함께 들어 있어서 책도 서로 빌려 보는 짝패였다. 준이는 학급에서 언제나 아이들을 웃겼기 때문에 모처럼 그가 조용하게 한 두어 시간이라도 입을 다물고 있으면 아이들은 자꾸만 그를 쳐다보며 뭔가 우스갯소리라든가 선생님을 골탕먹일 장난을 쳐주기를 기다리곤 했다. 그는 중학교 때에는 수구선수를 했는데 고등학교에 올라와서는 무슨 특별활동반에 들었는지 나는 관심이 없어서 몰랐다. 준이 주변에는 껄렁대는 애들이나 불량배 비슷하게 노는 아이들이 얼씬대고 있었다. 운동부 아이들치고 행동거지가 얌전한 애들은 별로 없기 마련이었다.

역시 인호라는 한 학년 상급생이 어슬렁거리며 나타났고 그들은 뭔가 얘기하다가 킬킬대며 웃어댔다. 인호 별명이 돼지였는데 언젠가 이웃 여학교의 문화제 때에 다른 학교 아이들과 패싸움을 벌였던 녀석이었다. 무슨 서클 따위는 들지 않았지만 아무도 넘보지 못하는 독불장군이었다. 상의만 교복이고 바지는 옆에 커다란 주머니가 달린 검게 물들인 미군 쫄쫄이 작업복을 입고 있었다. 학생모 챙을 휘어지게 구부려서 썼다. 그들과 함께 우리가 앉아 있는 곳을 스쳐 지나가던 준이가 힐끗 보고는 말을 걸었다.

야, 영길이 중길이 길자 돌림 아해들아, 부모님은 안녕들 하시지? 어머니 걱정 안 끼치게 잘들 해라.

저 자식 우릴 하급생 취급하는데?

내가 중길이에게 준이 욕을 늘어놓고 나서 그렇게 말했던 기억이 난다.

알고 보니 그는 인호와 같이 등산반에 들어가 있었고 틈만 나면 산으로 내빼는 눈치였다. 뒷동산 주변에 가건물이 두 채가 있었는데 그곳에 칸막이를 나누어 여러 특활반실로 쓰고 있었다. 한번은 상급생인 문예반장이 누가 흡연을 했느냐고 우리를 닦달했다. 담배꽁초가 너저분하게 널려 있는 날이 종종 있었던 것이다. 우리만 까닭 모르게 혼찌검을 당하고 대청소를 했는데 며칠 지나면 다시 지저분해졌다.

나중에 등산반 애들이 문예반실에 와서 주로 담배를 피우다 간다는 걸 알게 되었는데 그 주범이 준이와 인호 선배였다. 첫째 이

유는 등산반실이 앞동 첫번째 칸에 있어서 교사 쪽에서 훤히 보이는 위치였기 때문이고, 둘째는 문예반실 바로 옆에 시멘트로 만든 쓰레기장이 있어서 그 위에 올라서면 학교의 담 너머로 상반신을 내밀 수가 있다는 사실 때문이었다. 바로 그 위치쯤에 구멍가게가 붙어 있었다. 나는 우연히 인호 선배가 거기 올라서서 가게 아저씨를 불러대는 꼬락서니를 목격했던 터였다. 뭐 오십원짜리 동전 하나 주면 팔말 담배 두 개비와 딱성냥 두 개를 준다던가.

그 무렵까지는 나에게 준이에 대한 기억이 별로 남아 있지 않다. 여전히 교실에서 아이들을 웃기고 점심시간이 되면 제 책상 부근에 아이들을 모아놓고 장광설을 늘어놓던 것도 전과 다름이 없었다. 하루는 월요일 조회시간이었는데 교장선생님이 뭔가 상장으로 보이는 종이를 펼쳐들었고 황새라고 부르던 문예반 담당 선생님이 유준의 이름을 불렀다.

유준, 앞으로 나오세요.

몇 번 더 그의 이름을 불렀지만 학생들은 웅성거리고 준이가 조회에 나오지 않은 사실이 확실해졌다. 황새 선생은 유준 학생이 외부의 문예작품 공모에서 상을 받아왔다는 것을 짧게 말했고 교장선생은 말없이 종이때기를 들고 멀뚱히 섰다가 내려가버렸다. 우리는 무엇보다도 그가 책을 읽거나 하다못해 정서가 풍부한 표정을 짓는 꼴을 본 적도 없었고 시나 산문을 끄적이기는커녕 문예반도 아닌 등산반에 들어 있다는 사실 때문에 약간의 당혹감과 모욕까지 느꼈다.

　그는 이학기의 중간고사 시험 때에 장기 결석을 했고 봄에 진급을 한 뒤로는 우리 학년 교실이 연달아 있는 복도에서 찾아볼 수가 없었다. 사실 중길이와 나는 준이가 우리 몰래 뭔가 쓰고 있었다는 사실 때문에 그에게 깊은 관심을 가지기 시작했던 터였다. 내가 유준이 몇 반이냐고 그와 잘 어울리던 녀석에게 물었더니 그애는 낄낄 웃어대며 말했다.

　몰랐니? 그 녀석 낙제했어.

　그러고 보니 준이 녀석은 우리가 진급해서 떠난 하급반 교사 부근에서 여전히 어슬렁거리고 있었다.

　그날 넷째 시간 무렵부터 총소리가 들려오기 시작했다. 대학생들이 큰길을 피하여 우리 학교 담을 넘어서 교문을 지나 샛길로 빠져나가기 시작했다. 상급생들이 교실마다 찾아다니며 우리도 거리로 나가야 한다고 외쳤다. 수업중이던 선생들이 그들에게 수업을 방해하지 말라고 타이르기도 했지만, 어떤 이는 그냥 수업을 중단하고 교실을 떠나기도 했다.

　학교에서는 오후수업 한 시간을 남겨두고 일찍 귀가를 시키기로 결정했다. 중길이와 내가 여느 때처럼 걸어서 광화문에 이른 것은 오후 세시쯤이었다. 길 가운데서 차가 불타고 있었고 사람들이

차도와 인도 구분 없이 온 거리를 메우고 돌아다녔다. 부민관 건너편의 신문사 건물이 불타고 있었다. 지프와 시발택시들 또는 유리창이 깨진 버스에 대학생 고등학생 그리고 일반 시민들이 가득 타고 지나갔다.

중길이와 나는 시청 쪽으로 몰려가는 인파에 끼어 있었는데 뒤에서 누군가 우리 모자를 확 벗겨갔다. 돌아보니 준이 녀석이 빙글대며 서 있었다.

착한 애들이 집에 안 가구 왜 여기서 놀구 있냐?

나는 그에게서 모자를 뺏으며 말했다.

그러는 너는 집두 멀잖아.

이제부터 나는 똑똑히 봐둘려구 그런다.

우리는 시위대에 섞여서 국회 자리였던 부민관과 덕수궁 돌담 근처에 이르렀는데 그 사이에 파출소가 있었다. 국회에서 말썽이 있을 적마다 무술경관들이 쏟아져나오던 곳이라 학생들이 돌팔매를 던져서 유리창이 모두 깨졌다. 아마도 광장 건너편 어딘가에서 총을 쏘기 시작했을 것이다. 처음에는 아무렇지도 않게 생각하다가 몇 사람이 피를 흘리며 쓰러지자 군중은 일시에 상반신을 낮게 숙이고 사방으로 흩어졌다. 덩달아 뛰다보니 나 혼자였다. 뒤를 돌아보았다. 텅 빈 길 위에 주저앉은 준이가 보였고 그 곁에 넘어져 있는 중길이가 눈에 들어왔다. 나는 처음에 준이가 총에 맞은 줄 알았다. 그의 어깨에서 가슴팍까지 피가 벌겋게 묻어 있었기 때문이다. 내가 달려가자 준이는 눈물범벅이 된 얼굴로 외쳤다.

　애가 총에 맞았어!

　준이는 중길이의 머리를 한 팔로 받치고 있었다. 내가 그들을 일으켜세우려고 끌어올리는데 무엇인가 울컥하더니 내 가슴에서 다리 쪽으로 척척하게 흘러내렸다. 준이는 모자로 중길이의 관통된 머리를 틀어막고 있었던 것이다. 우리는 피투성이가 되어 축 늘어진 중길이를 끌고 얼마쯤 더 뛰어갔다. 흰 천에 적십자를 그린 의대생들의 지프가 달려왔고 우리는 손을 흔들며 살려달라고 부르짖었다.

　서울역 맞은편에 있던 세브란스병원에 가서 중길이가 이미 사망했다는 걸 확인했다. 그의 시신 위에는 흰 시트가 덮어씌워져 있었다. 준이와 나는 병원 화장실로 가서 피 묻은 교복을 벗어서 빨았다. 우리는 서로 말을 건네지는 않았지만 옷에서 한없이 빠져나오는 핏물을 짜내면서 울었다. 둘이서 축축하게 젖은 옷을 입고 언덕을 내려올 때 준이가 중얼거렸다.

　나 어려서 시체 많이 봤어.

　그건 나도 마찬가지였다. 어른들의 손을 잡고 산과 들로, 낯선 마을로 피난을 다니면서 전쟁을 겪던 일들을 생생하게 기억하고 있었다.

　나두 그래. 하지만 가까운 사람이 죽는 건 처음 봤다.

　애들한테 총질이나 하고, 나쁜 놈들.

우리는 몇 달 뒤에 학교의 보조를 받아 중길이가 노트에 곱게 적어 남긴 시편들을 편집해서 시집을 내주었다. 준이가 순서를 정하고 제목이 없는 것은 그와 함께 새로 붙이기도 했다. 표지와 삽화는 준이가 데려온 정수가 맡기로 했다. 정수는 처음 만날 때부터 아예 나를 어린애 취급했고 그건 준이가 나를 대하던 것보다 더 심했다. 정수는 앙상한 손 같기도 하고 나뭇가지처럼 보이기도 하는 것이 둥근 물체 아래 뻗어올라간 형상을 그려왔는데, 내가 이리저리 살펴보고 나서 이게 뭐냐고 물었더니 힐끗 보고는 대답도 하지 않았다.

죽어가는 자가 달을 잡으려고 뻗쳐올린 손 같은데.

죽은 시인의 혼과 닿을 듯 말 듯한 이미지의 세계라고 준이가 대신 자기 느낌을 얘기했다. 준이가 학교를 자퇴하고 사라진 한참 뒤에야 나는 정수나 인호, 상진이라든가 몇몇 아이들이 저희들끼리 한동아리를 이루어왔던 것을 눈치챘다. 학교에서는 절대로 아무런 표도 내지 않고 교실 속에 숨어 지내던 그들이 서로를 어떻게 알아보았을까.

일 년쯤 지난 어느 날 나는 뜻밖에 준이와 다시 만나게 되는데 그가 나를 찾아왔기 때문이었다. 졸업반이던 그해 여름방학에 나는 할아버지가 계신 시골로 내려가 있었는데 준이와 정수, 인호까지

형편없는 몰골로 나타났던 것이다. 그들은 시골집에서 사나흘 쉬고
는 나까지 저희 여행길에 꾀어내려다 주저하는 나만 남겨놓고 다시
길을 떠났다. 그들과 함께하던 어느 날 저녁에 마을에서 떨어진 강
변에 나가 멱을 감다가 나는 준이와 처음으로 긴 이야기를 했다.

너희들 두렵지두 않니? 너나 인호 형은 퇴학했구 정수까지 휴학
을 했는데, 이건 아주 니들 맘대루잖아.

내가 조심스럽게 힐난조로 말을 꺼내자 준이가 밝은 목소리로
대답했다.

시키는 대루 하기 싫어할 뿐이지 나두 노력하구 있어.

노력은 무슨…… 아무렇게나 사는 거지.

그게 나쁘냐? 나는 말야, 세월이 좀 지체되겠지만 확실하게 내
인생을 살아보고 싶은 거다.

학업을 때려치우면 나중에 해먹구 살 일이 뭐가 있겠어?

어쨌든 먹구살 일이 목표겠구나. 헌데 어른이나 애들이나 왜들
그렇게 먹구사는 일을 무서워하는 거야. 나는 궤도에서 이탈한 소
행성이야. 흘러가면서 내 길을 만들 거야.

그리고 준이는 나에게 다시 말했다.

내가 영길이 너나 중길이를 왜 첨부터 어린애 취급했는지 알아?
아주 좋은 것들은 숨기거나 슬쩍 거리를 둬야 하는 거야. 너희는
언제나 시에 코를 박고 있었다구. 별은 보지 않구 별이라구 글씨만
쓰구.

3

나는 나를 잘 모른다.

아니 사실은 혼자 있을 적의 나와 사람들 앞에 나섰을 때의 내가 전혀 다르다고 느낀다. 인호나 정수는 그런 나를 전쟁 때 피난 시절의 경상도 아이들이 그랬듯이 '다마내기'라고 했다. 서울내기는 다마내기라는 것이다. 겉으로는 양파처럼 빤질거리는데 속은 아무리 까봐도 모르겠다는 소리다. 상진이가 독서한 깜냥으로 이렇게 말한 적도 있다.

누군가 내면에 지닌 것과 외면에 나타나는 게 다르다는 것은 그가 세계를 올바르게 대하지 않는다는 뜻이겠지.

'나의 내면에 지닌 것과 외면의 것이 조화되게 해주소서' 하는 문장은 판 신에게 드리는 기도라는 제목으로 저 옛날 플라톤이 열었던 아카데미아 학원의 문전에 새겨져 있었다고 한다. 사실 나는 세상을 올바르거나 그릇되게 대하려던 것이 아니라 타인에게서 나를 방어하고자 했을 뿐이다. 자유로운 떠돌이 판 신이라 한들 저 혼자 있을 적에, 가령 정신없이 갈대피리를 불고 나서 무슨 생각에 잠겼을지 아무도 모를 일이니까.

내 부모는 누구였을까. 지금은 그들과 함께했던 일상들이 모래 속의 금빛 은빛 싸라기 조각들처럼 기억 속에 흩어져서 반짝이고 있다. 모습은 어느 장면 하나 또렷하지 않고 희미하다. 회색 시멘트 담과 언제나 언덕처럼 곳곳에 쌓여 있던 석탄더미들, 기관차의 화물차량 뒤를 쥐새끼처럼 쫓아가며 땔감 코크스를 줍던 아이들, 국방색 작업복에 똑같이 하얀 칼라를 내놓은 차림의 방직공장 처녀들, 검은 무명팬티만 입고 벌거벗은 채 뛰어다니며 쌍소리를 하던 영단주택 노동자의 아이들, 공장 폐수가 끊임없이 흘러가던 학교 가는 길, 죽은 쥐, 버려진 제웅, 그리고 실직한 노동자들이 몰려 살던 부서진 화물차들, 그 양지 쪽에서 해바라기하던 아이들, 미군부대의 철조망이 가로막은 여의도 일대의 쓰레기 더미, 틈틈이 잡초가 보이고 녹슨 깡통 사이로 피어나던 오랑캐꽃과 민들레 자운영 냉이꽃 같은 작은 풀꽃들, 이런 것들이 영등포에서의 내 어린 날의 기억이다.

공장이나 철도 노동자들의 아이들과 나는 날마다 음모를 꾸몄고 비록 몰락했지만 자신들은 개화된 교육을 받은 점잖은 시민이었다는 생각을 바꿀 수가 없었던 아버지와 어머니를 날마다 속여 넘겨야 했다. 나는 한편으로는 밑바닥 품삯꾼의 자식들과 같았고 쥐뿔도 없으면서 자산가의 흔적만을 자존심처럼 갖고 살던 월남한 피난민의 도련님이었다. 동네에서나 서울 변두리의 학교에서는 말이다. 부모가 식민지 치하에서 전문교육을 받았으며 노동이나 농사일을 하지 않았고 일제가 진출해서 번영시킨 만주국의 수도에서 영화관, 백화점, 카페, 그럴 따위의 근대적 문화시설을 기꺼이 드나들며 잘살던 시절이 있었던 것이다.

나는 이제 와서 그들이 일본의 번영을 바랐는지 아니면 은근히 독립을 바랐는지는 잘 모르지만 해방 이후에 서울로 와서 더 좋은 생활을 할 수 있으리라고 믿었던 것만은 틀림이 없었던 듯하다. 그러나 아버지는 끝내 예전처럼 괜찮았던 세월을 다시는 누리지 못했다. 곧 뒤이은 전쟁으로 밑천을 만들 여유를 갖지 못했고 몇 해 뒤에 병사했기 때문이다.

이를테면 나는 일찌감치 서로 다른 두 세상을 훔쳐보면서 자랐다. 부모들이 지니고 있던 중산층이니 개화된 지식인이니 하던 의식은 내게는 모두 참을 수 없는 것들뿐이었다. 얌전하고 바른 말씨, 어머니가 불시에 나타나서 학교 수업을 참관하던 일, 유별나게 재단해서 재봉틀로 박아 만든 셔츠, 세일러복 가슴께에 달던 하얀 손수건, 집에서 만든 간식 같은 것들은 우리집을 영단주택의 노동자 구역 가운데서 동떨어진 섬으로 만들었다.

나는 학교에 들어갈 때까지 거의 혼자 놀았다. 부모가 출근하고 누나들이 학교에 가고 나면 나는 식모 누나와 함께 집에 남겨졌는데 혼자서 길 앞의 가로수 가죽나무 아래에 주저앉아 땅에 그으면 흰 선이 나오는 활석으로 그림을 그리며 놀았다. 혼자서 중얼중얼 그림 설명을 했고 뭔가 다른 장면이 떠오르면 얼른 손바닥으로 그림을 지우고 다시 그려넣곤 했다.

입학식을 하고 나서 교실에 들어갔을 때 나는 처음으로 엄청나게 많은 수의 낯선 얼굴들 가운데 던져진 기분이었다. 끊임없이 옆자리의 짝을 밀어내는 녀석, 코를 찔찔 흘리는 놈, 꺄악 하고 갑자기 날카로운 비명을 질러대는 계집아이, 책상 사이의 통로를 부산하게 오르락내리락하는 놈에, 정신이 다 나갈 지경이었다. 귀를 막고 그들의 행동을 지켜보다가 손가락을 눌렀다 떼었다 해보면 그들이 내는 소음이 먼 공장에서 들리는 기계 돌아가는 소리처럼 규칙적으로 변했다. 나는 그런 교실에 적응하지 못하고 입학해서 며칠 동안은 학교에 가지 않겠다고 어머니에게 떼를 썼다.

나는 어려서부터 남들이 언제나 나를 오해한다고 억울하게 생각했던 것 같다. 그래서는 남들이 생각하고 있을 듯한 모습을 짐작해서 그대로 드러내려고 노력했다. 아니면 아예 그들이 전혀 내 속뜻을 모르도록 딴전을 피우거나 전혀 다른 방식으로 나를 표현하곤 했다.

내가 명문중학교에 합격되었을 때에 아버지는 마지막으로 병원에 입원하기 직전이었다. 그때로부터 아버지는 반년쯤 더 살다가 돌아갔다. 합격생의 수험번호를 길게 붙여놓은 교문 앞에서 내 번호를 발견한 아버지가 먼저 '합격이다!'라고 외쳤다. 그때에 나는 뒤를 올려다보았고 그의 파리하고 어두운 얼굴 위로 눈물이 한줄기 흘러내리는 걸 보았다. 나는 아버지가 지난 몇 년간의 생존에서 퍽 지쳐 있었다고 생각한다. 아버지와 어머니 그리고 나는 종로에 있던 몇 집 안 되는 양식을 하는 그릴에 가서 합격 축하 점심을 먹었다. 자장면쯤을 기대했다가 돈가스라는 희한한 음식을 처음 먹었다. 아버지의 얼굴은 웃고 있었지만 끝내 밝아지진 않았다. 아버지는 그 무렵에 이미 자신의 병을 알고 있었을 테고 가족의 앞날에 대한 근심을 떨쳐버리지 못했을 것이다.

학교에서 수업시간중에 아버지의 사망 소식을 들었고 나는 담임선생의 지시로 책가방을 꾸려서 텅 빈 복도로 나왔다. 이상하게 차분한 느낌이었고 아무렇지도 않았다. 버스를 타고 한강 인도교를 건너며 차창 밖으로 희게 펼쳐진 모래사장과 푸르게 휘늘어진 버드나무숲을 내다보다가 저절로 눈물이 나왔다. 버스 맨 앞자리에 앉아 고개를 숙이고 한참이나 격렬하게 울었다.

역전 부근에서 내려 공중수도를 찾아가 세수를 말끔히 하고 나서 집으로 갔다. 먼발치 한길가에 우리집이 보이는 데서 숨을 고르고 안색을 고치려고 마음을 다잡았다. 나의 세상에는 아직 아무 일도 일어나지 않은 것이다.

진작에 아버지는 병원에서 옮겨와 입관되어 안방 장의사 병풍 뒤에 가려져 있었고 동네 아낙네들이 음식붙이를 한다 상복을 짓는다 난리법석이었다. 나는 아무렇지도 않게 태연한 얼굴로 어머니나 누나들에게 무슨 일이 있느냐고 물었다. 그러고는 상주 차림으로 동네 아이들과 전을 나눠 먹고는 집 앞 빈터에서 공차기를 했다.

어머니와 누나들은 그날의 내 행동을 오래도록 비난했고 내 철없던 시절의 우스개 이야기로 삼았다. 나는 변명하지 않았는데 그녀들이 내 속마음을 모른다는 게 통쾌할 정도였다. 그리고 합격 발표하던 날 아버지의 기쁜 얼굴 위로 흐르던 눈물이며 그의 눈빛과 표정에 지친 가장의 기색이 떠오르던 일도 절대로 가족 누구에게 말하지 않았다.

학교에서의 경쟁은 치열한 것이었다. 어떤 친구는 지금도 그 학교의 학력평가시험을 치르던 나날이 꿈에 보인다고 했다. 다른 애들은 부지런히 쓰고 있는데 자기만 한 문제도 몰라서 백지를 쥐고 땀을 흘리다가 깨어난다는 식이었다.

아이들은 서로 간에 냉정하고 예의가 바른 편이었으며 속을 내보이거나 남에게 약하게 취급당하는 것을 원치 않았다. 초급학년에서 서투른 짓으로 반 아이들의 비웃음을 몇 번 샀던 아이를 기억하는데, 그는 고학년이 되기까지 끝내 자존심을 회복하지 못했고 친구도 없이 지내다가 어디론가 전학을 갔다.

나도 월말 학력평가시험에 관해서는 원한이 깊은 사람이다. 전학년의 학생들 이름을 점수대로 석차를 매겨서 교실 앞 복도에 붙여놓고는 했는데 어느 달엔가 성적이 떨어져서 어머니를 격노시켰다. 나는 한 시간이 넘게 걸리는 학교까지 되돌아가 캄캄한 복도에 서서 성냥불을 그어대며 나보다 앞순위에 있는 아이들의 이름과 점수와 석차를 베껴와야만 했다. 그 캄캄한 어둠 속에서 떠오르던 수많은 아이들의 이름은 실체가 없는 글씨에 지나지 않았지만, 그들은 뒤에 어떤 삶을 살게 되었을까.

중학교도 그랬지만 고등학교에 가서도 나는 학급에 정을 붙이지 못했다. 아니 거의 죽을 맛으로 학교에 다녔다고나 할까. 겉으로는 태연했지만 날마다 학교에 불이 나거나 전쟁으로 폭격에 무너져내리는 교사 건물을 떠올렸다.

나는 교실 안의 공상가였다. 창밖의 빈 운동장과 아카시아나무를 바라보든가 책상 밑에 다른 책을 감춰두고 읽거나 노트에 춘화를 그리면서 선생이 쓸데없는 소리만 떠든다고 여겼다. 나는 아이들의 관심을 끌기 위해서 점심시간마다 재담으로 아이들을 웃기거나 광댓짓을 벌이곤 했다. 그래서 하루라도 이 교실 안의 피에로가 결석하면 아이들이 하루종일 뭔가 빠진 것 같더라는 말에 만족했다.

아침에 등교할 적마다 두발검사에 복장검사를 하질 않나 어떤 교장은 부임하자마자 전교생의 바지 호주머니를 꿰매도록 지시했다. 추우면 참되 호주머니에 손을 찌르고 다니면 단정해 보이지 않는다나 뭐라나. 우리는 교복이 일제시대에 생겨난 것도 알고 있었고, 교모를 쓰고 목까지 올라오는 높은 칼라에 학년 표지와 배지를 꽂고 금속 단추를 달고 이름표를 붙이는 복장이 십구세기 유럽 제국주의 시대의 군복을 베낀 것이라는 사실도 알았다. 그런데다 매주 월요일엔 군대처럼 열병식으로 조회를 했다. 당연히 학생회장은 대대장이고 우리는 졸병인 셈이었다. 머리털은 죄수들같이 언제나 하얗게 속살이 보이도록 박박 깎아야 했다. 어떤 애들은 공연히 모자를 찢고는 재봉실로 여러 겹 꿰매기도 하고 바짓가랑이를 나팔 모양으로 늘렸다가 홀태바지로 줄이기도 했다.

고등학교에 진학하자마자 특별활동반 편성이 시작되었는데 나는 안내문에 나온 목록을 살피다가 등산반에 들어가기로 결정했다. 중학교 때도 일부러 수영수구반에 든 것은 여름방학 때 훈련캠프에 참가한다는 안내문을 보고서였다. 덕분에 만리포 해수욕장에서 열흘 동안 지낼 수 있었고 집을 오랫동안 떠나 있을 수가 있었다. 나는 등산반에 들면 수시로 집과 학교로부터 벗어날 수 있겠다고 지레짐작을 했던 것이다.

내가 한 학년 위였던 인호를 만난 것은 상급생들이 신입회원들을 암벽등반에 데리고 가서 훈련을 시키던 어느 토요일이었다. 학교 부근에 있던 암벽은 아슬아슬한 슬로프 코스가 제법 길었고 짧지만 침니도 있었고 오버행을 넘어가는 마지막 부분이 제법 어려운 코스로 알려져 있었다. 상급생들은 이 마지막 오버행에서 바들바들 떨거나 꼼짝 못하고 비지땀을 흘리는 신입들을 속수무책인 듯이 팔짱 낀 채 올려다보고 내려다보면서 즐기는 눈치였다. 그들은 훈련이 끝난 뒤에는 뒷골목의 으슥한 찐빵집으로 데려가서 막걸리를 먹였다. 우리는 그 집을 빵집이라고 부르지 않고 '학삐리 주점'이라고 불렀다.

입반한 지 두번째 주말에 인호가 나만 따로 남도록 했다. 저녁 무렵에 찐빵 만두를 파는 그런 집에 죽치고 앉아 있는 어른 손님들이 있을 리 없어서 우리 둘뿐이었다. 인호와 나는 연탄가스 냄새가 풍기는 방안으로 들어가 앉지 않고 등받이 없는 동그란 오리의자와 널판자로 된 식탁이 놓인 바깥쪽에 앉았다.

주인아줌마는 우리가 가면 항상 아무 말 없이 막걸리 한 주전자와 데친 두부 한 모에 김치 한 보시기를 내주었다. 언제나 똑같은 술과 안주였지만 우리는 그것들을 앞에 놓고 떠들썩하고 유쾌하게 또는 나직하고 심각하게 토론을 했다. 인호가 이 빠진 사기그릇에 막걸리를 그득히 따르더니 제 잔에도 술을 채웠다.

한잔 쭈욱, 하자.

무슨 일 있어요?

그때까지만 해도 낯선 사이라 나는 인호에게 깍듯하게 상급생 대우를 했는데 일 년이 채 못 가서 나는 그 주위의 상급생 동아리들과 친구가 되었고 말을 트고 지내게 된다.

어어, 오늘 널 보자는 놈들이 있어서 말이야. 너 어떻게 생각하니?

그의 첫마디는 이렇게 뜬금이 없고 앞뒤가 분열되어 있었다. 나를 보자는 놈들이 있다는 것과 내가 그들을 어떻게 생각하느냐라니. 아직 코빼기도 보지 못한 녀석들을 뭘 어떻게 생각하란 말인가.

뭘요?

야 서두르지 마라. 내가 다음 말을 하려구 그러잖아. 나는 논리적인 게 딱 질색이다. 애매함에 대하여 생각해본 적 있냐?

이건 등반기술 훈련과는 별개의 것이었기 때문에 나는 순순히 받아줄 생각이 없었다. 일부러 그의 말뜻에 깊게 매달리지 않고 대뜸 말해버렸다.

밤안개라는 노래를 좋아하긴 하지만 별로 생각은 안 해봤어요.

흠 제법인데…….

인호가 고개를 끄덕였다. 나는 본능적으로 그가 최근에 남몰래 그럴듯한 책을 읽었다는 눈치를 챘다. 단숨에 말해버리면 하수가 되어버리지. 그러니까 발설을 최대한 억제하고 뭔가 돌려서 얘기하려고 애를 쓰는 게 분명했다.

너 글 쓰냐?

인호의 물음에 나는 이번에도 비켜나가기로 했다.

학교가 좀 지루해지고 있지요.

등산반 들어온 이유가 그거지?

주말 캠핑에나 자주 끼워주쇼.

이렇게 우리가 겉도는 얘기로만 빙빙 돌고 있을 무렵에 학생 둘이 안으로 들어섰다. 먼저 들어온 치는 흰 얼굴에 수염이 듬성듬성한 상진이었고 다른 하나는 이목구비와 태도며 복장이 반듯한 동재였다. 상진이는 인호 옆에 동재는 내 옆에 나란히 앉았다. 우리는 사업하는 어른들처럼 엇갈려서 악수를 나누었다. 동재가 나를 돌아보며 똑똑 끊는 정확한 발음으로 말했다.

유준, 내가 네 이름 알지. 너 가롯 유다 얘기 썼지?

내가 대답하기도 전에 상진이가 말했다.

참, 누가 문예반장 아니랄까봐. 앉자마자 품평회 하자는 거야?

하더니 인호와는 달리 시원시원하게 나왔다.

우리 다 그거 읽었다. 발랑 까졌더라.

아아, 그때서야 나는 인호의 빙빙 돌던 탐색이 무엇 때문이었는지 알아챘다. 사물을 상징화하는 힘은 직관에서 나온다고 어느 콧수염쟁이 철학자가 그랬다는데. 하기야 부처님 말씀에도 그런 건 있다. 그 무렵에는 해방 무렵에 쏟아져나왔던 번역서들이 다시 정리되던 중이었고 전후 복구가 어느 정도 마무리된 그해 사월 이후에는 문고판과 전집 들이 산더미처럼 출판되고 있었다.

대학도 가기 전에 우리들 중 누구는 일본어를 방학 때 딸딸 외워서 육 개월 만에 손쉬운 일본 번역서들을 찾아 읽었고 영길이나 상진이는 영어와 불어를 열심히 파더니 원서를 읽기 시작했다. 물론 인호나 정수나 나 같은 놀량패들은 거의 공부에 힘을 쓰진 않았지만 독서는 지루함을 견디는 취미로서도 괜찮아서 어느 때는 몇 달 동안 꼼짝 않고 방구석에 처박혀 읽기도 했다. 이들 두 부류는 지식을 섭취하는 방법이 달랐지만 수업시간을 싫어하기는 마찬가지였다. 가령 책 읽은 내용이나 저자를 직접 대놓고 얘기하지 않고 돌려서 다르게 말하기 따위의 습관은 우리 측에서 은연중에 정했던 규칙이었고 그 약속은 성인이 될 때까지 지켜졌다. 나중에 만난 민우나 태치 같은 친구들은 우리 화법에 적응하지 못해서 가끔 놀림을 받더니 하나는 너무 농담조가 되고 또하나는 과묵해졌다.

나는 두 주전자쯤 술잔이 돌아갔을 때부터 슬슬 말문이 터지기 시작했다. 인호가 내게 말을 걸었던 바로 그것을 잡고 늘어지기로 했다.

인호 형이 말이우, 애매함에 대하여 생각해본 적 있느냐구 시비를 겁디다.

그랬더니 동재가 픽 웃으며 말했다.

얘가 수학을 싫어해서 그래.

그래서 나는 등산반에 잘 들어간 거 같애. 몸으루 때우는 걸 알게 될 테니까.

내가 그랬더니 상진이가 받았다.

미친놈보다 차갑게 이성적인 놈이 더 무서울 때가 있거든.

온몸을 걸고 뭔가 해볼 짓이 없을까?

상진이가 다시 내 말을 받아주었다.

우리들 마음은 다 그렇지. 그런데 자신이 없어서 말야, 너 애하구 한번 잘해봐라.

하면서 그는 인호를 툭툭 건드렸다. 내 옆자리의 동재가 고개를 천천히 흔들었다.

이제 큰 사고 나겠구먼.

대학생 형들에서부터 고교생들에 이르기까지 암벽등반팀이 생겼고 나와 인호도 거기에 들어갔다. 우리는 주말마다 서울 주위의 산과 암벽 들을 섭렵하다가 급기야 가을에는 무단결석을 하고 설악산에 푹 잠겨 지냈다.

종업식이 끝나고 담임선생인 포졸이 나를 지목하더니 교무실로 따라오라고 말했다. 나는 애초부터 담임선생과 제대로 사귀질 못했다. 좀더 정확하게 말하자면 그는 나를 처음부터 오해했다.

그와 대면하던 첫날, 번호를 매기고 학급에서의 자리를 정해주었는데 끝까지 나를 호명하지 않았다. 담임은 어리둥절한 얼굴로 오히려 나에게 물었다.

넌 누구야?

자리가 없습니다.

너두 우리 반이냐?

그가 내 이름을 확인해보더니 확 짜증을 냈다.

저 뒤에 아무데나 앉아!

다행히 복도 쪽 뒷문 옆에 두 자리가 비어 있었고 나는 그리로 가서 앉았다. 그 순간 나는 어쩐지 이 교실에서 별로 재미가 없을 것 같은 예감이 들었다. 새 학년이 시작되면 아이들은 선배로부터 선생님들의 별명을 듣게 되는데 담임의 별명이 그 유명한 포졸이었다. 그는 언제나 여섯 모로 깎은 반팔 길이의 몽둥이를 출석부와 함께 옆에 끼고 다녔는데 방망이에는 붓글씨로 정성스럽게 '어머님 사랑'이라고 써두었다.

포졸은 나를 힐끔힐끔 뒤돌아보면서 저만치 복도 끝을 걸어가고 있었다. 그는 교사와 교사 사이의 좁다란 마당을 건너 교무실 쪽으로 꼬부라지지 않고 반대편 생활지도실로 들어가며 다시 돌아보았다. 실내는 불기가 없어서 차가운 냉기가 감돌았다. 그가 긴 탁자 앞의 한 자리를 손가락질하며 말했다.

너 여기 잠깐 앉아 있으라우.

뭔가 정학이나 징벌을 주려고 할 때라든가 반성문을 씌우는 장소가 주로 그곳이어서 나는 어느 정도 각오는 하고 있었다. 아니면 심각한 문제를 다른 학생들 몰래 상담하는 곳이기도 했다. 포졸이

나간 뒤에 나는 잠깐 새버릴까 생각하다가, 아니 오늘이 까짓것 마지막 날인데, 하고는 그냥 꾹 눌러참고 주질러앉았다.

　담임을 맡았던 포졸과 처음부터 어긋나버렸다고 했지만 그게 내 탓만은 아니었다. 그는 생물선생이었는데 이름난 대학에서 유전학을 전공하여 석사까지 했다고 들었다. 언제나 부스스한 머리에 노타이 차림에다 뿔테안경의 렌즈가 두툼해 보였다. 포졸은 자기 학문에 대한 자부심이 대단했다. 아마도 그는 자신을 천재라고 생각하고 있었을 것이다. 차림새에서부터 어딘가 나사가 하나 빠진 듯한 태도며 갑작스런 광기 따위로 보아 그는 의식적으로 그러한 유형으로 행동하고 있는 것 같았다.

　내 자리를 잘못 정해준 저 입학 첫날부터 담임은 히트를 치는 행동을 했다. 제 자식들의 고등학교 입학식을 참관하려는 학부모들 십여 명이 교실 밖 복도에 옹기종기 모여 있었다. 그들은 복도 쪽으로 나 있는 창의 불투명 유리 너머로 교실 안을 넘겨다보려고 머리를 삐죽이 내밀곤 했다. 담임은 출석을 부르다 말고 그의 별명의 유래가 된 육모방망이로 교탁을 땅땅 두드리고는 혼잣말처럼 학생들을 향하여 불평을 늘어놓았다.

　저거 좀 보라우. 복도에서 신발 신으면 안 된다는 걸 다들 알구두 버젓이 신 신구 돌아치잖나. 저거 누가 치우가서? 제 새끼들이

치우지 않갔나? 하구, 너이 놈덜 나이가 몇인데 울렁줄렁 따라와 개지구 법석이야. 여게가 어디 유치원이가 국민학교가? 집 못 찾아갈 놈덜 있으문 손들라.

하더니 갑자기 교실 문을 드르륵 열고 고함을 질렀다.

이보라요, 신발 전부 벗으라요. 아니문 운동장에 나가 기달리든지.

학부모들이 질겁을 하고는 우르르 쫓겨나갔고 아이들은 킥킥거렸다.

그의 수업시간은 독특해서 강의 도중에 필기를 한다든가 교과서를 펼치지 못하게 하고 그날 진도 내용을 일방적으로 주욱 설명했다. 그리고 수업의 절반은 느닷없는 질문을 계속했다. 대답이 삼초 내에 나오지 않으면 법대로 어머님 사랑이라 쓰인 육모방망이를 사정없이 날렸다. 불이 번쩍, 하면서 머리에는 대번에 밤톨 같은 혹이 돋아났다.

멘델의 법칙을 가르치던 시간이었나, 포졸은 우성과 열성의 배합과 결과에 대하여 질문을 퍼부으며 육모방망이를 날리면서 내가 앉은 열 사이로 무서운 속도로 접근해왔다. 나는 우선 한 팔로 육모방망이를 막으면서 상반신을 일으켰다.

뭐야 이건?

포졸이 방망이를 뿌리치려는데 나는 그것을 두 손으로 잡고는 항의했다.

우리 질문은 하나도 받지 않으시고 너무 일방적입니다.

그으래? 좋아, 물어봐.

여학생들 유방이 볼록한 건 보기두 좋은데요…….

아이들이 킬킬대고 노총각인 포졸은 얼굴이 벌써부터 시뻘게졌다.

우리들 불쌍한 젖은 왜 달려 있는 겁니까? 애두 안 낳구 젖 먹일 필요두 없는데요.

그건 이를테면 나의 학급에서의 봉사지침에 따른 일상적 언행이었다. 공포에 떠는 급우들을 잠깐이라도 웃겨야 했으니까. 그는 나에게 방망이를 날리지 않고 어처구니가 없다는 듯이 바라보다가 짤막하게 내뱉었다.

복도에 나가 꿇어앉아 있으라.

나는 교실 밖으로 나가면서 아이들이 다 듣게 중얼거렸다.

과학적 진리는 정해진 게 따루 없다는데, 맨날 폭력이나 쓰구 말야.

어쨌든 서로 그렇게 어긋나버렸던 것이다.

또 한번은 내 앞자리에 앉았던 녀석 때문에 사단이 벌어졌다. 포졸이 한참 원형질을 설명하면서 내가 앉은 줄의 통로 쪽으로 다가왔다. 내가 당시에 뭘 했던가는 잊었지만 하여튼 딴짓을 하고 있었을 것이다. 후닥닥하는 기척과 동시에 뭔가 내 머리를 치며 책상 위에 떨어졌고 내가 미처 그것을 살피고 감추고 할 겨를도 없이

다가온 포졸이 냉큼 집어올렸다. 제기랄, 그건 야시장에서 무더기로 싸놓고 팔던 일본책에서 멋대로 중역한 엉터리 시집이었다. 그래도 제목은 멋들어지게 '하이네 서정시집'이었지만 말도 안 되는 사랑타령으로 가득차 있는 쓰레기였다. 하이네가 얼마나 훌륭한 시인인가 하는 것은 문제도 되지 않았다. 그 안에 분홍 꽃종이에다 써넣은 녀석의 연애편지가 더욱 한심하고 기막힌 물건이었다. 포졸은 잠깐 훑어보고 나서 아랫입술을 일그러뜨리며 득의양양한 미소를 짓더니, 사정없이 육모방망이로 내 머리통을 세 대나 연달아 내리쳤다.

앞으루 나와, 이 편지 읽어보라우.

나는 단호하게 말했다.

제가 쓴 게 아닙니다.

그럼 누구야, 어떤 놈 거야?

나는 하는 수 없이 입을 다물었다. 내게 순간적으로 뒤집어씌운 녀석이 미웠지만 기왕에 내가 걸린 거다. 나는 차라리 예수님이 되기로 작정하고 말았다. 그게 오히려 나의 학급에서의 존엄성을 지키는 일이었다. 나는 분노와 수치를 참으면서 떨리는 목소리로 읽어나가기 시작했다.

사, 사랑하는 경자씨에게. 저는 오늘도 하이네 시집을 읽으면서, 학교를 오갈 때마다 먼발치에서 뵈오던 경자씨를…….

더 큰 소리로 읽으라, 잘 안 들리잖나?

수업이 끝난 뒤에도 교무실까지 끌려가서 다시 한번 느닷없는 낭송회를 벌여야 했고 이 과목 저 과목 선생들에게 희롱을 당했다. 나는 기어들어가는 목소리로 내 것이 아니라는 말만 되풀이했다.

하루는 수업중에 배아胚芽를 설명하고는 떡잎의 예를 들라며 포졸이 다시 방망이를 날리기 시작했다. 내 차례가 되었을 때 나는 또 방망이를 한 팔로 막으면서 얼른 대답했다.

콩나물이요.

포졸은 나를 멀뚱히 쳐다보더니 교탁 앞으로 되돌아가서 떡잎 이야기를 계속했다.

쌍떡잎 외떡잎의 예에서 본 것처럼 너이덜은 떡잎부터 알아보게 돼 이서. 나는 학교 때에 문예니 예술이니 하믄서 주절거리던 년석들이 제대루 대학 들어가는 꼴을 못 봤다. 여학생 꽁무니나 따라댕기구 말이지.

나는 억울했기 때문이 아니라 그의 빈정거리는 태도가 부당하다고 생각했기 때문에 끼어들었다.

그런 친구 때문에 실연당했습니까?

뭐라구?

편견을 정설로 만들려구 자연현상까지 이용을 하시면 안 되죠.

너 나가 꿇어앉아.

나는 이렇듯 담임과 끝내 잘 사귀지 못했고 교실보다는 산이 좋아서 결석을 밥 먹듯 하다가 나중에는 설악산으로 도망가서 장기

결석까지 해버렸던 터였다.

물끄러미 교실 창밖을 내다보며 생활지도부실에 앉아 있노라니 얼마쯤 후 포졸이 무엇인가 손에 들고 돌아왔다. 그는 성적통지서와 가정통신문인 듯한 흰 봉투를 책상 위에 올려놓고는 내 앞에 마주앉았다. 그는 보통때와는 달리 차분하고 점잖은 목소리로 얘기를 꺼냈다.

유준, 내가 부모님 모셔오라구 할 때마다 요 핑계 조 핑계 대면서리 한 번두 모시구 오지 않았지?

나는 늘 말하던 대로 어머니가 생업에 바빠서 모셔올 수가 없었다고 대꾸했다. 포졸은 평소처럼 빈정대지 않고 진지하게 말했다.

넌 중간시험두 안 치렀구 장기결석까지 했다. 평균점수를 냈더니 우리 반에서 맨 꼴찌야. 학력평가 결과 너는 유급이다.

나는 멍하니 담임선생을 바라보고 있었다.

못 알아듣겠나? 낙제란 말야. 학교에 다니고 싶으면 개학 전에 부모님 모셔오라.

포졸은 말없이 앉아 있던 나에게 성적통지서와 학부모에게 보내는 편지를 겹쳐서 내 쪽으로 밀어주었다.

나는 허둥지둥 학교를 나와서 버스나 전차도 타지 않고 뒷길로 하여 광화문까지 걸어갔다. 내 딴에는 그까짓 학교에 기죽지 않겠다며 아슬아슬하게 궤도이탈을 몇 번 시도했을 뿐인데 손끝 하나로 튕겨져나온 것 같은 느낌이 들었다. 그야말로 막막했다고 할까, 어이가 없었다고나 할까. 아무 생각도 나지 않았고 그냥 두 다리가 떠서 어기적대며 가는 것만 같았다. 도중에 이웃한 여학교 학생들이 무슨 행사를 끝냈는지 줄지어 지나갔는데 나는 그녀들의 똑같은 곤색 교복 위의 수많은 흰 칼라만을 건성으로 쳐다보았다. 여학생들의 웃음소리가 들렸고 갑자기 볼이 화끈 달아올랐다. 어쩐지 발가벗고 길 위에 나선 듯한 느낌이었다. 이제부터 '시선의 고문'에 시달려야 하고 스스로의 내면을 단단히 감싸지 않으면 안 되었다.

나는 소싯적부터 모범생으로 칭찬만을 들어왔다. 지난 일 년만 뺀다면 나는 약속된 줄 위에 서 있었다. 집에 돌아가서도 며칠 동안 어머니에게 입도 뻥긋하지 못했다. 우리는 그때에 전부터 살아오던 오랜 집을 팔고 다른 동네로 이사가 있었고 어머니는 새로운 도매점을 열고 있었다. 사실 어머니는 이사를 하고 다른 업종을 시작할 때마다 아버지가 남겨두었던 가산을 조금씩 까먹고 있었다. 한꺼번에 날려버리지는 않았지만 어쨌든 천천히 줄어드는 과정이었던 것이다.

봄방학이 끝나고 새학기가 시작되자 나는 어머니에게 사실을 말하지 않을 수 없었다. 그녀는 나에게 더이상 아무것도 묻지 않았고 내일 학교에 같이 가자고 간단히 말했다. 어머니의 말수가 줄어들면 그녀의 근심이 깊어질 때라는 걸 잘 아는 나로서는 뭐라고 변명이나 위로의 말도 해줄 엄두가 나지 않았다.

첫 학기의 몇 달은 굴욕을 참고 부지런히 학교에 나갔고 첫번째 중간고사에서 상위로 치고 올라갔다. 그렇지만 여름방학이 되기 전에 벌써 나는 전보다 더 학교에 시들해지고 있었다. 인호도 나처럼 낙제했다. 그러니까 나는 다시 일학년, 그는 이학년으로 제자리걸음이었다. 상급생이던 상진이는 입시 준비를 하지 않고 휴학을 해버렸고 얌전하고 반듯한 동재만 열심히 공부하고 있었다.

내가 정수와 알게 된 것은 그해 봄에 중길이가 죽기 얼마 전이었다. 어느 날 방과후에 인호와 나는 문예반실 옆의 쓰레기통에 올라서서 팔말 긴 것 두 개비와 딱성냥을 받아들고 문예반실로 갔다. '문예반원 외에는 출입금지'라고 원고지를 찢어서 유리문 안쪽에 붙여두었지만 우리가 그런 규칙을 지킬 리가 없었다. 문에다 퉁퉁한 자물쇠를 채워두었으니 출입문으로 들어갈 필요가 없었다. 우리는 뒤창문을 힘주어 들면 문짝이 빠진다는 걸 알고 있어서 뒤로 돌아갔다. 이미 오래전에 인호는 창문 아래쪽에 맞춤한 시멘트 블록을 몇 개 놓아두었다. 우리가 바깥에서 보이지 않는 안쪽에

의자를 끌어다놓고 담배를 맛있게 피워대고 있는데 갑자기 문을 따는 소리가 들리고 동재가 들어섰다.

녀석들아, 누가 남의 신성한 자리에 와서 담배 피라구 그랬어? 느이들 등산반으루 가라구.

야, 이거 너 피워라. 아직 글씨두 안 탔다.

인호가 피우던 꽁초를 동재에게 내밀었고 뒷전에 따라들어온 아이를 힐끗 돌아보며 동재가 말했다.

정수가 우리를 아주 상습범으로 보겠다.

그런데 오히려 정수라는 애는 한쪽 다리를 양철의자 위에 올려 놓더니 양말을 까내리고 절반쯤 타다 만 담배꽁초를 엄지와 검지로 끄집어냈다. 정수는 나를 툭 건드리며 아무렇지도 않게 말했다.

불 좀 주라.

나는 약간 아니꼬운 생각이 들었지만 말없이 꽁초를 내밀었다. 정수는 키가 작았고 어깨가 다부지게 벌어졌다. 얼굴이 가무잡잡하고 애완동물처럼 영리한 눈빛이 반짝였다. 인호가 내게 말했다.

너희들 같은 학년인데 아직 모르니?

동재가 낄낄 웃으면서 참견했다.

어째서 준이하구 정수가 동급생이냐? 너하구 동급생이구 준이는 한 학년 찌그러졌지.

말 올려야 되남유?

내가 떨떠름하게 말하니까 정수가 쾌활하게 웃었다.

야, 너 유준이지? 내가 진작에 이 친구들하구 다 터버렸다. 너두 오늘부터 애들하구 맞먹구 지내는 거야.

하고는 인호와 동재를 둘러보았다.

불만 없지? 제국 일본군의 내무반두 아니구 무슨 존댓말에 거수경례냐구.

정수는 동재가 교지 만드는 일을 도와주고 있었다. 그는 외부의 미술 공모전에서 몇 번이나 상을 타온 그림쟁이였다. 그런데도 내가 문예반에 들지 않은 것처럼 미술반에 들지 않고 엉뚱한 신문반에 들어가 삽화를 짬짬이 그려대고 있었다. 나중에 알았지만 신문반은 영자신문반과 함께 한 달에 한 번씩 신문사 인쇄부로 나가 사나흘간 교정도 보고 대학신문사 선배들과 사회 나들이도 했다. 덕분에 정수는 그런 연줄로 심심치 않게 화료도 벌었다.

오늘 정수하구 준이가 박치기를 했는데 그냥 넘길 수 없잖아.

인호가 술 생각이 났는지 그렇게 말했지만 동재는 심드렁한 표정이고 장본인인 정수가 나섰다.

애들 몰래 가는 학삐리 주점은 사양하겠다. 모짤트에 가면 상진이가 있을 텐데.

그럼 명동으루 나갈까?

동재는 잘들 놀아보라며 빠지고, 나와 인호 정수 셋만 시내 중심가로 진출했다. 어둑어둑 땅거미가 질 무렵에 학교에서 집으로 돌아가던 똑같은 길을 벗어나 낯선 중심가로 들어가던 나는 어쩐지 가슴이 두근거렸다. 예전에 아버지를 만나러 가면서 어머니를 따라 그 부근엘 가본 적이 있었다. 아버지의 일터가 을지로 근처였던 것이다. 그리고 큰누나가 졸업하던 날 온 식구가 한일관에 불고기를 먹으러 갔을 때 밤의 명동에 처음으로 나가봤다. 이제 도시와 학교를 벗어나 산으로 돌아다니던 것과는 전혀 다른 경험이 나를 기다리고 있었다.

4

나는 말야 인호라는 내 이름이 싫어. 어딘가 소년을 못 벗어났거나 빤질이 같은 느낌이 들거든. 어릴 적부터 주위 어른들이 나를 돼지라고 불렀지. 나는 그 별명이 더 좋단 말야. 준이나 상진이 같은 놈들이 나 안 듣는 데서만 돼지라고 하더니 이제는 버젓이 여자애들 있는 데서도 막 불러제끼더라.

나는 상진이랑 동재하구 제일 먼저 친하게 지냈어. 하여튼 우리 학년에서 이심전심으로 어울린 게 다섯 사람쯤 되었다구. 그러다가 하급생이던 준이와 정수가 합세하게 되었지. 나중에 다른 학교 녀석들이 몇 명 더 모여들었지만.

하여튼 준이는 재미있는 녀석이지. 제법 어른스럽게 시치미를 잘 뗀단 말야. 한 학년 상급생이던 우리는 일학년 때부터 어울렸는데 모두들 겉보기와는 달리 책을 좀 읽는 편이었지만 만나면 책에 대해서는 얘기하지 않고 늘 딴청을 부렸지. 나는 책가방에 노트라고는 달랑 한 권에 교과서두 오후수업 것은 넣지 않고 도시락은 아예 없이 다니면서 그날 읽어치울 책들만은 꼭 넣고 다녔어. 유준이 외부에서 문학상을 두어 번 타오는 바람에 우리가 녀석을 알게 되었는데 그 녀석, 전혀 표를 안 내는 거 있지. 상진이가 그랬어. 준이란 놈, 살인청부업자 같다나? 칼이면 칼, 총이면 총을 잘 다루면서도 비실비실 엑스트라처럼 보이는 등장인물 있잖아. 하여튼 우리 식의 대화를 공중전이라구 그랬는데 녀석은 매우 능숙한 사격수였어.

처음엔 내가 그놈을 산으로 꼬셔서 데리고 다녔지만 가을에 한 달 동안이나 학교를 제껴버린 건 준이 꼬임에 내가 넘어갔던 거라구. 그뿐이 아니지, 그다음에는 정수까지 망해먹게 만들었다니깐.

좌우간 내가 몰래 시를 썼다면 믿겠어? 운동두 열심히 했지만 사실 그건 아버지 때문이야.

우리 아버지는 족보에는 들어 있지 않았지만 고향에서는 몇 개 군에 걸쳐서 다 알아주는 주먹이었다더군. 아버지는 서울로 올라와 토건회사에서 십장을 하다가 곧 눈치를 채고는 전후에 일어나기 시작한 집장사로 나섰어. 집을 지어서 파는 거지. 씨팔, 이사 참 많이 다녔다. 내 어머니는 고향에서 할머니 모시구 살았는데 여동생하구 나만 아버지를 따라서 서울로 올라왔지. 뭐 좋은 학교를 다녀야 한다나. 그러다가 아무래두 외롭구 불편했든지 아버지는 새

어머닐 얻었어.

나하구 그 여자하구 마음이 맞을 수가 있나. 그러니 고등학교 다니는 동안 한 번도 도시락 싸달라는 말을 안 했지. 점심은 아예 굶거나 구내매점에서 우동이나 빵을 사먹거나 그랬다구. 아버지는 맨날 현장에 나가 있구 어쩌다가 갈비 한 짝에 소주 닷병들이 몇 병 들고 일꾼들 왕창 데리구 와서 구워먹고 마시며 법석을 떤 뒤에 생활비 떨궈놓고 사라져버리곤 했지. 어쨌거나 우락부락하기는 했어도 아버지는 지금 생각해보면 자상한 사람이었어. 나를 밖으로 불러내어 따로 한 달 용돈을 주며 배를 쿡 찔렀지. 아껴서 쓰구 동생두 잘 보살피라구. 그때는 이층집이 유행이라 이층의 고만고만한 방이 비어 있어서 나 혼자 새로 도배한 방에 엎드려 책만 읽었다. 그러다 심심하면 서울역 옆에 있던 태권도장 무덕관에 나가서 몸 풀고 기합소리 외치다가 돌아왔어.

내가 시를 썼다구 그랬지? 처음에는 뭔가 길게 글줄을 만들어보려구 하는데 도저히 안 되더라구. 그래서 두 줄, 석 줄짜리의 짧막한 경구 같은 글들을 써보다가 우리들이 평소에 나누던 공중전 대화를 그대로 옮겨보기도 했거든. 그걸 준이에게 보여준 적이 있어.

어째서 앞길은 불안한가 길이 없어지면 광야인데 어째서 지루함은 죽음인가 저지르면 살아나거늘 모든 자고 깨는 꿈은 내 것.

준이는 눈살을 찌푸리고 들여다보더니 중얼거리더군.

어디서 많이 본 듯하지만, 사랑타령보단 낫다.

준이와 나는 암벽타기에 거의 중독이 된 것 같았어. 녀석이 산
악반에 들어왔을 때 신입생이 여덟 명인가 그랬는데 일학기 동안
에 주변 산들의 암벽코스를 다 붙어본 건 그 녀석이 처음이었다
구. 어떤 날은 세 탕을 뛰기도 했지. 아침 일찍 자고 일어나 도봉의
만장 십자로 전면을 오르고 내쳐서 선인을 올랐다가 계곡을 돌아
서 주봉 침니를 부비면서 오르고 도봉에서 북한산으로 이어진 능
선을 치달려 황혼녘에 삐딱하게 솟은 우이암을 기어올랐어. 내려
와 솔밭으로 둘러싸인 우이동 어름에서 시외버스를 타고 돈암동
종점에 이르면 주위는 컴컴하고 상점마다 불이 켜져 있었지. 우리
는 몹시 지쳐서 서로 말을 걸지도 않았어. 그렇지만 다시 태어난
것 같더라. 거리를 오가는 사람들 사이로 걸으며 우리가 그들과는
전혀 다른 사람이 되어버렸다고 생각했지. 그건 도서관에서 하루
종일 이를테면 모비딕과 같은 두툼하고 근사한 책을 읽고 나온 저
녁때 같았다구.
중간고사를 앞두었던 가을 어느 주말에도 어김없이 준이와 나
는 산에 갔었는데, 돈암동 종점에서 헤어지기 전에 준이가 말하
더군.
나 월요일부터 학교 제낄 거다.

뭐할려구?

내가 그저 대수롭지 않게 물었더니 준이가 말했어.

설악산에나 가서 지내다 올까 하구.

갑자기 그게 무슨 소리냐? 아무 준비두 안 했는데.

며칠 전부터 준비해놨다. 키슬링 대형 배낭에 짐두 다 꾸려놨어. 낼 아침 속초행 버스를 타기만 하면 돼. 생각 있으면 너두 나와.

그렇게 줄줄 얘기해놓고는 녀석이 버스에 올라타려고 하는 것을 내가 목덜미를 잡아서 끌어내렸지.

야야, 잠깐 얘기 좀 하구 가라.

나는 어쩔 수 없이 돈암동 시장 모퉁이에 있는 국밥집으로 준이를 끌고 들어가서 순댓국밥 시켜놓고 소주 한 병을 시켰지. 그러고는 나 스스로를 타이르듯 말했어.

야, 산두 좋지만, 그랬다가는 무단결석으루 짤리지 않으면 낙제할 거야.

그래서……?

준이는 빙글빙글 웃으면서 나를 바라보더군.

꼭 학교를 다니고 졸업을 해야만 하겠냐? 나중에 내키면 그때 가서 혼자 공부하면 안 될까? 하여튼 나는 꼴리는 대루 할 거야. 달마다 학력고사에 성적순으로 줄을 세우고 일등에서 꼴찌까지 석차를 매기구 말야. 너 시험지에 쓴 내용이 기억나니? 거의가 개떡같은 속임수들이다.

아, 그때 준이를 말리고 내 안에서 솟구쳐오르는 마음을 억눌렀어야 하는 건데. 그건 막다른 벽 앞에서 해머로 벽돌을 부숴뜨리고 푸른 숲이 펼쳐진 들판을 향하여 달려나가고 싶은 어떤 격정이었지.

그러구 나서?

내가 중얼거렸더니 준이가 내 어깨를 툭 때리며 말했어.

그건 그때 가서 몸으루 때우든지, 우리가 저지른 실수의 흔적들을 치우든지 하면서 살아가면 된다. 나는 각오를 하구 있어. 저 봐, 길거리에서 애들이 막 총에 맞아 죽구 그러는데, 어쨌든 우린 살아갈 거잖아. 하여튼 앞날은 잘 모르지만 제 뜻대루 할 수 있잖냐구. 너 어른들이 우리에게 바라는 게 고작 뭔지 생각해봐라. 우리 어머니는 내가 의사가 되어주기를 바라구 있어. 네 아버지는 아마도 검판사나 무슨 변호사라두 되기를 바라지 않을까? 자기들이 겪은 인생이 어렵고 무서웠으니까. 고작 신사처럼 살아갔으면 하는 거야. 이런 초라한 소망은 어른이 되어서두 변하지 않아. 늘 쫄리구 두렵구 그러니까 별의별 수단을 다 해서 더 출세할라구 평생 몸부림이지. 나는 그런 줄에서 빠질 거야.

하아, 정말 미치겠더군. 준이 녀석의 마지막 한마디, 자기는 그런 줄에서 빠지겠다고 하던 말이 나를 온통 뒤흔들어놓은 거야.

그래 까짓거…… 나두 간다.

나는 새벽까지 살금살금 집안을 돌아다니며 짐을 꾸렸어. 돈은

그동안 모아놓은 것이 있으니까 동대문시장에서 레이션 깡통들이
며 식량을 사면 되겠다고 생각했지. 그렇게 우리는 늘 가던 길인
것처럼 설악산을 향해 떠났어.

그런데 말이지, 나야 뭐 아버지가 언제나 집에 없었으니까 신경
쓸 일도 없었는데, 준이는 내게 말은 하지 않았지만 은근히 제 어
머니 걱정을 하는 것 같더라. 열흘쯤 되었을 때에 엽서 한 장을 인
제우체국에선가 보냈다구 그러더군.

우리는 단풍이 짙게 물들기 시작한 산등성이와 계곡을 누비면
서 마음에 드는 장소가 있으면 텐트를 치고 사나흘씩 머물고는 했
다. 설악동에서 신흥사로 하여 천불동계곡 지나 소청봉 대청봉을
오르는 코스를 돌고는 오세암을 돌아서 가야동계곡이니 귀때기골
이며를 돌아다녔지. 남설악으로 나갔다가 내설악으로 되돌아와
곰골을 지나 마등령을 탔다가 이십여 일이 지나서 비선대 부근으
로 나왔어. 아직도 성이 차지 않았는지 준이는 속초로 나가자고 했
고 우리는 속초에서 강릉까지 내려가 일주일을 더 머물다가 거의
한 달을 채우고서야 서울로 돌아왔다.

아니나 다를까, 준이와 나는 학년 말에 낙제 판결이 났지. 나는
아버지에게 아무 말도 못 했지만 학교를 때려치울 생각이었어. 그
래도 이학기까지는 다녔는데 내가 먼저 퇴학을 맞고 나서 이듬해

에 준이도 결국 학교를 그만두더라. 상진이와 정수도 휴학을 했던 때라 공교롭게도 우리 동아리 친구들이 약속이나 했던 것처럼 모두 한 해 동안 학교를 다니지 않고 어울리게 된 거지.

나는 좀 요란하게 퇴학을 맞은 셈이야. 어떤 녀석을 반쯤 죽여놓았거든. 우리 친구들 중에 주먹으로 문제를 해결하려던 녀석은 없었던 것 같아. 준이도 중학생 때부터 동네 권투체육관엘 나갔다고는 하지만 두 주먹 쳐들고 폼 잡는 꼴을 본 적은 한 번도 없거든. 내가 녀석이 운동을 좀 했다는 걸 알게 된 것은 우연히 그애 집엘 갔다가 앨범을 들춰보았기 때문이야. 권투 글러브를 끼고 눈에는 힘 잔뜩 주고 측면으로 서 있는 사진을 보고 내가 물었더니 준이가 쑥스러운 듯이 말했지.

수구반은 여름철에만 바쁘잖아.

그렇다고 준이가 껄렁대지 않았다고는 말하지 않겠어. 먼저 남에게 시비 걸지는 않았지만 이를테면 누군가 '왜 째려 인마' 하면 그냥 눈길을 피해버릴 정도는 아니었다는 거야.

하여튼 내가 낙제를 하고 보니까 삼학년이 된 동급생들이 갑자기 다 성장해버린 것 같더라구. 학교가 언제나 공부하라는 분위기라서 대개는 마음 다잡고 책상 앞에 올해의 맹세 따위를 붙여놓기 마련이지만, 어딜 가나 말썽꾼들은 있는 법 아니겠어? 한줌도 안 되는 십여 명의 애들이 무슨 서클이라고 만들어놓고 후배들에게까지 대물림을 하거든.

어느 날 점심시간에 강당을 짓고 있는 공사장을 지나 학교 밖에 있는 중국집까지 나갔다가 철조망을 통과해서 넘어왔지. 그날 준이하구 모처럼 자장면에 군만두까지 집어먹고 강당의 복도 쪽 계단에 올라앉아 담배 한 대씩 맛있게 꼬실르고 있었어.

강당의 시멘트 골조가 거의 완성되어 그곳은 말썽꾼들이 생활지도부 선생님들의 눈을 피하기 딱 좋은 요새가 되어 있었거든. 곳곳에 이어진 계단이라든가 벽과 복도라든가 으슥한 데가 많았어. 목재 더미가 쌓인 입구의 빈터 쪽이나 시멘트 블록을 쌓아둔 공사장 앞마당은 모여 있기 좋은 장소였지. 대개는 하급생들이 입구 쪽에 모여 앉고 상급생들은 이층 계단 위에 있었는데, 선생들이 동산 아래로 접근하는 게 보이면 아무나 휘파람으로 신호를 했지. 그러면 슬슬 자리를 이동해서 더욱 깊숙한 곳으로 숨거나 이동이 편리한 중간지대쯤에 가서 다음 상황을 기다리거나 했다구.

하여튼 우리가 계단 위에 앉아 담배연기를 뿜어대고 있는데 계단 아래 복도 쪽에서 인기척이 나면서 툭탁거리는 둔탁한 소리와 아이구 데이구 하는 신음소리가 들리는 거야. 우리는 고개를 쭈욱 빼고 넘겨다보려고 했지만 아래편 복도는 그쪽에서는 보이지 않았지. 계단을 내려가 복도 입구로 들어섰더니 다섯 명이 한 아이를 꿇려놓고 발로 차기도 하고 턱을 돌리기도 하면서 여유 있게 한 대씩 돌려치기를 하구 있더란 말이야. 준이는 입구에 그냥 서 있었고 나 혼자 호주머니에 두 손을 찌른 채 어슬렁어슬렁 다가갔지.

모두 알 만한 놈들이었거든. 그들 중에 엄지손가락 자리는 용근이라는 녀석이었다. 핸드볼인지 필드하키인지 하여튼 공을 갖고 노는 체육반의 주장이었는데 골키퍼였다는 건 기억이 난다. 녀석이 골을 지킬 때면 독수리처럼 양팔을 벌리고 상반신을 납작 숙이고는 돌격해들어오는 상대를 향하여 주춤거리며 이동하던 모양이 제법 근사했어. 용근이 주위의 놈들도 대개 비슷한 애들이었지.

입학 시즌 다 끝난 뒤에 선생이 신입생을 달고 들어와 소개하고 뒷자리에 앉히는 일이 종종 있었는데, 기여입학이라나 보결이라나 학교에 지원비를 왕창 내고 들어오는 아이들이었지. 그들 중 대개는 알 만한 기업이나 아무 당의 의원들, 심지어는 깡패 두목의 자식들도 있었다. 용근이도 그런 부류 중 하나였는데, 걔네 집안이 나중에 더욱 커져서 재벌회사가 되었다더라.

이 녀석들이 하는 짓이란 주말이면 베이커리에서 여학생들 만나 오토바이에 태우고 교외로 놀러가기, 포터블 유성기 들고 나가 춤추기, 아니면 이웃 학교 아이들과 패쌈하기가 고작이었다. 아 하나 더, 제임스 딘이 나오는 '이유 없는 반항'이라나 하는 영화의 일본식 패션을 흉내내기.

얘가 그렇게 쎄냐?

나는 코피를 가슴팍에까지 흘리며 주저앉아 있는 아이를 턱짓하면서 용근이 녀석에게 물었거든. 물론 어르는 소리인 줄 그들도 다 안다.

그게 무슨 소리야?

용근이가 퉁명스레 말하자 나는 다시 건드렸어.

그렇잖아, 한 놈을 다섯 명이 패구 있길래.

용근이가 눈을 아래로 내리깔며 내게 물었지.

너 지금 우리한테 시비 거냐?

이놈 보내주구 얘기하지그래. 피 많이 흘리잖아.

내 말에 용근이가 고개를 돌려 제 패거리에게 눈짓을 했는지 한 녀석이 맞은 애의 팔을 잡아일으켜서 데리고 복도를 나갔어. 그런데 내가 잠시 한눈파는 사이에 용근이가 아무 말도 없이 다짜고짜 내 옆구리에 한방 먹이고는 연이어 앞으로 꺾이는 내게 어퍼를 먹였지 뭐야. 눈앞에 불이 번쩍, 하더라. 숨을 몰아쉬며 뒤로 주춤 물러나는데 두 놈이 양쪽에서 달려들더군. 내가 정신을 차릴 겨를도 없이 한 놈은 팔꿈치로 면상을, 다른 놈은 뒷발로 가슴팍을 동시에 찼지. 그리고 한 동작으로 모둠발을 뛰어 용근이의 턱주가리를 올려찼어. 그런데 그렇게 정통으로 맞을 줄이야. 녀석이 큰대자로 나가떨어지는 거야. 나중에 지켜보던 준이에게서 들었는데 하낫 둘 셋, 바로 그 동작이었대.

그때에 복도를 돌아나갔던 녀석과 뒷전에 있던 놈이 블록이며 각목을 쥐고 달려들었고, 휘두르는 상대를 이리저리 피하며 틈을 보는 사이에 넘어졌던 다른 놈들이 비실대며 일어났어. 준이가 내 쪽으로 뛰어와 합세한 게 아마 그때였을 거야. 난타전이 벌어졌지. 우리는 맨손이었고 상대는 짧은 대치중에 제각기 각목이며 블록 같은 이른바 연장을 쥐게 되었어. 그렇게 십 분쯤 툭탁거렸을 거야. 눈앞에서 커다란 전구알이 퍽 하고 터져나가는 듯한 느낌과 함께 필름이 끊겨버렸어.

정신이 들었을 때는 준이가 내 상의 앞가슴을 전부 풀어헤치고 젖은 손수건으로 얼굴을 닦아주고 있더군. 준이는 상반신을 벌거벗고 있었는데 나중에야 그가 러닝을 찢어서 내 머리를 동여맸다는 걸 알았지. 준이도 얼굴에 상처가 나고 팔다리에 타박상을 입었지만 나처럼 심하지는 않았어. 나는 그날 병원에 가서 터진 머리를 스물몇 바늘인가 꿰매야 했거든.

우리는 어둠이 내린 공원에 앉아 소주를 나누어 마셨다.

무슨 클럽인가 용근이가 엄지라는데 말야, 그 새낄 꺾어야 학원에 평화가 오겠다.

내가 그랬더니 준이가 나직하게 웃더군.

지금 학교 때려칠 구실 만드는 거야?

나는 사타구니를 두 손으로 가리는 시늉을 하며 말했다.

내 거시기를 보존할라구 그런다 왜.

싸나이?

준이는 일부러 눈을 크게 뜨고 물었고 내가 고개를 흔들었더니 다시 말했어.

아하, 거세……를 미리 방어하시겠다? 너 지금 책 읽은 얘기하지?

아니, 좆두 다 쪼그라들어서 말이지.

쑥스러워서 말 안 하려고 했는데, 준이 말대로 내가 남몰래 책을 좀 읽기는 한다. 맨날 쌈박질이나 하고 다녔을 거라고 오해하지는 말라는 말씀이다.

그 무렵 내가 읽은 책들 중에는 이런 내용도 있었지. 학교는 아이들의 개성을 사회적으로 거세하는 임무를 위하여 세상에 나타났다. 관습이나 기호는 법이나 제도로서 억압적으로 굳어진 경우도 있지만, 그런 것들로부터 인간이 놓여날 수 있게 되면 그는 자신이 원하는 대로 스스로의 삶을 창조할 수 있다. 하지만 이 관습이나 기호를 한 세대에서 다음 세대로 전승시켜나가는 과정에서 결정적인 역할을 하는 것이 바로 학교다. 뭐 소년원이나 학교나 보호소나 피차 마차 역마차라는 거지.

매도 빨리 맞는 게 낫다고 했듯이 나는 이튿날 용근이 놈을 거꾸러뜨리기로 했다. 아예 반팔 길이의 짤막한 파이프 한 개를 구해서 붕대를 두툼하게 감아두었지. 수업에 들어가지 않고 점심시간 전인 사교시째에 녀석의 교실로 찾아갔어. 복도는 텅 비었고 각 교실마다 수업하는 선생의 말소리가 웅얼웅얼 들려오더군. 심호흡을 한번 깊숙이 해보고 나서 뒷문을 드르륵 열었어. 칠판에 판서를 하던 선생이 돌아보았고 교실 안의 아이들도 일제히 내 쪽으로 고개를 돌렸지. 나는 아랑곳없이 한 손에 연장을 쳐들고 책상 위로 뛰어올라 뒷줄 중간쯤에 앉아 있는 용근이 놈을 향하여 건너갔다. 녀석이 기겁해서는 두 팔로 머리를 감싸고 책상 아래로 고개를 숙이려는데 그대로 내려쳤지.

아이들이 소리를 질렀고 선생은 뭔가 고함치며 내게로 달려왔지만 나는 슬슬 뒷걸음질쳐서 복도로 빠져나왔다. 그러고는 종이 울리자 교실로 돌아가 책가방을 꾸려가지고 교문을 나와버렸지.

그뒤로 나는 아예 학교에 나가질 않았는데 열흘 뒤인가 모짤트에서 상진이를 만났더니 사정회에서 가차없는 퇴학이 결정되었다더군. 다른 학교로 전학도 못 가게 된 거야. 차라리 잘됐지 뭐. 내가 하고 싶었던 건 고향집에 내려가 어머니하고 꽃을 기르는 일이었어. 그래, 내 꿈은 별게 아니었다구.

조경사가 되면 근사할 거야. 구름 같은 푸른 가지를 하늘 꼭대기까지 뻗치고 서 있는 삼나무와, 몸집이 시뻘건 황토의 속살 같은 홍송을 온 벌판에 심을 거란 말야.

5

인호가 퇴학맞은 뒤에 나는 진급을 했지만 몇 달 동안 학교를 잘 다니다가 어느 날 그만두기로 작정을 했다.

담임은 황새라는 별명의 국어선생이었는데 좀 독특한 데가 있었다. 키가 크고 얼굴도 길죽하고 팔과 손가락도 가늘고 길었다. 말씨는 느릿느릿했고 상대가 마음에 들지 않는 언행을 보이면 입양편에 비웃는 주름살을 지으며 냉소적인 말로 상처를 주었다. 교과서에 나오는 글도 일단은 가차없이 씹고 나서 한 줄씩 짚어주는 식이었다.

낙엽을 태우면서라는 제목도 그렇지만, 가을을 슬픈 계절이라고 보는 게 어쩐지 통속적이지 않나? 낙엽 태우는 연기에서 갓 볶은 커피 냄새가 난다는 대목도 겉멋이라구 보이는데. 정서는 생활과 연결이 되어야 하겠지. 그러지 않으면 귀에서 목덜미까지 소름이 돈아요. 어떤 글이든 남에게 자기 생각을 전달하려는 수단이고 통로일 뿐이다. 감정을 아끼고 담담하게 냉정하게 쓰되, 문장과 문장 사이가 중요하지. 독자는 이 사이에서 자신의 상상력으로 나머지를 채우고 글을 함께 완성해준다.

황새의 강의가 수준급이라는 것은 상진이나 우리 동아리 친구들도 모두 인정하는 바였다. 그는 언제나 소화불량인 것처럼 어딘가 울적한 표정이었다. 내가 학교를 그만두기로 작정했던 날, 오전에 있었던 국어수업이 끝나자마자 나는 교실을 나서는 황새의 뒤로 따라붙었다.

저 선생님, 의논드릴 말씀이 있는데요.

다른 선생들 같으면 교무실로 가자고 얘기할 텐데 그는 복도 쪽 창가로 가서 출석부를 뒤로 돌린 채 뒷짐을 지고는 내 말을 기다렸다. 어디 지껄여보라는 것이다.

학교를 그만둘까 생각중입니다.

황새는 내 말을 듣고도 한참을 멀뚱하니 서 있다가 자기 차례인 줄 몰랐던 것처럼 천천히 말했다.

그러니까 자네는…… 담임선생의 생각이…… 어떠냐구 묻는 건가?

예, 내일부터 학교에 안 나올 작정입니다.

황새는 그제야 창밖으로 던졌던 시선을 돌려 나를 내려다보았다.

글쎄, 학생이 학교에 안 오겠다면 선생이 뭐라고 대답해야겠나.

제발 학교에 나와주십사 하지는 않겠지만, 무엇 때문인지는 물어 야겠지. 헌데 부모님도 그렇게 생각하시나?

아직 말씀드리지 않았습니다.

황새가 창가를 떠나 천천히 걸으며 말했다.

그렇다면 자네의 자퇴 이유서를 써와. 그리고 그 밑에 부모님 도장과 서명두 받아가지고 와야 해.

복도를 오가는 아이들 틈에서 주춤주춤 걸음을 멈춘 나를 버려 두고 황새는 뒤도 돌아보지 않고 멀어져갔다.

그날 식구들이 모두 자고 있던 한밤중에 일어나 담임에게 보내 는 편지 한 통을 썼다. 황새에게 책잡히지 않으려고 냉정을 유지하 며 정확한 의사를 전달하기 위해 뜸을 들여서 썼다. 그랬지만 결국 은 나도 모르게 격정에 사로잡혀서 내가 분노하고 있던 것들에 대 해서 사정없이 내뱉어버렸다.

저는 학교에 다니기를 그만두기로 결심했습니다. 학교는 부모 들과 공모하여 유년기 소년기를 나누어놓고 성년으로 인정할 때 까지 보호대상으로 묶어놓겠다는 제도입니다. 국민학교에 입학한 이래, 등교시간부터 하교시간까지 일정한 시간을 규율에 묶여서 견디어야 한다는 것은 그 누구도 어길 수 없는 법입니다. 규율을 어긴 자는 학교에서뿐만 아니라 사회에서도 쫓겨나야 합니다. 쫓 겨나지 않을까 하는 두려움 때문에 사회는 규율을 유지할 수가 있는 것입니다. 우리는 언제든지 규율을 어기면 학교에서 퇴학당함으로써 더 좋은 직업이나 사회적 지위를 누릴 기회를 박탈당할 우려가 있지요.

독감이라도 걸려서 하루나 또는 이틀쯤 학교에 가지 않고 집에서 빈둥거리던 날 우리는 은근히 놀라게 됩니다. 다른 아이들이 차가운 아침공기 속에 입김을 하얗게 뿜어대며 종종걸음으로 등교하는 모습을 창 너머로 훔쳐보며 저것이 내 꼴일 텐데, 하며 놀라지요.

정오경에 동네 근처 네거리에라도 나서면 국민학교 꼬마들에서부터 우리 또래에 이르기까지 아이들은 거의 남김없이 자취를 감춘 처음 보는 시간과 거리의 풍경에 또 한번 놀랍니다. 아줌마들 노인들 행상들 그리고 시장 상인들만이 어슬렁거리며 오후의 분주할 때를 준비하고 있지요. 말하자면 행세할 만한 사람들은 이 시간에 여기에 없습니다.

그렇지만 혼자서 하루 온종일을 보내고 나니까 자기 시간을 스스로 운행할 수가 있었지요. 가령, 책을 읽었어요. 그 내용과 나의 느낌이 아무런 방해도 받지 않고 순수하게 정리가 되어서 저녁녘에 책장을 닫을 때쯤에는 갖가지 신선한 생각들이 떠올랐습니다. 또 어떤 날에는 어려서 먹감으러 다니던 여의도의 빈 풀밭에 나가 거닐었지요. 강아지풀, 부들, 갈대, 나리꽃, 제비꽃, 자운영, 얼레지 같은 풀꽃들이며, 논두렁 밭두렁의 메꽃 무리와, 풀숲에 기적

처럼 은은하게 빛나는 주황색 원추리 한 송이, 그리고 작은 시냇
물 속의 자갈 사이로 헤집고 다니는 생생한 송사리떼를 보고 눈물
이 날 뻔했거든요. 눈썹을 건드리는 바람결의 잔잔한 느낌과 끊임
없이 모양을 바꾸는 구름의 행렬, 햇빛이 지상에 내려앉는 여러 가
지 색과 밀도며 빛과 그늘. 그러한 시간은 학교에서 오전 오후 수
업 여섯 시간을 앉아 있던 때보다 내 삶을 더욱 충족하게 해주는
것 같았습니다.

내 인생의 대부분이 이런 충족된 시간들이 아니라 제도를 재생
산하는 규율의 시간 속에서 영향받고 형성된다는 것에 저는 놀랐
습니다. 이것이 바로 나의 성장기라니요. 어느 책에 보니까 감옥이
나 정신병원은 그러한 기구를 통하여 교정하려고 했던 바로 그런
비정상적인 행동을 오히려 조장하고 있다고 합니다. 이십 년 이상
이나 정신병원에 수용되어 있다가 거의 치료가 불가능하다는 판
정을 받았던 정신이상자들이 정상적인 환경에 놓인 지 불과 몇 달
만에 대부분이 완치되었다지요. 자연스럽게 그냥 놓아두는 것의
힘을 여기서 보게 됩니다.

저는 월말 학력고사의 피해자가 저 한 사람이 아니리라 믿고 있
습니다. 복도에 석차와 점수가 공개되어 붙을 때마다 수치심이나
모욕감은커녕 모두 부질없다는 비웃음이 입가에 떠오르지요. 숫
자 몇 개나 부호 또는 단어 몇 마디를 적어나가던 시험지의 빈칸을
기억하고 있거든요. 이것은 적응시키기 위한 끊임없는 훈련에 지

나지 않습니다. 성장기에 얼마나 잘 순응하는가에 따라서 직업의 적성이 결정되고 어느 등급의 학교를 어느 때까지 다녔는가에 따라 사회적 힘이 결정되겠지요. 이러한 위계질서가 권력과 재산의 기초가 될 것입니다.

이를테면 저는 고등수학을 배우는 대신 일상생활에서의 셈을 하는 것으로 충분하며 주입해주는 지식 대신에 창조적인 가치를 터득하게 되기를 바랍니다. 어느 책에 보니까 인식은 통일적이고 총체적인 것이며 이것저것으로 나눌 수 없다고 하던데요, 자유로운 독서와 학습 가운데서 창의성이 살아난다고도 합니다. 결국 학교교육은 모든 창의적 지성 대신에 획일적인 체제 내 인간을 요구하고 그 안에서 지배력을 재생산한다는 것입니다.

어른들은 모두가 신사의 직업을 우리들 앞에 미끼로 내세우지만 빵 굽는 사람이나 요리사가 되는 길은 또한 얼마나 아름다운지요. 독 짓는 이는, 목수는, 정원사는, 또는 아무 일도 택하지 않는 것은. 피아노 배우기에서 여러 단계의 기계적인 손동작을 강조하는 교본들 대신에 예를 들면 처음부터 직접 '등대지기'라든가 슈베르트의 '연가곡' 같은 노래를 연습하면 안 되는 것인지. 굳어져버린 코 큰 외국인의 석고상을 그리기보다는 학급 친구나 아우의 얼굴 또는 늙으신 고향의 할머니를 그리면 안 되는 것인지. 이것들은 제도 안의 최소한의 변화인데도 허용되지 않습니다.

모든 선택의 책임은 저에게 있습니다. 저는 학교를 그만두겠다고 결심하고는 두려움에 몸이 떨리기도 하지만 미지의 자유에 대하여 벅찬 기대를 갖기도 합니다. 물론 힘들겠지만 스스로 만든 시간을 나누어 쓰면서 창조적인 자신을 형성해나갈 것입니다.

저는 결국 제도와 학교가 공모한 틀에서 빠져나갈 것이며, 세상에 나가서도 옆으로 비켜서서 저의 방식으로 삶을 표현해나갈 것입니다. 이것이 저의 자퇴 이유입니다. 선생님은 저에게 여러 가지 좋은 영향을 주셨고 이해해주시리라 믿습니다.

어쨌든 나는 담임선생이 이르던 대로 어머니의 서명은 받지 않았다. 편지를 속달 등기로 부친 뒤에 어머니에게 학교를 그만 다니겠다고 말해버렸다. 어머니와는 길게 논쟁하지 않았다. 그녀는 내 관심사가 무엇인지 눈치채고 있었다. 다른 학교로 전학을 하겠냐는 질문도 했지만 내가 거부하자 한숨만 길게 내쉬었을 뿐이었다. 어머니는 한참이나 침묵하고 있다가 말을 꺼냈다.

네 노트를 태워버린 걸 나두 후회하구 있다. 그러니 네가 무언가 쓸 수 있는 자유시간을 좀 가지면 좋겠구나. 그다음엔 다시 학교를 다녀야겠지. 좀 늦어지면 어떠니.

어머니는 내가 밤마다 끄적이며 써두었던 소설의 초고를 아궁이에 집어넣은 적이 있었고 내가 학교 간 사이에 책장에 꽂혀 있던 교과서와 참고서 이외의 전집들이며 문고판들을 치워버린 적도 있었다.

며칠 후에 박영길이 찾아왔다. 그는 이제는 나보다 한 학년 위여서 그가 찾아온 것이 의외였다. 영길이가 말했다.

이선생님이 너에게 좀 가보라구 그러더라.

황새가 문예반 담당교사였고 영길이와 내가 중길이의 유고 시집을 함께 편집한 사실을 알고 있어서 그랬을 것이다.

선생님은 네 글이 훌륭하다고 그랬어. 학교에 대한 네 의견에도 동의한대. 그러나 이 편지에 나온 주장은 너희가 이담에 어른이 되어 능력이 생긴 뒤에 학교를 세우거나 교육제도를 바꿔야 가능한 일이랬어. 이탈한 뒤에 개인이 감당하기에는 무척 힘든 노릇이래. 어머니는 뭐라셔?

나는 시무룩하게 중얼거렸다.

내게 선택할 시간을 준다는…… 수준에서 타협했어.

그럼 휴학이 되겠구나. 더 어려워질 텐데, 졸업장 없으면 시험두 못 보게 하잖아.

독학해서 학력검정을 받는 제도는 훨씬 나중에 생겼다. 하여튼 나는 학교를 다시 다닐 생각이 없었다. 영길이는 어머니와 따로 뭔가 소곤대더니 이튿날 학교에 가면서 나에게 당부했다.

일단 휴학 처리를 해둬라. 내가 선생님께 그렇게 얘기할게.

나는 집에서 오랜만에 읽고 싶은 책들을 이것저것 읽어치웠다. 방문을 걸어 잠그고 밤새껏 책을 읽다가 밤에는 부엌에 나가 찬밥을 비벼먹기도 하고, 새벽녘이면 가슴에 베개를 받치고 엎드려서 새 노트에 글을 쓰기도 했다.

　인호가 퇴학맞은 뒤에 어디로 갔는지 연락이 없어서 나는 궁금하게 생각하고 있었다. 그 무렵에 상진이와 정수의 은신처는 모짤트였다. 학교에서는 학급도 다르고 학년도 달라서 만날 수 없더니 그곳에 가면 영락없이 한두 시간 차이로 나타나곤 했다. 모짤트는 중국대사관 뒷길에 줄지어 서 있던 건물의 삼층에 있었다. 서쪽 창가에 앉으면 대사관 후원에 늘어선 벚나무와 살구나무 가지가 손끝에 닿을 듯했다.

　봄날에는 흩날린 꽃잎이 열린 창가로 날아와 다탁 위에 내려앉을 정도였다. 동쪽 창가로는 비좁은 골목길이 내려다보였고 여러 모양의 간판을 내건 작고 예쁜 가게며 주점과 식당 들이 한눈에 들어왔다.

　부근의 빈터는 전쟁 때에 부서진 폐허에 나무를 심고 나무벤치 몇 개를 주위에 놓아 만든 간이공원이었는데 나중에 큰 건물이 들어서게 된다. 문인들이 드나들던 찻집 몇 군데와 고전음악실이 공원 부근에 있었고, 연극을 하던 유일한 장소였던 국립극장 앞에는 언제나 쟁이들로 붐비는 주점도 있었다. 우리는 그런 장소는 피하기로 했다.

　왜들 그렇게 하루종일 찻집에 쭈그리고 있었나 생각해보면 전후에 집집마다 거처가 불편했을 테고 전화도 드물었으니 서로 연락을 받기에도 편리해서였을 것이다. 나와 친구들은 찻집 구석자리에서 원고지 놓고 끄적거리는 초췌한 모습의 어른들과 마주치는 것이 별로였다. 모짤트에 학생들이 많이 드나들었는데 고등학생은 초창기에는 우리들뿐이었다.

내가 모짤트에 들른 것은 학교를 때려치운 뒤에 오랜만이었다. 정수가 대사관 후원이 내려다보이는 서쪽 창가에 앉아 있다가 입구에서 두리번거리는 나를 보고 손을 흔들었다.

너 자퇴했다며?

그렇게 됐어.

돼지는 짤리구. 주위에서 말은 안 해두 다들 부러워한다.

그게 위로의 말이라는 것쯤은 나도 쉽게 알아챘다.

그런데 인호는 어디루 뛴 거야, 통 볼 수가 없으니 말야.

내 말에 정수가 시키지 않은 말까지 해가며 주변 사정을 이야기해주었다.

그 녀석 연애를 시작했다구. 해가 지면 나타날 거다.

정수는 인호가 상진이의 소개로 상급생인 여대생을 알게 되었다는 것과, 요즈음은 부근의 유네스코 회관 건물을 짓는 공사장에 가서 일을 한다는 것까지 얘기했다.

상진이가 헐렁한 점퍼에 둥근 챙이 자연스럽게 구부러진 모자를 쓰고 나타났다. 그는 아직은 까까머리 모양인 채로 덥수룩하게 자라난 내 머리를 손가락으로 긁어대면서 말했다.

그래, 노는 맛이 어떠냐?

왜 너두 작년에 만끽했잖아.

나는 휴학을 했다가 복학한 상진이에게 그렇게 되받아쳤다.

인호랑 둘이서 재미가 좋으시다지?

야, 우리 옥상에 올라가자.

상진이는 내 질문을 어물쩍 뭉개면서 앞장을 섰다. 우리 셋은 음악실을 나와 짧은 계단으로 올라갔다. 철문을 밀자 삼층 건물의 옥상이 펼쳐졌고, 대사관 후원 쪽을 향하여 옥탑방이 있었는데 그냥 시멘트 블록을 쌓아 흰 페인트 칠한 날림집이었다. 유리창 안을 들여다보면 군용 목침대와 책상과 접는 의자 몇 개가 놓였고 냄비며 석유곤로 등속의 초라한 살림도 보였다.

그곳은 모짤트의 판돌이로 아르바이트를 하는 대학생 이형의 숙소였다. 나중에 이형이 하숙을 정하고 나가버린 뒤에 이곳은 정수의 차지가 되고 우리의 본부가 되었다. 바깥에는 주택의 앞마당처럼 커다란 물통이며 세숫대야 등속이 놓였고, 시멘트로 만든 역기와 널판자에 다리를 붙인 긴 나무의자 두어 개가 있었다. 반으로 자른 드럼통을 엎어서 탁자로 사용했는데, 그 앞에 둘러앉자마자 상진이가 돈을 꺼내며 말했다.

두꺼비 두어 마리 잡아와라.

먹구 싶은 놈이 사러 가.

정수가 말하자 상진이는 돈을 다시 집어넣으며 말했다.

싫으면 관둬라. 내가 물주잖아.

나 드러워서…….

정수와 나는 자연스럽게 가위바위보를 했고 내가 바위로 이겼다.

가만있어봐, 소주 사홉들이 두 병은 되겠고…… 튀김 사올까?

사보이 맞은편 골목으루 가면 순대하구 머릿고기 판다.

에이, 귀찮아.

정수가 앉았던 자리에 스케치북을 얌전히 얹어놓고는 사라졌다. 상진이가 사륙배판 정도 크기의 스케치북을 들춰보았다.

하여간에 이 녀석 재간은…… 이 인물과 동작 잡아낸 것 좀 봐라. 크로키 실력이 대단하지?

그것은 정수가 남대문시장을 싸돌아다니면서 행상 아줌마며 리어카를 끄는 짐꾼들의 얼굴과 신체 부분들을 재빠르게 그려낸 것들이었다.

얘기 좀 해봐. 여대생 누님들이랑 만난다며?

누님들은 무슨…… 철부지들이지.

어디 당사자들 앞에서도 그런 소리가 나오나 두고보자.

상진이는 조리정연하게 말하는 동재와는 달리 빙 돌려서 얘기하기를 좋아했다.

우린 모든 제도가 노골적인 억압이라 차라리 공기를 못 느끼는 것처럼 그냥 살지 않냐?

그게 느이 누님들하구 무슨 상관?

나다니엘이라구 요즈음 새로 사권 친구가 있는데 자유선언이 비장하지 않구 아름답더군.

떠나라, 네 자신에서 네 책에서 너의 집에서…… 뭐 그런 애 말이지? 인호나 내 처지로 보면 위안이 되는 셈이지. 왜 청춘사업이 잘 안 되니?

상진이는 하는 수 없다는 듯 씁쓸하게 말했다.

재학중에 조혼을 하게 될 모양이더라. 부모님 통해서 중매가 들어왔다나.

저런, 비련으로 끝날 게 확실하군.

정수가 소주와 안줏거리를 사들고 돌아왔다. 우리가 술 한 병을 따서 절반쯤 마셨을 때에 인호가 나타났다. 벌써 계단 저 아래쪽에서부터 인호의 십팔번인 '별이 빛나는 밤에' 노랫소리가 들려왔다. 정수는 오페라곡을 음악으로 치지 않았는데 남녀 모두 떡따는 소리라는 것이 그의 결론이었다. 그의 주장에 의하면 이태리 쪽에서는 차라리 베냐미노 질리의 민요나 아니면 독일 가곡이 훨씬 근사하다는 것이다.

저 봐라! 저게 어디 마지막 처형 직전의 소리냐? 오 나의 태양이나 그게 그거지. 걔들은 에스프레소 베비거든. 시에스타 타임에 낮거리로 잉태된 아해들이란 말야. 밤이라든가 절망, 고뇌, 그런 거 잘 모를걸?

그래두 자전거 도둑두 있잖아.

노랫소리가 그친 걸로 보아 인호가 음악실 안으로 들어가 한바퀴 휘둘러보는 모양이더니 곧 옥상 철문이 열리며 그가 나타났다. 인호는 흙투성이의 검게 물들인 군작업복 차림이었고 보릿짚으로 만든 농립모를 뒤로 제껴쓰고 있었다. 한쪽 팔에 막걸리 닷병들이를 끼고 다른 한 손에는 안주봉지를 들었다. 우리는 제각기 한마디씩 던졌다.

돼지 잡는 줄 알았다.

싸랑 때문인지 정서가 좀 잡히든데?

후렴만 다시 해봐라.

인호는 들고 온 것들을 침착하게 드럼통 위에 올려놓고는 씩 웃더니 호흡을 가다듬었다. 그는 신파 배우처럼 목청을 돋우어 노랫말 끝부분을 읊었다.

내 사랑의 꿈도 영원히 사라지는가
모든 것이 떠나가고
절망 속에 나는 죽어가네
내 생애 전부만큼 나는 사랑하지 못하였네

그리고 농립모를 벗더니 양손을 좌우로 펼치며 노래하기 시작했다. 오 돌치 바치오 란 귀데 가레체, 멘트리오 후레멘테…… 정수는 인상을 찡그리며 귀를 막았고 상진이는 빙글대며 바라보고 나는 그의 안주봉지를 살폈다. 기름진 빈대떡이 여러 장 들어 있었다.

마이 탄토 라비타…… 탄토오 라비타…… 하면서 마지막 한숨을 토해내듯이 노래가 저음으로 끝난다. 마치 끝소절의 북소리처럼 상진이가 드럼통을 두드렸다. 인호는 노래를 끝내자마자 소주를 치우라며 막걸리병을 기울여 사발에 따랐다. 정수가 말했다.

천천히 소주 마시고 입가심으로 먹자.

아니 그 반대야. 막걸리 먹고 더 취하려고 소주를 마시는 거야.

인호는 손을 내저으며 말하고 나서 사발에 일일이 따르고는 눈높이로 쳐들어 보였다.

오늘 느이들 형님께서 간조 탄 날이다.

거 몇 푼 된다구 술 사구 난리치노?

상진이가 혀를 차며 말했지만 모두들 인호가 대견하다는 생각은 했을 것이다. 퇴학당한 녀석이 공사장에서 두 달 동안 제 몸을 놀려 돈을 벌었다.

그날 밤에 인호는 내게 산으로 가서 살자고 제안을 했다. 비장하지는 않았고 오히려 장난처럼 말했다.

도봉산 쪽에 있던 석굴이나 수유리에 있던 굴도 나중에는 모두

불자들의 기도처로 절집 비슷하게 되었지만 원래는 산꾼들의 비박 자리였다. 인호가 우리의 은신처로 정한 장소도 그가 등산길에 우연히 발견했던 곳이다.

우리는 서로 드러내지는 않았지만 누군가 최근의 관심을 슬쩍 내비치면 자연스럽게 그런 방향의 책들을 찾아 읽곤 했다. 그렇지만 언제나 맥락은 있었다. 그 무렵에 불경을 찾아 읽기 시작했고 노자와 장자도 읽었다. 정수가 일본 문고판 하이쿠短詩 시집을 들고 다녀서 나도 어깨너머로 보았다.

온종일 해변에서
게와 놀다
그리고 간간이 울다

라든가, 바쇼芭蕉의 시가 기억난다.

오래된 연못에
개구리가 뛰어든다
물소리

어느 해 봄이던가, 러시아 말 공부하던 태치네 자취방에서 우리끼리 흰소리를 하다가 백일장을 열었던 생각도 난다. 그때에 정수가 장원을 먹었는데 우리는 만장일치로 별을 네 개나 그려주었다. 내가 틈날 때마다 거론하는 '봄비'라는 단시였다.

그러나
감자밭을 적시기엔
아직 적다

그림 그리던 정수가 반할 만한 요소가 있었을지도 모른다. 그게 하이쿠의 모방이라 할지라도 현상으로서의 봄비와 당시의 우리를 떠들썩하지 않게 잘 드러내고 있다. 우리들이 안다고 하는 것들이며 감수성이라고 하는 것들이 얼마나 미흡한지 감자 잎사귀를 적실 정도도 못 되지 않은가.

나는 자퇴하고 나서 단편을 한 편 썼다. 내가 노트에 썼던 단편은 잉크 색깔이 변할 때까지 어느 구석엔가 처박혀 있었는데 제대해서 옛날 것들을 없애버릴 적에 마당에서 무더기로 쌓아놓고 불태워버렸던 것 같다. 지금 생각해보면 그것은 사라진 내 젊은 날의 인생에 대한 예감이었을 것이다. 꼭 그대로는 아니지만 엇비슷하게 흘러왔다.

소설은 고려 때 대문장가이자 시인이던 김황원金黃元의 일화에서 시작했다. 그것은 이미 국민학교 교과서에 실려 있어서 누구나 잘 알고 있는 이야기다.

　김황원이 산천경개를 유람하다가 평양의 부벽루에 올랐다. 정자 난간에 기대어 강변과 먼산을 바라보던 그는 경치의 아름다움으로 온몸이 뜨거워지는 듯한 감동을 느꼈다. 정자의 처마 밑과 기둥마다 이곳을 다녀간 사람들의 시구가 써붙여져 있었다. 그렇지만 그것들은 시인에게는 방금 자기가 보았던 저 경치가 주었던 감흥과는 너무나 거리가 먼 것들뿐이었다. 김황원은 격노해서 기둥과 처마 밑에 붙여진 종이들을 모조리 떼어내어 불질러버렸다. 그러고는 종이를 펼쳐놓고 붓을 들어 일필휘지로 써내려갔다.

　　長城一面溶溶水장성일면용용수
　　大野東頭點點山대야동두점점산

　　긴 성의 한쪽에는 강물이 질펀히 흐르고
　　너른 벌 동쪽 끝으로 점점이 산이로다

　거기서 그의 붓이 멈추었다. 나머지 두 줄의 대련對聯을 채워야만 칠언절구七言絶句의 시가 완성되는데 도무지 더이상 떠오르지 않았다. 김황원은 최초의 감흥을 되살려내려고 난간 앞에 서서 강변의 경치를 바라보았다. 그는 바라보고 나서 종이 앞에 돌아와 붓을 잡았다가 다시 난간 앞으로 나아가 바라보기를 거듭했다. 그러나 새하얀 여백 앞에서 그는 붓을 잡고 손을 떨기만 했다. 어느 사이에 해는 지고 풍경은 없어졌다. 김황원은 정자 기둥을 붙잡고 한참이나 통곡을 하다가 어둠 속으로 사라졌다.

　내가 끄적거리며 쓴 짧은 소설은 이십여 년의 세월이 흐른 뒤 개경開京에서부터 시작된다. 여진족이 교역을 하러 고려의 수도에 찾아온다. 그 변경 오랑캐들의 틈에 잊혀진 김황원이 끼어 있다. 그는 여진의 거친 황야를 돌아다니며 홍안령 산맥을 넘어 내륙의 대초원과 사막을 지나 천해天海에 이르기까지, 다시 북쪽의 설원을 돌아서 흑룡강에 도달할 때까지 말 타고 천막 잠을 자며 야만인으로 살아왔다. 김황원은 젊은 날의 친구였던 보경 선사를 찾아 절에 오른다. 두 사람의 재회와 담화 속에 그들의 상반된 지난 세월이 스쳐 지나간다.
　마지막 장면은 김황원이 보경과 함께 차를 마시다가 일부러 청자 항아리를 깨뜨린다. 아름다운 비색의 항아리가 던져진 순간 이미 세상에 존재하지 않고 사기의 파편만이 잔해가 되어 섬돌에 흩어져 있다. 물物의 일기一氣가 끝난 것이다. 김황원이 말하고 싶었던 것은 무엇이었을까. 세상을 보는 자의 육신의 한계를 그는 말한다. 아무도 육신에 갇힌 그 장애를 벗어날 수 없다. 그는 언어로 표현하고자 했던 풍경이 눈앞에서 사라지던 그때로부터 몸짓으로 자기의 삶을 생생하게 지어내고자 했다. 그는 보경처럼 어느 경지

엔가 당도할 목적지도 없으며 고통과 슬픔으로 가득찬 세계를 변화시킬 방편의 관념도 사유하지 않는다. 그는 그냥 산다. 주어지는 대로 지금, 여기에, 있을 뿐이다.

부벽루의 강변 경치를 그리려다 그만둔 미완의 시구를 넘어서, 겨우 오래된 늪에 개구리가 뛰어드는 움직임과 물소리를 듣는 나로 가까워졌을 뿐 현상계는 그대로 저기에 있다. 물소리가 간신히 개구리 저것과, 보는 자 이것을 연결하고 있을 뿐이다. 김황원은 풍경이 사라진 뒤에 자신의 눈물은 어디에도 기록하지 않았다.

이게 내가 기억하고 있는 당시의 단편 줄거리였는데 나중에 랭보의 가출과 방랑을 읽으면서 쓴웃음을 짓고 말았다. 그는 자신과 같은 시인을 견자見者라고 칭했다. 나는 좀더 성숙해진 뒤에 곡절 많은 생을 살면서 스스로를 연결자連結者라고 생각했지만 그나마 긴 우회로에 지나지 않았다.

미아리 버스 종점을 지나서 북한산 자락에 이르기까지 끝없는 솔밭이 이어져 있었다. 소나무숲 사이를 한 시간 반쯤 걸어서 바위 사이로 요란한 소리를 내며 흘러내리는 계곡물을 따라 오르면 맨 끝에 화계사가 나왔다. 절집을 돌아 다시 능선을 타고 넘으니 산줄기가 치달아 내려오다가 멈춘 곳에 거대한 바위들이 밑에서 쳐들린 엄청난 힘에 솟아오른 것처럼 겹쳐져 있고 발아래는 갑자기 깊은 계곡이었다. 겹쳐진 바위 아래 제법 너른 마당이 나오고 십여 평쯤의 암굴이 있었다. 거기서 산기도 드리던 사람이나 산꾼 들이 만들었는지 바위 아래 땅을 야트막하게 파고 그 위에 맞춤한 구들돌을 짜맞추어 얹고 틈에는 흙을 두툼하게 발라놓았다. 마당 쪽에 아궁이까지 있어서 장작을 넣고 불을 때면 연기는 구들돌을 지나 뒤편의 바위 틈새로 잘도 빠져나갔다. 마당 옆에 계곡으로 내려가는 오솔길이 있었는데 그곳에도 앞사람의 손길이 보였다. 돌과 통나무로 충계를 만들어둔 것이다.

인호와 나는 굴속을 깨끗이 청소하고 구들돌 위에 절 근처 가게에서 얻어온 골판지 상자를 분해해서 깔았다. 그 위에 텐트를 펼쳐서 깔고 담요를 펼쳐놓으니 아늑한 방으로 변했다. 바위 벽에 하켄을 박고 석유램프를 걸어두었고 얻어온 사과궤짝을 엎어서 밥상으로 쓰기로 했다. 우리는 오솔길을 따라 계곡에 내려가 설거지도 하고 씻기도 했다. 세 끼니 밥을 지어먹고 인호와 나는 부근의 산봉우리로 기어올라가보기도 하고 제각기 바위 위에서 또는 굴 안에서 정좌하고 명상에 잠겼다. 특히 저녁 땅거미가 내릴 무렵부터 한밤 자정까지가 우리에게는 가장 좋은 시간이었다. 침잠沈潛이라는 한잣말이 그럴듯했다. 나의 집인 내 몸 저 깊은 곳으로 가라앉아가는 시간.

불빛을 등지고 굴 안에서 정좌하고 앉았을 때 내가 깃든 몸의 그림자가 암벽 위에 어른대는 걸 보았다. 몸을 좌우로 흔들면 그림자도 흔들렸다. 천천히 또는 빨리, 고개를 젓고 목을 휘돌리면 그림자도 그렇게 한다. 그러다가 다시 잠잠해지면 그림자는 불빛에 조금씩 흔들리면서 정지한 채로 저도 가만히 있다. 그러니 이 것은 내가 아니다. 나는 그림자의 이쪽 몸의 주인으로 훨씬 안쪽에 있다.

황혼 무렵에 바위 위에 올라가 앉았을 때 새들이 깃들 곳을 찾아 숲으로 날아드는 게 이따금씩 보인다. 어떤 새는 저 아래쪽에서 부터 무엇이 바쁜지 일직선으로 날개를 부지런히 저으면서 산 위로 오른다.

차츰 어둠이 깔리기 시작하면서 숲은 너무도 고즈넉하다. 나뭇 잎조차 흔들리지 않는다. 해는 진작에 등뒤의 서쪽 산봉우리 너머로 떨어졌고 남은 빛이 지상에서 천천히 사라지고 있다. 먼 들판 소나무숲은 어두워지기 시작하고 하늘과 허공은 퇴색한 푸른빛에 회색이 덧칠되어 번져가는 것만 같다.

별이 하나둘씩 나타나고 아득한 들판 저쪽에 마을의 불빛들이 켜진다. 산바람이 불어내려오기 시작한다. 먼 데서부터 가까운 곳으로 소슬대는 바람결이 차츰 분명하게 연이어지면서 송림을 스치는 소리가 커지기 시작한다. 그건 처음 듣기 시작한 빗방울 소리 같다가 먼바다에서 전해지는 해조음처럼 들린다.

바람소리를 타고 그맘때의 밤새가 운다. 쭛, 쭛, 쭛, 하며 소를 모는 머슴새가 초저녁이 되자마자 울기 시작하고, 배고픔에 죽은 며

느리는 밥이 적게 담긴 쪽박을 바꿔달라고 '쪽쪽쪽 쪽박바꿔주' 하며 운다. 부엉이가 어느 고갯마루에선가 부후, 부후, 운다. 깊은 밤이 되면 호랑지빠귀가 청승맞고 음산한 단음조의 피리를 분다. 가늘고 희미하지만 또한 그래서 더욱 똑똑히 들린다. 단조로운 소리의 끝이 허망해서 뭔가 한 소절의 뒷부분을 삼켜버린 것만 같다. 풀벌레 소리가 귓바퀴에 가득찼다가 익숙해지면서 사라진다.

나는 이 모든 것들을 받아들이고 생각이 이리저리로 날아다니는 것을 그냥 내버려둔다. 천천히 내 숨소리에 집중한다. 코털이 가늘게 떤다. 그마저도 익숙해진다. 눈구멍 밖으로 조금 볼 수 있는 나의 거처인 가슴팍에서부터 배와 두 무릎으로 이어진 몸을 본다. 그는 여기 나와 함께 있다. 그리고 가뭇, 내가 사라진다.

우리가 초저녁부터 명상에 들어간 것은 물론 종교적인 행위는 아니었다. 직관 훈련이라고나 할까. 철이 들기도 전에 너무 남에게 휘둘리며 자랐으니 제 눈으로 보는 기술을 습득하려고 했는지도 모른다. 솔직히 처음에는 책에서 읽은 대로 흉내를 내본 것이었지만 보름쯤 지나자 저절로 격식이 갖추어졌다.

굴에서 생활한 지 두 달 가까이 되었을 무렵 갑자기 인호 녀석이 사람들이 보고 싶어졌다면서 군화끈 졸라매고 내게는 한마디 동의도 구하지 않고 굴을 떠났다. 내가 뒤쫓아나가면서 바위를 돌아 올라가는 그의 등뒤에 대고 외쳤다.

다시 안 올 거냐?

이틀만 둘러보고 올게.

그가 어둠 속에서 고개만 돌리고 마주 대답해왔다.

너 발정나서 그러지?

아냐 인마, 쌀 떨어졌더라. 보급하러 가는 거야.

그는 어둠 속으로 사라졌다. 알루미늄 컵이 자루 속에서 돌바닥에 닿아 달그락대는 소리가 들리던 것이 생각났다.

그는 사흘이 지나도 돌아오지 않았다. 나는 집을 비울 수는 없다고 생각했다. 선가귀감禪家龜鑑을 되짚어보기도 하고 차라투스트라를 들춰보기도 했다. 책 두 권 모두 인호 배낭 속에 들어 있던 것들이다. 나는 산에 오면서 책을 한 권도 가지고 오지 않았다. 니체가 빌려온 이방의 예언자에 대해서는 전에 읽은 적이 있는데 동재가 제법 어려운 책이고 번역도 엉터리라고 말한 적이 있다. 하지만 까짓거 어떠랴. 내가 수동적인 낙타를 면한 게 다행이고 자아가 원하는 대로 살아가려는 때에 맞춤한 추임새가 되어준다면.

쌀은 이내 한 톨도 남지 않았다. 두어 줌 남았던 것을 계곡 풀숲에 흔하게 자라난 명아주를 뜯어다 나물죽을 끓여먹었다. 하루하고도 반나절을 굶고 나서 빈 자루를 들고 하산했다. 가까운 절 부근에서 뭔가 캐낸다면 흔적이 꼬리를 달 것이니 멀찍이 계곡을 내려가 마을 근처의 밭두렁으로 내려갈 참이었다. 마침 감자밭이 보여서 소나무 밑에 앉아 어둡기를 기다렸다가 야전삽으로 캐냈다. 하지 감자가 아직 덜 자라서 밤톨만했다. 나는 그거라도 어디냐고 반자루쯤 캐어서 산으로 가지고 올라왔다. 계곡에 내려가 깨끗이 씻어서 껍질째로 깡통 라드 기름에 볶았다. 소금을 조금씩 뿌려서 먹어보았더니 맛이 기가 막혔다. 하여튼 그런 식으로 일주일을 더 버틴 끝에 인호가 손님을 끌고 나타났다. 상진이는 손님이라기보다는 우리 형편에서는 구원자나 다름없었다.

6

인호가 모짤트에 나타난 것은 밤 열시가 다 되어서였다. 그날따라 정수나 동재도 얼굴을 내밀지 않았고 로사리아 누나는 오지 않았다.

누나는 영아세례를 받은 가톨릭 교인이다. 나는 그녀를 종로의 외서점에서 우연히 알게 되었다. 정수가 몇 번 일본 미술책을 훔친 적이 있던 그 집이다. 그녀의 본명은 정명희라고 하는데 대학 삼학년이다. 키가 크고 어깨가 넓고 어딘가 남성 같은 데가 있는 여인이다. 머리카락이 둥글고 크게 굽슬대는 곱슬머리를 아무렇게나 좌우로 길게 늘어뜨렸다. 눈이 머루알처럼 크고 까맣다. 가끔 비오는 날엔 루즈도 엷게 바르고 눈 화장도 했는데 영화 '누구를 위하여 종은 울리나'에서 늙은 집시여자로 나온 카티나 팍시누스의 젊었을 때 얼굴 같다. 내가 그런 말을 했다가 정수에게서 엄청난

쫑코를 들었다.

그 마귀할멈 같은 여자가 어느 정도 매력은 있다고 치자. 그렇다고 본 적도 없는 조연배우의 젊었을 때 얼굴을 닮았다는 건 또 뭐냐? 내가 보기엔 무당 상이든데. 왜 멜리나 메로쿠리 닮았다구 그러긴 좀 쑥스러우냐? 같은 그리스니까.

로사는 매부리코가 아냐.

어쭈, 로사라구 그랬니? 고작해야 느이들 노는 꼴이 그렇지. 변호사 집안에 천주학에 중산층에 끼리끼리다?

어 그 녀석 되게 말 많네. 인마 사랑에는 국경두 없다는데.

내가 그야말로 일부러 유행가조로 말했더니 정수는 얼른 귓불 언저리와 목덜미를 쓸면서 말했다.

와, 소름 돋는다. 너하구 돼지하구 아주 쌍쌍파티를 해라.

나는 휴학하고 있던 일 년 동안 그녀에게 점점 더 깊숙이 빠져들었다. 우리는 경인선도 탔고 갯벌이 드러나고 밀물이 차오르던 인천에서 한나절을 보내기도 했다. 춘천행 기차를 타고 갔다가 되돌아오는 식의 기차 데이트도 했다. 처음에 우리는 서로 존댓말을 하다가 나중에는 그녀가 먼저 반말을 했고 누나라고 부르면서 나도 반말을 하게 되었다.

어느 날 로사 누나가 친구를 데리고 나왔다. 은지라고 순정만화 주인공 같은 이름을 댔는데 나중에 화자라는 본명을 알고서는 웃음을 참느라고 혼났다. 해방 전에 태어나서 일본식 이름이 그냥 남았다는 것이다. 우리 또래에는 그런 여자애들이 많았다.

인호가 퇴학맞고 건축 공사장에 가서 막일을 시작한 며칠 뒤였을 것이다. 성당 뒷골목 대폿집에 넷이 같이 가게 되었다. 우리는 통금시간 임박할 때까지 제법 많이 마셨다. 인호는 우리 또래가 아직 겪지 못한 격렬한 노동을 해서였는지 표정도 달라졌고 과묵한 척했다. 그날따라 녀석은 허튼소리 별로 없이 몇 번인가 히트를 쳤다. 가령 이런 식이었다.

세상만사가 다 우연인데요, 가치를 부여하면 필연이 되겠지요.

사실은 시시껄렁한 잡설이지만 피로에 지쳐 부르튼 입술이나 상처투성이의 손 모양이며 놓여난 자 특유의 여유 있는 말솜씨가 두 여성에게 제법 의미심장하게 들릴 만했다. 우리보다 나이만 몇 살 위였지 그네들도 아직 소녀였으니까.

언젠가 잘 가던 놀이터에서 말뚝 구멍을 들여다보게 되었는데요, 그 안에 누가 넣었는지 구슬이 들어 있더라구요. 손가락을 넣어도 밑에까지 닿지 않아요. 주머니칼이라두 있으면 좋았겠는데. 하여튼 손가락을 넣어 간신히 끝에 닿긴 했죠. 손가락 사이가 터지고 째지고 그랬어요. 조금씩 끌어올리려다보면 자꾸만 미끄러지고, 하여튼 한 시간쯤 걸려서 그 구슬을 빼냈어요. 손안에 쥐고 보니까 김이 새더군. 그래서 그냥 구멍 안에 다시 넣어버렸어요.

나는 방금 인호가 한 말이 누구의 어느 책 한 대목에 나온다고는 발설하지 않았다. 두 여자들이 너무도 진지하게 인호의 썰을 듣고 있었기 때문이었다.

　인호가 늦은 시간에 모짤트에 나타났길래 나는 그와 준이가 산에서 아예 내려온 줄 알았다. 그는 털썩 내 옆자리에 주저앉으며 말했다.

　휴우, 너라두 있어서 다행이다.

　응, 방금 일어서려던 참이었어. 근데 산에서들 내려왔니?

　밥이나 좀 사라. 보급하러 내려왔어.

　밥은 무슨 이 시간에…… 술 먹으면 안주도 나와. 그리고 곧 통금시간이야.

　나는 그를 데리고 근처 골목 어디에나 있는 주점으로 데려갔다. 술이 나오기도 전에 인호가 내게 물었다.

　화자 봤냐?

　내가 볼 리가 없잖아. 그러구 본인이 싫어하든데 화자가 뭐냐?

　왜, 그 이름이 어때서?

　명희씨두 못 만난 지 오래됐어. 선봤다는 얘기 너두 알잖아.

　우리는 더이상 할 얘기가 없었다. 인호는 묵묵히 술과 안주를 밥처럼 먹고 마셨다. 나는 그를 우리집으로 데리고 갔다. 우리집은 그들에게는 소굴이나 다름없었다. 학교 부근인데다 너른 마당에 안채와 뚝 떨어진 별채가 있었고 그곳을 나 혼자 썼기 때문이다.

집에 학생은 누이동생과 내가 있었는데 그애는 안채의 이층을 썼다. 아래층에 부모님이 계셨고 이층에 형님 내외가 살았다. 일본식 집이었는데 아마도 예전 총독부 관리가 쓰던 집이었을 것이다. 별채에는 다다미를 깐 거실이 있었고 양쪽으로 넓은 방이 둘이나 있었다. 얌전한 동재와 영길이는 그런 일이 없었지만 정수 녀석과 인호란 놈은 갈 데가 없으면 별채 쪽 담을 넘어와 내 방 창문을 톡톡 두들기곤 했다. 인호는 내 방에 들어서서 책상이며 위에 쌓인 참고서들을 둘러보다가 한마디했다.

학교 다닐 만하디?

별수없잖아. 대학은 가야지.

뒈질려던 놈이 뭔 짓은 못 하니? 열심히 해라.

나는 듣기만 하고 더이상 대답하지 않았다. 자리를 펴고 눕자마자 인호는 곯아떨어져버렸지만 나는 잠이 오질 않았다.

마지막 날, 로사 누나와 나는 경기여고에서 덕수궁 뒷담 쪽으로 올라가는 비탈길 위에 있던 어느 집의 막다른 골목 안에서 밤을 꼬박 새웠다. 큰길 쪽도 캄캄했지만 골목 안은 바깥길에서는 아무것도 보이지 않을 만큼 어두웠다. 그 집 철대문 아래로 세 단 정도의 시멘트 계단이 있어서 우리는 나란히 대문에 등을 기대고 걸터앉았다. 집안은 불도 모두 꺼지고 캄캄했다. 동틀 때까지는 아무도 나오지 않을 게 분명해 보였다.

춥지 누나……?

그랬더니 그녀는 내게 한쪽 손을 내밀며 말했다.

그래, 좀 녹여줄래?

나는 누나의 손을 잡아 내 점퍼 주머니에 함께 넣었다. 그러는 데 새삼스럽게 몸이 떨려왔다. 추워서가 아니라 어쩐지 이 어둠 속에 그녀와 단둘이 있다는 것이며 손을 잡고 살을 맞붙이고 있다는 사실 때문에 더욱 떨렸을 것이다.

어떤 연극에서 두 배우가 서로 전혀 다른 대사를 하는 거야. 끝까지 말이 통하지 않는 다른 대사를 해. 그런데 한참 듣고 있다보면 그들은 서로 대화하구 있어. 그리고 관객들만 모르지 자기들끼리는 알아듣고 있었던 거야. 그런 연극 재미있겠지?

내가 긴장에서 벗어나려고 얘기를 했더니 로사 누나는 정직하게 말했다.

그거 전위극 아냐? 베케트나 이오네스코 같은……

아니, 말하자면 옛날처럼 하인을 가운데 두고 발을 치고 두 남녀가 '무엇무엇이라고 여쭤어라' 하는 식으로 마음을 전하는 것도 재미있을 테고.

누나가 그제야 좀 알아들었다.

중간에 애틋한 감정들은 다 빠져버릴 텐데.

그러니까 옛날 사람들이 정을 표현하는 방식이 의젓하지. 인디

언과 기병대가 협상한 내용을 보면 추장 쪽이 훨씬 근사하대. 중간 중간 빠지니까. 빠진 데는 더 풍부한 상상으로 채워진대.

이제 그녀는 완전히 알아듣고 웃었다.

으응, 문법 무시된 그런 거로구나. 하지만 어머니하구 사랑방 손님은 답답하잖아.

그리고 다시 잡은 손을 꼼지락거리며 침묵. 나는 일어나서 다리 운동을 잠깐 하고는 점퍼를 벗어서 누나의 등에 씌워주려고 했다. 그녀는 괜찮다고 팔을 저으며 말렸지만 나는 억지로 씌워주고 앞 자락까지 여며주었다. 그런 다음 반대쪽으로 옮겨앉아서 이번에는 그녀의 다른 쪽 손을 잡아 바지 호주머니에 질러넣었다.

아아, 행복하구 든든한걸.

누나가 목을 움츠리며 말했고 나는 인호 얘기를 꺼냈다.

산을 헤집고 다니는 인호가 그러는데 귀신 나오는 장소가 있었 대. 눈이 하얗게 내린 밤에 숲 사이로 지나가는데 여자 우는 소리 가 들리더래. 소름이 끼쳤지만 무서움을 참고 걷는데 이번에는 남 자 목소리로 추워, 추워, 하는 것처럼 들렸대. 누가 이 추운 밤에 비박을 하는가보다 생각했대. 산장에 올라가서 그 얘길 했더니 누 구도 대답이 없더니 산장지기 아저씨가 따로 불러서 알려주더라 지. 사람들 듣는 데서 그런 얘기 다신 하지 말라고. 사실은 그 부근 에서 남녀가 죽었다고. 시신이 발견됐는데 남자가 옷을 모두 벗어 서 여자 위에 덮어놓았더래.

끔찍해······ 그런 얘기 하지 마.

누나 무서웠어? 내가 있으니까 염려 마슈.

네시를 치는 괘종시계 소리가 들렸다. 아마 그 집의 거실에서 흘러나온 소리였을 것이다.

이제 한 시간만 더 있으면 전차가 다닐 거야. 우리 좀 걸을까?

오금이 저릴 정도여서 보건체조를 몇 번 하고는 돌담길을 따라서 법원 앞쪽으로 걸어내려왔다. 누나가 말했다.

사실은 내가 상진이에게 할말이 있었어. 그런데 어쩐지 말을 꺼낼 틈이 없었구나.

나는 기대를 하면서 기다렸다.

집에서 자꾸 선을 보라구 그래서······ 지난주에 만났어. 나 아마 결혼을 하게 될 거야. 상진이하구 더 만났으면 좋았을 텐데.

아무 생각도 나지 않았다. 누나도 그 이상은 말하지 않았다. 우리는 천천히 서울역 광장을 지나갔다.

나는 아직 생활이라든가 직업이라든가를 얘기할 처지가 아니었다. 그때에야 비로소 내가 어른이 되려면 아직 멀었다는 걸 깨달았다. 우리들 어른 흉내내기의 굳건해 보이던 지반이 일시에 무너져 내리는 듯했다. 성인으로 들어가는 입장권 같은 건 더더구나 존재하지 않는다. 나는 채 자라나지 못한 중닭이나 어중간하게 커버린 강아지의 껑충하고 볼품없던 꼬락서니를 문득 떠올리고 픽 웃었다.

누나와 나는 첫 전차를 타고 원효로 굴다리를 지나 마포 종점까지 갔다. 종점으로 들어가는 전차 안에는 운전수 외에는 승객이 아무도 타지 않았다. 새벽 전차가 네거리를 지나갈 때마다 가끔 울리는 종소리마저 쓸쓸했다. 그녀와 나는 가로등이 희미한 마포 종점에서 내려 돌축대 위에 한참이나 서 있었다. 강바람에 실린 물비린내가 신선했다. 우리는 해가 떠오를 때까지 강변에 앉아 있었고 헤어지기 전에 그녀가 나를 가볍게 안더니 뺨에 입을 맞추었다.

나는 그뒤 한 달 가까이 생활에 갈피를 못 잡고 허둥지둥했다. 다른 애들에게는 절대로 발설하지 않기로 인호와 굳은 약속을 했었다. 내가 출가하려고 조계사를 거쳐서 지리산 쪽으로 내려갔을 적에 인호가 따라왔다. 사흘쯤 산사에서 지내다가 결심이 섰느냐는 스님의 말에 대꾸를 못 하고 다시 되돌아 상경했다.

나중에 준이에게도 얘기한 적이 있지만 나는 그때 돌아오는 어느 길목에선가 죽어버리리라 작정했었다. 글쎄, 우리 나이에 죽음은 그저 단순해 보인다. 쌓여 있는 과거가 희박해서인지도 모르겠다. 에잇 쌍, 하고 나면 그냥 장면이 쉽게 바뀔 것만 같았다.

인호와 나는 야간 급행열차의 중간 층계참에 각자 매달려 있었다. 우리는 아마 바람을 쐬러 객실에서 빠져나왔을 것이다. 서울의 불빛들이 나타나기 시작했고 기차는 한강철교를 향하여 돌진하고 있었다.

기차 바퀴가 레일 간격 위에 간간이 걸리는 소리가 들린다. 타가닥 타, 타가닥 타, 타가닥 타…… 땅이 끝나고 철교 위로 접어

든다…… 왈그랑 탕, 왈그랑 탕, 왈그랑 탕. 철교 위를 지나가는
기차 바퀴의 굉음이 귓바퀴에 가득찼다. 나는 무수하게 지나가는
강재와 교각 사이로 검은 강물을 내려다보았다. 그때 순간적으로
뛰어내리고 싶은 강한 충동이 일어났다. 꼬리뼈 언저리에 간지러
운 안달이 실렸다.

야 상진아, 뛰어내릴까?

인호가 바로 옆칸의 층계에서 외쳤고 나도 맞받았다.

너 먼저 뛰면 나두 간다.

나 혼자 뛰구 나서, 니가 안 오면 나만 손해잖아.

그럼 하나 둘 셋, 하구 같이 가는 거다.

우리가 하나아, 두우울, 외치면서 숫자를 세는데 기차 바퀴 소
리가 점점 더 커지는 것 같았다. 왈그랑 탕, 왈그랑 탕, 왈그랑
탕…… 타가닥 타, 타가닥 타, 타가닥 타…… 철교가 끝나고 땅
위로 올라오는 소리. 잠깐 정적이 우리를 둘러싸는 듯했다.

인호가 먼저 말을 걸기를 잘했던 것일까. 우리는 종착역인 서울
역에 도착해서 플랫폼을 걸어나오며 서로 눈을 마주치지도 않았
고 말도 없었다.

내 쪽에서 아무런 심경을 밝히는 말이 없었는데도 인호는 그후
부터 뒈지려던 놈이 뭘 못하겠냐고 흰소리를 하곤 했다. 어쨌든 복
학은 여러 가지로 내 발목을 잡아 단단하게 묶어놓았다. 아슬아슬
하게 제 궤도를 찾아 돌아온 것이다. 그래도 입시공부를 하다가 마

음이 허전해지면 모짤트에 나가 늦게까지 앉아 있었다. 혹시나 로사 누나가 이곳저곳을 다니다가 찾아올지도 모른다는 기대 때문이었다.

　주말에 인호와 만나서 그들이 지낸다는 굴에 가보기로 했고 나는 인호 말처럼 보급을 책임지기로 했다. 인호가 미안했는지 너는 부잣집 도련님이니까 영원한 우리들의 물주가 되어야 한다고 너스레를 떨었다. 인호와 나는 남대문시장에 가서 대대적인 보급물품 구입을 했다.

　산의 소굴에 도착했더니 준이는 굴 앞마당에 돗자리를 깔아놓고 앉아서 책을 읽던 중이었다. 양식이 떨어진 지 일주일이 되었을 텐데 그 녀석 얼굴은 여전히 가무잡잡하고 건강하게 보였다. 인호가 먼저 두 손을 모아 합장해 보이면서 준이에게 엄살을 떨었다.

　속세에 내려갔더니 먹구살기가 어찌나 힘든지…… 좀 늦었지?

　담배나 한 대 피워보자.

　준이는 내가 내민 사슴담배에서 한 개비 뽑아 불을 붙였다.

　아 구수하다. 홍콩 가는데…….

　우리는 두 배낭 잔뜩 짊어지고 온 보급품들을 굴 한구석에 채곡채곡 쌓아놓고 저녁 준비를 했다. 온갖 진수성찬을 벌여놓고 소주를 한 잔씩 돌렸다. 우리는 오랜만에 최근의 생각들을 두서없이 나누었다.

인호와 준이가 산에 올라가 있던 첫 주에 세상에는 엄청난 변화가 있었다. 이제까지 은인자중하고 있던 군부는 소위 애국적 결단으로 정부를 뒤엎었다고 한다. 물론 지금쯤 거리의 정부 건물 앞에는 탱크와 착검한 군인 들이 지키고 섰을 것이다. 내가 말을 꺼냈다.

그날 첫 수업이 국어시간이었는데 황새가 아주 심각하더라. 천장을 올려다보다 교탁 아래로 고개를 떨구고, 여러 번 그러더니 말했어. 다 죽어가던 환자의 팔다리를 비틀어 뼈를 다시 맞추었다나. 뼈가 붙고 관절이 노골노골해지려면 오랜 시간이 걸릴 거래. 뻣뻣한 채로 오랫동안 살게 될지두 모른대. 우리는 모두 군인으로 다시 태어날 거라고까지 말했어.

황새가 늘 삐딱하게 말하지만 정곡을 찌르는 데가 있잖아.

준이가 그렇게 말하자 인호는 자기 잔에 먼저 따르고 우리에게도 술을 채워주었다.

자아, 군바리 세상을 위하여!

그가 잔을 쳐들며 농을 던졌지만 준이와 나는 서로 시선을 마주치며 픽 웃었다. 준이는 인호의 동작을 따라하지 않고 술잔에 입을 댔다가 떼더니 말했다.

좀 생각해봤는데, 여기서 백일기도를 채우고 내려가면 나는 떠난다.

그래 석 달 있을 작정이었지. 그담에 어디루 떠나자는 거야?

나는 못 가본 데가 너무 많아.

인호의 질문에 준이는 그렇게만 대답했다. 우리 셋이 구들돌 위에 나란히 누우니 굴 안이 가득찬 것 같았다. 가까운 데서 목탁새가 울었다. 꼭 어느 스님이 부근까지 찾아와 목탁을 때리는 것처럼 맑고 투명한 소리였다. 혀를 꼬부리고 입천장을 두드려 흉내를 내보았다. 또 계곡 아래편에서는 피리 소리 비슷한 희미한 소리가 끊길 듯 이어졌다.

누가 저렇게 처량한 피리를 부는 거야?

내가 중얼거렸더니 준이가 곁에서 졸린 음성으로 말했다.

호랑지빠귀야. 아주 볼품없게 생겼어.

꼭 내 꼴이구나.

나는 그날 좀 취했던가보다. 누가 시키지도 않았는데 저절로 말문이 터졌다.

로사가 날 버리구 시집간대. 나는 대학엘 가야 하구. 뭣 땜에 살아야 하는지 모르겠어. 그냥 온 세계가 무심해. 나만 빼놓구 저희끼리 굴러가.

준이가 내게서 반대쪽으로 돌아누우며 말했다.

이맘때엔 남녀가 사는 조건이 서로 다른 거야. 그만 좀 징징거려라.

한 번만 다시 봤으면.

나는 울음이 나올 듯이 기어들어가는 목소리로 중얼거렸는데 준이가 돌아누운 채로 말했다.

너두 열심히 공부해서 명문대학엘 가라.

너희들은……?

글쎄, 나는 이 좁은 나라를 한 바퀴 돌아볼까 해.

인호는 벌써 코를 골며 잠들었고 준이는 자꾸 뒤척이는 걸로 보아 잠이 오지 않는 모양이었다. 나는 그 불편한 장소와 어둠 속의 새소리들에 신경이 쓰여서 새벽까지 잠들지 못했다.

7

　나와 인호는 산에서 한 달쯤 더 머물러 있었다. 아마 별일이 없었으면 여름까지 버틸 수 있었을 것이다. 상진이가 보충해주었던 식량도 이미 바닥이 나서 어쨌든 보급받으러 다시 하산해야 할 즈음이었다.

　너 정수네 집 알지?

　새벽에 눈뜨자마자 인호가 물었고 나는 그게 무슨 소린지 대뜸 눈치를 챘다.

　그놈 집안 사정이 별루 안 좋을 텐데…… 보급받으러 가자는 얘기지?

　하여튼 가보자니까.

　나는 정수네가 인호 못지않게 좀 복잡하다는 얘기를 얼핏 들은 적이 있었다. 정수는 형이 둘이나 되었다. 큰형은 일찌감치 브라질

이민 모집에 일차로 뽑혀서 이곳을 떠났고 작은형도 그 영향을 받아서인지 포르투갈어를 전공했다. 장차 온 가족이 이민을 갈 모양이었다.

정수 아버지는 전쟁 때 가족들을 시골로 보낸 뒤에 따로 살림을 차렸다고 한다. 나는 그가 죽기보다 싫어하는 아버지 집 방문길에 따라나선 적이 있었다. 생활비를 타러 갔던 눈치였다. 내가 그 집 앞 골목에서 서성이고 있을 때 정수의 뒤를 따라 나온 여학생을 먼발치서 보았는데 배다른 누이동생이었다고 한다. 그의 어머니는 머리에 쪽찌고 비녀 꽂은 시골 아낙네 모습이었고 내가 처음 인사를 했을 때 아무런 표정 없이 먼발치로 시선을 돌렸다. 내 어머니가 생활이 어려울 때에도 언제나 눈빛이 분명하고 활기가 있어 보이는 것과는 다른 인상을 정수 어머니에게서 받았다.

그때는 아현고개 넘어 신촌만 나가도 벌건 흙길에 솔밭뿐이었는데 불광동까지 가면 사방이 개구리 우는 논밭이었다. 그곳에 이른바 국민주택이라고 집장사 집들이 줄지어 생기기 시작했다. 우리가 이른 아침에 정수네 집 앞에서 차마 문을 두드리지는 못하고 얼쩡대는데 정수가 단정하고 깨끗한 교복 차림으로 등굣길에 나서고 있었다. 정수는 우리의 갑작스런 출현에 놀란 모양이었다.

어, 너희들 여긴 웬일이냐?

나는 그냥 싱긋이 웃었고 인호가 대뜸 그의 책가방을 빼앗았다.

오늘 도시락 반찬이 뭔지 봐야겠군.

야야, 길에서…… 집으루 들어가자.

인호가 마루에 올라서자마자 정수 어머니에게 시골식으로 넙죽 엎드려 절하는 통에 나도 덩달아 궁둥이를 쳐든 엉거주춤한 자세로 큰절을 올렸다. 인호는 짐짓 통 큰 목소리로 너스레를 떨었다.

어머니, 이 집 반찬이 맛있다구 친구들 간에 소문이 나서요. 아침밥 좀 얻어먹으러 왔습니다.

얼마나 오랜만에 먹는 가정식 백반인지 나물에 멸치조림에 된장국에 초여름 하루나김치에 모두 싹싹 비웠다.

뒤늦은 정수의 등굣길에 동행을 하면서 인호가 먼저 얘기를 꺼냈다.

사실은 우리 보급받으러 내려왔다.

정수가 딱 잘라 말했다.

야 자식들아, 니들 얼른 집에 들어가. 나 피노키오 만들지 말구.

짜잔, 하면서 인호가 메고 있던 보조 쌕에서 뭔가 반쯤 꺼내어 보이는 척했다.

이걸 팔아야겠다. 사줄 만한 고객이 있을 거야.

정수는 두 손을 흔들며 사정 조로 나왔다.

그림이 아까운 게 아니라, 아직 다 끝내지 못한 거야. 어느 틈에 그걸 훔친 거냐?

내가 어디 보자며 인호의 쌕에서 그림을 꺼냈다. 어두운 하늘에 띠 같은 노을을 배경으로 검붉은 맨드라미 두 송이가 고개를 숙이고 피어 있는 십호짜리 소품이었는데, 상진이 말마따나 하필 시들어가는 맨드라미를 잡아낸 것이며 분위기가 그럴듯했다.

너 우리를 두고 새삼스럽게 공부하러 갈 거냐?

인호의 말에 정수는 모자를 벗어서 책가방에 구겨넣으며 말했다.

드러워서 참 나…… 못된 친구들 땜에 악의 구렁으로 빠지는구나. 남 잘되는 꼴을 못 봐요.

셋이서 시내 방향으로 나가는 버스를 탔다. 오전 이른 시간에 갈 데가 마땅치 않았는데 정수가 신촌에서 내리더니 자기를 따라오라고 앞장을 섰다. 오래된 이층 목조건물의 삐걱이는 계단을 올라가 들어서니 누군가의 화실이었다. 소주병이 탁자에 어지럽게 굴러다니고 바닥에는 온통 찢겨나간 종이며 물감 얼룩투성이의 이젤이 다섯 개쯤 있었고 벽마다 그림이 겹겹이 세워져 있다. 아마 학생들을 받아 아르바이트를 하면서 제 그림을 그리는 눈치였다. 화실 주인은 안쪽에 있는지 인기척은 들리는데 보이지 않는다.

장형, 나 왔수.

정수가 외치니까 안쪽의 방과 통로 어름에 부엌이 있는 듯 뭔가 취사를 하다가 나왔는지 숟가락을 든 채로 주인이 나타났다. 그가 장무였다. 그는 인호나 상진이와 동급생이었으니 제대로 졸업, 입학해서 이미 대학 일학년이었다. 장무는 짧은 스포츠머리에 키가 크고 마른 체격이었다. 얼굴은 짓궂은 장난꾸러기 같은 표정이었고 호기심에 반짝이는 눈으로 우리를 훑어보았다. 정수가 신문반 따라다니며 밖에서 삽화도 그리고 하면서 알게 된 사이였다. 우리들과 분주하게 악수를 하고 나서 그는 급히 돌아섰다.

내가 지금 해장거리를 만들구 있었거든. 아침들 했어?

응, 우린 진작 먹었지.

어이구 속 쓰려, 어쩌구 중얼거리면서 장무가 다시 안으로 들어가버렸다. 잠시 후에 무는 방금 끓인 콩나물국이 담긴 냄비와 김치 한 보시기를 탁자 위에 올려놓고는 양푼에 밥을 가득 담아서 들고 왔다. 곁에서 넘겨다보니 콩나물국에 깡통 꽁치를 넣고 끓인 등산 반식의 국이었다.

가만있어봐, 어디 뭐 남은 게 있을 텐데.

무가 두리번거리더니 화실 구석에서 봉지를 발견하고는 그 안에서 통통한 기타제재주 위스키 두 병을 꺼냈다.

여기 안주는 있으니까 해장 한 잔씩 어때?

우리가 무슨 알코올중독도 아닌데 아침부터 술을 마시는 게 썩 내키지 않았지만 정수는 느닷없이 친구들을 데리고 들이닥친 자기 죄가 민망했던지 동무 삼아 마시겠다며 잔을 집어들었고 인호는 덥석, 나는 미적미적 잔을 들었다.

이거 골 깨지는데.

정수가 말했고 무는 먼저 꿀꺽 넘기고는 말했다.

그래두 마실 때는 짜릿한 게 근사하다구.

무가 아침을 마친 뒤에도 기왕에 시작된 술자리는 계속되었다. 그는 정수에게 말을 올렸다 내렸다 하더니 우리와도 아예 반말을 하게 되었다. 그래봤자 동갑이거나 한 살 차이였기 때문이다. 무는 실내공간의 거의 대부분을 채우고 있는 이젤들을 손가락질했다.

저거 봐, 먹구살라구 애들 가르치는데 내 그림 그릴 공간이 없어졌어. 그래서 안쪽으루 옮겼더니 이젠 잠자리가 없어져버렸네.

어디 요새 뭘 하구 있나 봐두 돼?

정수가 슬슬 일어나니까 의외로 무는 선선히 말했다.

가서 보구 얘기나 좀 해주라.

화실 벽에 세워져 있던 그림들에서 대강 눈치는 챘는데 무가 그리던 것은 추상표현주의 계통이었다. 방안에는 프레임에 짜넣지 않은 캔버스가 바닥에 그냥 펼쳐져 있었고 물감이 사방에 튀거나 흘린 자국투성이였다. 비싼 유화물감 절약하느라고 그랬는지 색감이 좋아서였는지 안료를 개다 만 함석판이나 베니어판들이 널려 있었다. 그야말로 잠자리는 자취하는 학생들에게 애용되던 군용 목침대가 창가 아래 바짝 붙여져 있었다.

우리는 무의 그림을 내려다보았다. 붉은색이 용암처럼 흘러내려간 틈틈이 푸른 바탕이 엿보이고 그 위에 누각의 현판 글씨처럼 꿈틀거리면서 검은 붓자국이 몇 차례 지나갔다. 물감이 방울방울 떨어진 흔적이며 뿌린 것처럼 무수한 점들이 퍼져나간 부분도 보였다.

우리가 화실 쪽으로 돌아가니 무는 웃통을 벗고는 창문을 활짝 열고 바람을 즐기는 중이었다. 그가 쾌활한 목소리로 정수에게 물었다.

어때 말 좀 해봐라.

정수가 잠깐 생각해보는 척하다가 말을 꺼냈다. 나는 그가 무슨 얘기를 꺼낼지 이미 짐작했다.

신나게 그렸더군. 액션이잖아?

한번 해봤어. 곧 변할 거야.

무는 대수롭지 않게 내뱉고는 다시 덧붙였다.

고등학교 때는 뒤뷔페 흉내를 냈지. 나이프를 많이 썼거든.

뒤뷔페에서 폴록으루 뛰는 거냐?

무는 정수의 말에 기분이 상한 것 같지는 않았지만 맥이 빠지는 것 같은 표정이 되었다.

니가 보기에두 그러냐? 나는 다만, 음울한 데서 신나는 쪽으루 이동하구 싶었어.

그러면 교통사고를 기다려야겠네.

기분에 따라서니까 그 말두 맞다. 나는 에스키스가 싫어.

무의 말에 정수가 한마디로 잘라 말했다.

밑그림이 싫으면 네모난 프레임도 평면도 소용없지.

두 사람의 핑퐁이 지루하게 계속될 것이 염려되었던지 인호가 쌕에 넣어왔던 정수의 그림을 꺼냈다. 그 때문에 정수는 그날 오후 내내 인호에게 투덜거렸다.

여기 정수 그림이 있는데 한마디해주지.

무가 두 손으로 받쳐들고 들여다보는 동안 정수는 불만스레 중얼거렸다.

아직 더 손대야 돼.

무가 씩 웃더니 말했다.

분위기 좋은데. 근데 말야, 문학적이다. 니가 애들하구 놀아서 그런가?

인호가 주둥이를 쑥 내밀고 앉았다가 한마디했다.

내가 보기엔 정수하구 장형하구 중간쯤이면 좋겠는데.

그건 감상적인 디자인이야. 그야말로 사슴 타구 피리 부는 소년이지.

우리는 표현에 대해서 잠깐 언쟁했다. 그러나 곧 이런 얘기를 꺼낸 것에 다들 조금씩 창피해지고 있었다.

오후에 화실에서 나오는데, 무가 층계 아래까지 따라나와서 내게 말했다.

준이, 만나서 좋았다. 자주 놀러와.

화실을 나서자마자 정수가 인호의 쌕을 빼앗으려 달려들었다.

그림 안 내놔? 쪽팔리게…….

인호는 멀리 달아나며 외쳤다.

왜 이래, 이거 비싸게 팔 거야. 모짤트에 가 있어.

정수와 나는 별수없이 음악실에 가서 죽치고 있었고 한밤이 되어서야 인호가 나타났다. 우리는 진작에 술이 깼는데다 저녁까지 굶어서 풀이 죽어 있었는데, 인호는 거나하고 기분좋게 취해 있었고 시장을 봐왔는지 쌕도 빵빵하고 큼직한 봉지도 두어 개나 들고 있었다. 정수가 그를 아래위로 훑어보다가 말했다.

너 내 그림 어쨌어, 정말 팔아먹은 거냐?

팔다니 예술품을…… 누구한테 선물로 주고 보상을 받았다 왜?

이 새끼가 정말…….

정수가 성을 버럭 내며 인호의 멱살을 잡았고 내가 뜯어말렸다. 정수는 한쪽에서 씨근벌떡하고 있었고 인호가 슬그머니 다가와 정수의 어깨에 팔을 두르며 말했다.

야 정수야, 화났냐? 굶주린 백성들 좀 도와주면 좋잖아. 우리 소굴에 같이 올라가자.

안 돼, 학교 가야지.

정수가 시무룩하게 말했지만 나도 그를 꾀어들였다.

때려쳐 인마, 재수하면 되잖아.

그는 아무 말 없이 걷다가 우리가 미아리 버스에 올라타자 자기도 뒤따라 올라왔다. 인호와 나는 서로 시선을 마주치며 웃었다.

산에 올라서 뒤늦은 밤도둑 저녁을 지어먹고 굴 앞에 앉아 있으려니 정수가 한숨을 내쉬고는 말했다.

아아, 평화롭구나!

셋은 굴 위의 바위에 올라가 멀리서 반짝이는 도시의 불빛을 바라보았다. 인호가 말했다.

거 참 이상해. 여기 있으면 저기가 그립구…… 저기로 가면 지겨워서 여기에 틀어박히구 싶어.

너 솔직히 그림 누구한테 줬니?

정수가 물었고 나는 인호가 대꾸하기 전에 먼저 말해버렸다.

그걸 몰라서 묻냐? 화자씨에게 달려갔겠지. 온갖 감언이설로 꾀어서 아르바이트한 돈 몽땅 털어왔을 거다.

쌍쌍미팅에서 한쪽이 잘되면 다른 한쪽은 깨진다든데. 니들이 상진이 가슴에 대못을 박은 거 아냐?

정수의 빈정대는 말에 인호는 코를 훌쩍 들이켜며 말했다.

둘 다야, 나두 깨졌어. 오늘 군대 갔던 남자친구랑 같이 나왔더라구.

그런데 그 자리에서 밥에다 술에다 얻어먹구 그림까지 팔았단 말야?

어떡허냐? 우리가 쏠리는 판이구. 오히려 재미있다구 둘 다 죽든데.

연애 같은 거 왜 하냐? 말로는 좋은 조건 만들기를 포기했다는 녀석들이…….

내가 불쑥 말을 꺼냈더니 인호가 반발했다.

하구 싶은 데 무슨 이유가 있어? 얼마나 살맛이 나게 하는데. 너두 이담에 두고보자.

글쎄, 나는 그쪽으로는 맨날 건성이야. 눈앞에 닥친 것이 너무 커서.

그게 뭐야?

나는 인호의 말투로 웃으며 말했다.

그게 뭔지 애매해서 나두 잘 몰라.

갑자기 정수가 비죽비죽 울기 시작했다.

씨팔, 나는 종쳤어! 좋은 애가 나타나두 아무 느낌두 없을 거야.

나와 인호는 무슨 아닌 밤중에 홍두깨인가 영문을 몰라서 잠자코 기다렸다. 정수는 울먹이며 말을 이었다.

아아, 허무하게 딱지를 뗐다구.

그가 더듬더듬 꺼낸 얘기는 대충 이러했다. 정수는 지난달 어느 일요일에 단성사로 영화를 보러 갔다. 영화관을 나서니 출출해서 골목으로 들어가 뭔가 사먹으려고 기웃거리는데 누군가 뒤에서 모자를 홱 채가더라는 것이다. 돌아보니 웬 여자가 모자를 쳐들고 해해 웃어대며 손짓을 했다. 정수는 그녀를 따라잡으려고 다시 샛골목으로 돌아들어갔다. 에이 내 모자 주세요. 이리 따라와, 그럼 주께. 방들이 다닥다닥 붙은 좁은 통로로 들어가자마자 다른 여자들이 문을 잠가버렸다. 여자가 정수의 손을 우악스럽게 잡아서는 어둠컴컴한 방으로 끌고 들어갔다. 한번 하구 나면 모자 주께. 봐, 내 손에 없지? 여자는 두 손바닥을 활짝 펴 보였다. 저 돈 없어요. 그래? 가진 거 다 내놔봐. 정수가 호주머니에서 지폐며 동전이며를 꺼내어 손바닥에 펼쳐 보였다. 여자가 턱짓으로 헤아려보더니 냉큼 쓸어갔다. 좀 모자라긴 하지만 내가 깎아줬다. 이리 가까이 와봐. 그는 덜덜 떨기만 했다. 여자의 얼굴도 기억이 나지 않았다. 아마 서른 살 가까이 되었을 거다.

정수의 말로는 금방 끝났다고 한다. 인호가 금방이 몇 분이냐고 심문하듯 다그치자 정수는 진짜로 말했다. 하나 둘, 해서 열도 헤지 못할 만큼 짧았다고. 그뒤부터 혼자서 고민깨나 한 모양이었다.

괜찮아 괜찮아, 졸업했잖아. 나두 언젠가 그런 식으루 졸업했어.

인호가 곁에서 정수의 등을 토닥여주었고 나는 약간 짜증을 냈다.

무책임하기는…… 나는 잘 테니까 느이들 여기서 물건 잡구 반성하다 내려와.

나는 둘을 남겨두고 아래로 내려와 먼저 누웠다. 저런 일이 있을 적에 아버지나 형이 있는 애들은 좀 나을까? 어머니에게 속내 깊은 곳의 얘기를 하지 않은 것이 언제부터였던가. 나는 잠깐 그녀가 말문이 막히면 내 손을 잡고 기도를 시작할 때 그 손의 느낌을 떠올렸다.

정수가 소굴을 방문한 지 사흘 뒤에 우리는 배낭을 꾸려서 남도 쪽으로 떠나기로 했다. 며칠 있으면 벌써 여름방학이 시작될 무렵이었다.

나는 일단 집에 들르기로 했다. 그때는 상도동에 살던 시절이었는데 어머니는 아무것도 없는 벌거숭이 언덕 위에다 집을 짓고 영등포에서 이사를 왔다. 언덕 아래는 오래된 일본식 영단주택 동네였고, 그쪽 집들은 크기와 구조며 마당까지 똑같은 집들이었다. 우리집은 어머니가 몇 번이나 노트에다 그림을 그려보고 나서 지은 이른바 단층 양옥이었다. 마당도 넓어서 앵두며 살구 같은 유실수에 꽃나무도 많이 심었다. 그 집에서 몇 년 살았던 것은 인근에 새로 개발된 시장 점포 몇 채를 어머니가 사들였기 때문이다.

내가 대학을 가던 무렵에 시장 개발은 실패한 사업이 되어버려서 사업주도 망했지만 어머니도 자기 지분의 점포들을 헐값에 팔아치웠다. 그나마 아버지가 생전에 가까스로 일구었던 재산의 거의 대부분이 그때 날아갔다.

우리 남매들은 그 집을 좋아했다. 방이 다섯 개나 되었고 부엌 앞의 식당 마루와 현관 옆의 거실도 큼직해서 성탄절이 되면 큰누나 친구들 십여 명이 몰려와서 놀고 갔다. 내 방은 현관에서 오른쪽으로 휘어지는 통로 끝 화장실 맞은편에 있어서 우리집에서는 제일 후미지고 조용한 방이었다.

누나들은 대학생이었는데 나의 일탈을 대단히 못마땅하게 생각하고 있었다. 그녀들은 집안의 장남인 내가 어머니를 끊임없이 괴롭히는 걸 참을 수가 없었을 것이다. 누나들은 절대로 나에게 먼저 말을 걸지 않았다. 내가 집에 들어갔을 때 그녀들은 아무 말도 없이 곁눈으로 힐끗 보았을 뿐이었다. 두 여대생은 제각기 문을 쾅 닫고 방으로 들어가버렸다.

부엌 앞의 식당 마루에서 어머니가 차려준 밥상을 받았다. 상 위에는 다른 반찬도 있었지만 고기볶음과 계란말이가 차려져 있어서 어머니가 순식간에 준비한 것으로는 보이지 않았다. 어머니는 아마 특별히 쇠고기 한 근을 사왔을 것이다. 그녀는 밥상머리에 앉아서 나를 물끄러미 바라보았다.

그새 쪽 빠졌구나.

오늘 반찬이 좋은데요?

너 올 줄 알구 있었지. 너희 아버지가 꿈에 보이더라.

나는 묵묵히 밥을 먹기만 했다. 언젠가부터 내가 자주 집을 비우기 시작하면서 어머니는 그런 말을 했다. 내가 돌아오기 전날이면 꼭 아버지가 꿈에 보이더라고. 대문으로 들어서는 모습이 보이거나 아니면 안방에 앉아 있거나 마루에서 지금의 나처럼 밥상을 받거나 그런 꿈이라고 했다.

이제는 집에 있을 작정이냐?

어머니의 조심스런 물음에 나는 불쑥 말했다.

어디 좀 갔다올까 하는데요.

또 나가?

내가 더는 대답하지 않고 내 방에 들어가 박히자 어머니가 따라 들어왔다.

어딜 간다는 거니? 이제부터 집에서 네가 쓰고 싶다던 글 좀 써보지그래.

나중에요…….

하고는 당시의 세태에 맞게 얘기하는 것이 어머니를 설득하기가 더 쉽겠다고 나는 생각했다.

세상 구경이라두 하려구요. 요새 학생들 무전여행 많이 다니잖아요.

……하긴 나두 그런 얘긴 들어봤다. 이제 곧 여름방학이겠지. 며칠이나 걸리겠니?

한 열흘쯤이면 충분할 거예요.

그래, 이번엔 몇 달씩 걸리진 않겠구나. 혼자 가니?

학교 친구들하구요.

어머니는 잠시 얼굴이 밝아지는 듯했다.

네 아버지도 어려서 만주를 여행했다고 하시든데, 거긴 땅두 넓구 나쁜 사람들두 많았으니 참 대단한 거지. 여기야 교통두 그럴듯하구 가봤자 손바닥 안이니까 다녀볼 만하겠다. 언제 떠나니?

내일 오후에 나가면 돼요.

어머니는 방에서 나가기 전에 돌아서서 속삭이는 음성으로 당부했다.

누나들에게는 모른 척해라. 나중에 내가 적당히 둘러댈 거다. 뭐 공부하러 절간에 갔다든가…….

이튿날 나는 다시 배낭을 꾸려서 집을 나섰다. 어머니가 언덕 아래로 내려가는 오솔길 앞에까지 따라나왔다. 어머니는 똘똘 뭉쳐서 쥐고 있던 지폐를 내 군용 파카 옆주머니에 넣어주었다.

이건 급할 때 요긴하게 써라. 집에다 엽서 부치는 거 잊지 말구. 어디 아프거나 하면 곧장 차 타구 돌아오렴.

나는 용산역에서 인호와 만나 호남선 야간 완행열차에 올랐다. 물론 철조망을 통과하여 수하물창고가 보이는 곳을 멀찍이 돌아서 철로를 횡단했다. 빈 객차가 행선지를 붙이고 정차해 있었지만 우리는 먼저 올라가 자리를 잡지 않고 그냥 플랫폼에 배낭을 벗어놓고 앉아서 개찰시간을 기다리기로 했다.

시간이 되자 방송이 역 구내에 울려퍼지고 구름다리로 물밀듯 몰려오는 승객들이 보였다. 그들이 달려오는 것은 좋은 자리를 먼저 차지하기 위해서였을 것이다.

인호가 좋은 생각이 났다며 먼저 객차에 올라탔고 우리는 출입구 바로 첫번째 자리를 점령했다. 각자 긴 의자 하나씩을 차지하고 배낭을 옆자리에 놓고는 다리를 떡 벌리고 앉아 있었다.

객차에 오른 승객들은 두리번거리며 일단 빈자리를 찾아서 다투어가며 앉았고 어느새 통로는 사람들로 꽉 메워졌다. 우리가 버티고 앉은 기세에 자리가 있느냐고 변변히 묻는 이도 없었다. 그들은 대개들 안으로만 몰려 들어갔다.

호남선 완행열차는 가장 값싼 노선이라 의자 하나에 세 사람이 조여 앉아야만 했는데, 서울 와서 물건을 해가는 가난한 보따리장수들이 대부분이고 짐도 많았다. 승객이 별로 많지 않은 평일인데도 통로까지 사람들로 북적댔다.

우리는 동석하기에 적당한 사람들을 살피다가 딸인 듯한 젊은 여자와 동행인 나이든 시골 아낙네와 봇짐장수 같은 중년의 아저씨를 불러서 여기 빈자리니까 앉으라고 했다. 그들은 이게 웬 떡이냐는 표정으로 반색을 하면서 앉았고, 더구나 우리가 오가는 사람들 때문에 걸치적거리고 피곤한 통로 쪽에 앉겠다니까 더욱 고마워하는 눈치였다.

우리는 그제야 의자에 놓아두었던 배낭을 선반에 얹었다. 기차가 덜컹거리면서 움직이기 시작했지만 그야말로 자전거가 천천히 달리는 정도의 속도였다. 짧은 구간의 작은 역들을 모두 거쳐가는 기차라서 속도를 내지 않는 모양이었다.

비어 있던 자리에는 아저씨가 통로에 서 있던 일행 중의 하나를

불러다 앉혔다. 그이는 남자처럼 머리를 짧게 자르고 몸뻬바지에
흰 남방을 걸친 사십대쯤의 아줌마였다.

총각들 워디…… 등산 가아?

아줌마는 앉자마자 우리에게 물었다.

세상 구경하러 갑니다.

인호가 넉살 좋게 대답하자 옆자리의 일행 아저씨가 말했다.

무전여행 가는 거 아녀? 작년 여름에는 무전여행하는 학생덜이
아주 장을 섰더만.

나는 어른들이 학생들의 무전여행에 대하여 너그럽게 생각하는
줄은 알고 있어서 얼른 대답했다.

네, 맞습니다.

워느 대학이여?

내가 머뭇거리는데 인호가 말했다.

대학 떨어져서 재수하구 있어요. 두 분은 서울 다녀오세요?

하자마자 아저씨가 서슴없이 얘기하기 시작했다. 그들은 논산
사는데 약초상이라는 것, 청양 논산 일대에서 약초를 수집해다가
서울 경동시장에 내가는데 일주일에 세 번은 왕복하게 된다고, 인
삼 구기자 대목 때가 바쁘지 요새는 산과 들에서 채취된 것들이라
별로 큰 재미는 못 본다고, 올라갈 때 짐은 수하물칸에 싣고 같이
올라갔다가 내려올 때는 빈몸이 된다는 것까지 성큼성큼 건너뛰
어가며 말했다. 구절초, 복령, 육모초라든가, 모란, 당귀, 천궁 같

은 약초 이름을 늘어놓고 효능에 대하여 말하는 데서 아줌마가 다행스럽게 중동무이를 시켜버렸다.

앗따 동상, 누가 약장시 아니랄까바 청산유수여. 그란디 그댁 엄니덜은 아들이 길갓으루 나와두 말리지 않은개벼?

예, 건강하게 잘 다녀오라구 하셨어요.

내가 고분고분 얌전하게 말하자 아저씨가 손을 내저으며 말했다.

요사이는 고등핵교만 나오면 으른이여. 군대 나가보라고, 대번에 술 주고 담배 주고 안 한가. 가만있자아…… 한숨 자야 헐텡께 슥 잔은 먹어두어야 써.

그가 일어서더니 선반에 얹었던 비닐백을 내려서 소주 두 병과 오징어포를 꺼냈다. 그가 작은 비닐컵도 두 개를 꺼내어 하나는 우리에게 내밀어주었다. 술잔이 돌아가자 인호가 슬슬 궁금한 것을 묻기 시작했다.

아저씨, 검표는 어느 역쯤 가서 시작하나요?

검표? 자네덜 표 안 샀지야?

아저씨가 껄껄 웃으니 아줌마가 핀잔을 주었다.

뭔 표? 깝깝하기는, 무전여행이란디. 총각덜 가구자픈 목적지가 워디여?

어디가 좋겠어요?

내가 되묻자 아줌마 대신 아저씨가 고개를 끄덕이며 말했다.

우리 게서야 계룡산허구 공주 부여 그런 디가 볼 만헐 테지. 여

그가 순전히 백제 땅이거던.

아줌마가 말했다.

그란께 조치원서 내려야겠구먼.

공주 갈라문 어중간혀도 그쯤에서 내레야제. 검표 싹 잊어부러
도 돼야. 완행 똥찬디 밤중에 무슨 노무 검표여. 쩌어기서 차장이
떴다 하믄 슬슬 앞질러나가다 다음 정차역에서 내리란 말여. 그라
고 기차 떠날 때 표검사 마친 칸으루 옮겨타믄 돼야. 우리두 소싯
쩍에 많이 해봤거던.

평택 지나믄서 검사하는 것 같든디.

좌우당간 걱정할 거 읎네.

맞은편에 앉았던 나이든 아낙네의 젊은 딸이 종알거리며 말
했다.

천안 조치원 사이에서 조사해요.

아저씨가 우리에게 돈 없이 철도여행 하는 법을 전수해주었다.
목적지가 대도시일 경우에는 바로 그전 정거장에서 내린다. 작은
역에서도 홈의 반대편 선로 쪽으로 내려서 역과 반대방향으로 나
간다. 중간쯤 크기의 역에서는 역사에 들어가기 전에 기차가 기적
을 울리며 속도를 늦추니까 짐을 먼저 던지고 뛰어내린다. 뛰어내
리는 요령은 층계의 끝에서 한 손으로 손잡이 철봉을 쥔 채로 진행
방향으로 몸을 돌리고 한쪽 다리를 땅에 대며 가늠하다가 두 발을
땅에 딛고 손을 동시에 놓으면서 뛴다. 아저씨의 경험담은 끝이 없

었다. 그리고 산간지방에 가면 야간 화물차를 타는 게 좋은데 목적지를 잘 봐두면 화물칸이 비었는지 짐을 실었는지를 파악할 수가 있단다. 짐을 실었다 할지라도 여름철에는 무개화차를 탈 수가 있다고 했다. 아저씨는 장거리로 객차를 안전하게 타려면 군용열차의 너구리를 싸게 사서 승차할 수 있다고도 말했다.

너구리가 뭐예요?

내가 물었고 아저씨가 설명해주었다.

군용열차는 중간급 열차에다 객차 몇 놈을 달아서 운행허는디, 자리가 많이 남아돈다고. 운 좋으믄 병원칸이나 침대칸도 걸린당께. 헌병헌티 말만 잘해도 되고 담뱃값 쫌 주고 쇼부를 트는디, 그걸 너구리 산다구 허데.

인호가 웃으면서 중얼거렸다.

우리는 너구리가 되는 셈이군요 낄낄.

천안을 지나자마자 인호와 나는 선반에서 배낭을 내려 짊어졌다. 옆칸에서 검표를 하는 것을 보고 통로에 서 있던 사람이 얼른 알려주었기 때문이다. 그는 자리가 났으니 좋겠고 우리도 그동안 안심하고 눈을 붙이고 쉬었으니 미련이 없었다.

안녕히들 가세요.

함께 앉아 있던 사람들에게 내가 인사를 하자 꾸벅이며 졸던 약초상 아저씨가 먼저 물었다.

워찌…… 내릴라고?

인호가 말없이 웃으면서 엄지로 옆칸을 가리켜 보였더니 아저씨는 목을 빼고 기웃해보고는 고개를 끄덕였다. 창가에 앉은 아줌마가 말했다.

논산 오믄 나가 밥이라두 한끼 멕에줄 텐께 꼭 찾아와. 놀뫼약초라고 시장 안에 있네.

그려어, 나두 있은께.

우리는 논산 아줌마와 아저씨에게 손을 흔들어 보이고는 통로를 걸어갔다. 계속해서 객차 몇 칸을 멀찍이 건너뛰어 중간 층계참에 가서 일단 배낭을 벗어두고 대기했다. 전의역을 통과할 즈음 차장 일행이 가까이 와서 다시 앞으로 전진했고 조치원에 도착하자 홈의 반대편으로 내렸다. 기차의 꽁무니를 향하여 철로를 따라서 걷다가 왼편으로 꺾어져서 여러 겹의 철로를 건너 허리쯤에 이르는 철조망 앞에 당도했다. 우리는 가볍게 그곳을 뛰어넘어 역사를 멀찍이 돌아서 읍내로 들어갔다. 이미 열시가 가까워진 한밤중이었다. 우리는 사실 대전쯤에서 내릴 작정이었으나 형편을 알고는 훨씬 못 미쳐서 내렸던 것인데, 까짓 그래도 기분은 괜찮았다.

행인들에게 물어 금강 쪽으로 방향을 잡고 신작로를 따라 밤길을 걸었다. 읍내를 빠져나가면 강변 백사장에 텐트를 치고 하룻밤을 지낼 작정을 했던 것이다. 깊은 밤 사위가 적막하고 먼 데서 개짖는 소리만 가끔씩 들려오더니 들판에 나오자 개구리 울음소리가 온 천지에 가득찼다. 하늘에는 손에 잡힐 듯한 별빛이 초롱초롱한데 드디어 물비린내가 코끝에 닿았고 벌써 바람이 달라졌다. 여름밤을 걷노라니 배낭을 짊어진 등짝에 땀이 배었지만 목덜미는 서늘했다.

강변에서 더듬더듬 텐트를 치고 잠이 들었는데 어찌나 고단했던지 눈을 잠깐 감았다 뜬 것 같은데 어느새 아침이었다. 다시 짐을 꾸려 길을 떠나면서 눈에 띄는 한 농부에게 물었더니 동네 이름이 월산이라고 그랬다.

강물은 굽이치며 천천히 흘러갔다. 우리는 강을 따라서 이어진 길을 걷다가 강변 언덕 위에 있는 작은 절을 보고 아침을 해결하기 위해 올라갔다. 인호와 내가 몇몇 그럴듯한 마을을 보고도 어쩐지 내키지 않아서 찾아들지 않았던 것은 아직은 여염 살림하는 집에 가서 밥 좀 달라고 여쭙기가 어려운 노릇이었기 때문이다.

늙수그레한 중과 할머니 둘이 요사채에서 내다본다. 공양주 할머니가 마루에 올라앉으라더니 소반에 밥을 차려주었다. 할머니는 한창때 많이 먹어야 한다면서 보리가 많이 섞인 밥을 사기 밥사발에 고봉으로 퍼주었다. 반찬이라야 푸성귀 된장국에 김치가 전부였는데도 우리는 늦은 아침밥을 정신없이 먹어치웠다.

운이 좋은 날이었다. 맞은편에 절벽이 보이는 배터나루에서 몇 사람들과 함께 지나가는 트럭을 얻어타게 되었다. 자갈과 모래를 실어나르는 공사장 차였는데 짐을 부려놓고 일터로 되돌아가던 길이었다. 트럭은 강변길로 계속 가야 해서 우리는 다른 사람들과 함께 공주 큰다리 앞에서 내렸다. 예정했던 것보다 너무 빨리 공주에 도착했기 때문에 무엇을 할지 모르고 어리둥절한 느낌이었다.

트럭을 함께 타고 온 이들에게 물으니 오늘이 장날이라고도 했고 박물관에나 가보라는 말도 해주었다. 우리는 장터를 어슬렁거리다가 박물관에 들어가보고는 좀 실망을 했다. 백제 유물이라고 남아 있는 게 깨어진 기왓조각이나 항아리 파편이 고작이었고 신석기시대의 유물과 토기 몇 점뿐이었다. 나중에 떠들썩하게 고분을 발굴하게 된 것도 훨씬 훗날의 일이다. 하긴 미륵님이 한쪽 다리를 무릎에 얹고 한 손은 들어 손가락을 턱에 대고 고개를 갸웃이 숙여 생각에 잠긴 형상은 그럴듯했다. 완전히 자리를 잡은 것도, 그렇다고 일어서지도 않은 갈까 말까의 자세가 오묘해 보였다. 인호와 나는 박물관 앞에 나와서 돌계단에 걸터앉아 잠깐 쉬었다.

야, 우리 다시는 박물관이나 고적은 찾아다니지 말자.

내가 말했더니 인호는 대번에 찬성이었다.

목적지를 정하면 여행 망가진다니까. 그냥 휘적휘적 다니자.

그래두 다음엔 어디루 갈까는 정해야 되지 않겠어?

부여에 가기루 했잖아?

목적지를 정하지 말자고 했지만 딱히 갈 곳도 없으니 기차에서 아저씨가 말해준 대로 부여에나 들러보자고 우리는 의견을 모았다. 공주에서 부여까지는 제법 먼 거리였는데 철도가 닿질 않았다. 우리는 다시 금강을 따라서 강변길을 터벅터벅 걸었다.

부여로 가는 길에 어느 집 앞에 평상이 놓여 있어서 잠시 다리쉼을 하려고 걸터앉았더니 누군가 집에서 나와 웬 사람들이냐고 물었다. 인호가 우리는 학생이라는 것과 여행 목적 등을 간단명료하게 얘기하자 농부는 꽤나 강한 인상을 받은 것 같았다. 더구나 서울서 내려온 학생들이라면 자유당을 무너뜨린 그 젊은이들이 아닌가. 그리고 무엇보다도 지방에는 전후의 분위기가 고스란히 남아 있었다. 우리는 누가 보기에도 전쟁중에 총을 들고 돌아쳤던 젊은이들과 별로 차이가 없어 보였을지도 모른다. 뒤에도 그런 경험을 했지만 시골 사람들은 우리와 친근해지기 전에는 절대로 말을 먼저 놓지 않았다. 농부가 들어오라고 하더니 우리를 집안의 마루에 올라앉도록 하고는 아내를 불러서 뭐 끼니 될 게 없느냐고 물었고, 아낙네가 찬밥 남은 게 있지만 보리밥이라 어떨지 모르겠다고 했다. 아무거나 다 잘 먹는다는 우리의 시원스런 대답에 재깍 밥상이 나왔다. 농부는 신이 났는지 열무김치와 새우젓만으로 물 말아서 맛있게 먹는 우리 옆에서 풍년초 담배를 말아 피우며 이제는 반말로 연신 말을 시켰다.

저 거시기 이박사는 뭣 땜시 하와이로 갔남. 기양 여그서 사는 거시 나슬 텐디. 허긴 생때겉은 젊은이덜이 많이 죽었는디 워찌케 한국서 살겄어. 넘들이 모두 그러드면, 허정씨 입장에서야 보내줘

야겄다드면.

이후 가는 곳마다 이를테면 읍내 이발소 앞이나 시장 국수좌판 같은 데서 아저씨나 노인 들을 만나면 으레껏 당대의 정치 얘기가 훈계조나 비판적으로 흘러나오기 마련이었다.

그 머시냐 군인덜이 오죽허믄 총칼을 들고 나왔겄냐 이거여. 그렇기는 혀도 총칼이 오래가믄 민주도 거시기허고, 전쟁이 날까 고것이 걱정이시.

그들은 아마도 젊은이의 정견을 묻는 것이었을 텐데 시골 사람들이나 마찬가지로 신문을 샅샅이 훑어보지 않던 우리로서도 딱 부러진 견해가 있을 리 없었다. 아마도 배운 사람이 별로 많지 않던 일제 때의 생각이 남아 있어서 그랬는지 십대 소년들을 아이 취급하지는 않던 시절이었다.

하루 온종일을 걸어서 겨우 해질 무렵에야 부여읍에 이르렀다. 중심가의 관공서 건물들 말고는 외곽에는 거의가 초가집 마을들 뿐이었다. 백제가 어쩌고 하던 모습은 그저 쓸쓸하고 한적한 시골에 지나지 않았던 것이다. 우리는 강변을 지나면서 가난하고 초라한 많은 마을들을 먼발치에서 바라보았다. 언덕 아래 수박과 참외를 심어놓은 원두막이 있었다. 초로의 아저씨가 올라앉아 있다가 우리를 불렀다.

참외나 좀 들구 가지 그류?

돈이 없는데요.

저희는 무전여행중이라서요.

인호와 내가 제각기 말했더니 아저씨는 손짓을 했다.

여하간 일루 올라와보시게.

우리는 배낭을 아래에다 벗어놓고 별로 높지 않은 사다리 위로 올라갔다. 얼기설기 널판자를 올린 원두막은 그래도 서넛이 둘러앉을 만했다.

어때, 씨언하지?

하더니 아저씨는 참외가 담긴 망태를 밀어주었다.

한번 먹어봐, 아주 달구만.

그러잖아도 늦은 아침 한끼 먹고는 여태 굶은 참이라 체면을 차릴 계제가 아니었다. 아저씨는 우리의 미적미적하는 태도를 보고는 말했다.

그거이 다 상처난 놈만 따는 거여. 시장에 내갈 물건이 못돼야. 근디 학상들 저녁에 어디 묵을 데라두 있는감?

없는데요.

잘 되얏구먼. 밭두 볼 겸 여그서 자구 가지그려.

우리는 어린아이 머리통만한 청참외와 감참외를 두 개씩 얻어먹었고 잠자리까지 구했다. 아저씨는 내일 아침에 오겠다면서 사다리를 내려갔다. 참외를 먹고 허기는 가셨지만 그래도 오줌 한번 싸면 다 꺼질 판이라 건빵 한 봉지를 꺼내어 둘이 나누어 먹었다.

아침에 일어나자마자 부여 읍내로 들어갔다. 무슨 학구적인 역사적 탐방을 한다고 부여로 몰려들었는지, 거리에는 우리 말고도 무전여행중인 대학생 고등학생 들이 몇 무리 보였다. 우리는 낙화암에도 올라가보았고 지금도 타버린 군량미가 나온다는 싸움터도 돌아다녀보았다.

여기서 궁녀 삼천 명이 떨어져 죽었단 말야?

누군가 옆에서 절벽 아래로 개천 같은 백마강을 내려다보며 큰소리로 말하자 대학생 형이 설명했다.

부녀자들이 많이 자진을 했단 소리지 그게. 집들이 불타고 시체가 풀 우거진 것 같았다고 사서에 나와. 당나라 군사들이 여염 여자들을 그냥 두었겠어? 다 몸 버리고 당나라로 끌려가구 그랬지.

아주 쫄딱 망한 거구나.

의자왕은 신라 무열왕과 당나라 장수 소정방에게 무릎꿇고 술 따르며 욕을 당하고 백여 명의 신하들과 이만여 명의 백성들과 함께 당나라로 끌려가 거기서 죽었다고 대학생이 덧붙여 말했다. 인호와 나는 대학생 두 사람과 함께 우연히 어울려서 정림사터 오층탑이 있는 곳까지 동행했다. 대학생 형이 탑신 아래 당나라 군사들의 전승을 새긴 글자를 손가락으로 짚어주었다.

곳곳에 그들의 공적비와 문화재 훼손이 남아 있어. 그러니 백제가 신라와 당에 얼마나 철저하게 짓밟혔는지 알 수 있는 거야. 참

쓸쓸하지.

대학생들의 제안대로 부여 군수 집으로 찾아갔다. 관사는 호젓한 언덕 아래에 있었는데 군수는 부재중이었다. 일하는 소녀가 내다보고 들어가더니 과연 명문대 학생들이어서 그랬는지 명함과 함께 인근의 식당을 일러주었다.

길 떠난 이래 처음으로 '왕건이'가 들어 있는 갈비탕을 처음 먹었다. 형들과 우리는 모두 국물도 남기지 않고 먹어치웠는데 콧등과 목덜미가 땀으로 흠뻑 젖었다.

무슨 생각으로 그렇게 열심히 고적지를 찾아다녔는지 모르겠다. 아마 국토를 샅샅이 알아내겠다는 열성이었을 것이다. 무너져가는 백제의 돌탑 아래 주저앉아 쉬고 있을 적에 귓가를 스치고 지나가는 바람소리가 어찌나 쓸쓸하고 고즈넉했는지 우리는 두어 시간쯤 잡초 가운데 주저앉아 있었다.

대학생들과 헤어져서 국도를 따라 논산을 향하여 걸었다. 비가 추적추적 내리기 시작했다. 처음에는 이슬비가 내리더니 차츰 빗발이 굵어졌고 쉬이 그칠 것 같지 않았다. 출발하던 날 기차에서 만났던 약초장수 아줌마의 얘기도 생각났지만 사실은 철도가 닿는 곳을 지향했던 셈이다. 인호와 나는 군용 판초 우의를 꺼내어 머리에서부터 둘러썼다. 우의에 내리는 빗소리를 들으며 걷는 게 좋았다.

곧 어두워지기 시작한 국도를 걷는 동안 지나가는 차량도 거의 없었다. 이차선의 비포장 국도 양옆에는 포플러가 거꾸로 박아놓은 빗자루처럼 줄지어 서 있었다.

인호의 낡은 군화는 드디어 뒤축이 떨어져나갔다. 그는 절뚝거리며 걸었다. 희미하게 불을 밝힌 창들이 보이면서 국도변의 작고 가난한 마을을 지나칠 때면 그 어슴푸레한 호롱불빛을 따라 걸어들어가 아무데나 외양간의 짚더미에라도 쓰러져 눕고 싶었다. 우리는 논산역 대합실을 찾아가 의자에 앉아 쉬다가 심야가 된 뒤부터 마음놓고 두 다리를 뻗고 긴 의자 위에서 잠들었다.

이튿날 아침에 정말인지 알아보려는 것처럼 우리는 상설시장으로 찾아갔다. 벌써 상인들은 좌판을 벌이고 장사가 한창이었고 아침부터 시장을 보러 나온 사람들로 법석대고 있었다.

놀뫼약초를 금방 찾아냈다. 그쪽 길목은 아직 한산했는데 판자 덧문을 열어놓고 낯익은 아줌마가 전을 벌이고 있던 중이었다. 그녀는 점원인 듯한 처녀를 데리고 약초와 말린 열매 등속이 담긴 맷방석과 광주리를 길 쪽으로 내놓고 있었다. 우리가 인사를 했더니 아줌마가 손뼉을 마주치며 웃었다.

워매 참말로 와뿌렀네. 시방 어서 오는 길이여?

우리는 논산역 대합실에서 노숙했다는 말은 하지 않고 그냥 부여에서 온다고만 말했다.

아직 식전이겠구먼. 요 길목을 돌아서면 국밥집이 있다고, 내 얼른 따라갔어.

국밥 한 그릇씩 얻어먹고 아줌마를 따라온 다른 약초상 아저씨가 은진미륵님을 꼭 뵙고 가라고 하여 관촉사엘 들렀다. 네모난 관을 쓰고 뚱뚱한 기둥처럼 섰는 돌미륵을 한번 휘둘러보고는 한적한 절마당을 지나 다시 돌아섰다. 우리는 공양주 보살님에게서 방금 긁어낸 누룽지를 한 바가지 얻어먹었다. 아저씨가 헤어지면서 노잣돈을 좀 보태주었다.

우리는 이리를 지나 전주까지 가서 전라선으로 갈아탔다. 인호와 나는 남원에 들러서 그맘때 할머니 집에 내려와 있던 정수를 끌어들이기로 했다. 인호가 미리 엽서를 보내어 우리가 간다는 것을 알려두었기 때문에 정수는 그야말로 목을 길게 빼고 우리를 기다리고 있었다.

8

　나는 여름방학이 되자마자 할머니 집에 내려와 있었지. 보통때 같았으면 언제나 울적한 어머니와 함께 서울에서 집이나 지키며 무료한 나날을 보냈을 게 뻔했어. 모짤트도 방학철에는 한산해져서 파리와 동무 삼아야 할 판이었거든.

　우리 할머니는 동네에서 호랑이 할멈이라고 불렀는데 성미 괄괄한데다 야당 활동까지 해서 경찰서장도 함부로 하지 못했지. 할머니는 할아버지가 남겨둔 농토를 맏아들인 우리 아버지에게 한 뙈기도 물려주지 않고 혼자서 관리를 해온 억척어멈이었다. 서울로 보내어 공부를 시켜주었으니 그걸로 되었다는 셈이었지. 할머니는 그래도 내가 내려가면 차비에 용돈에 다음 학기 월사금까지 챙겨주시곤 했어.

　녀석들이 서울에서 출발하면서 보내준 엽서에는 곧 도착할 것처럼 쓰여 있어서 며칠 동안 외출도 못하고 기다리는데 정말 답답하더군.

누군가 툇마루에 올라서는 기척이 나더니 길게 드리워놓은 발을 젖혔어. 나는 쏟아져들어온 햇빛을 등지고 서 있는 사람이 누군지 짐작도 못했지.

아주 팔자 늘어졌구나. 매미 소리 들으며 해골이나 굴리구.

인호 녀석의 목소리였어. 뒷전에 어른대는 건 준이가 분명했고.

어디 가서 뭘 하다 인제 나타나는 거야?

나는 투덜대며 일어나 앉았고 방안에 들어서는 그들의 발에서 고린내가 진동을 했어. 준이가 나를 발로 툭툭 건드리며 말했지.

야야, 얼른 나가자. 민생고 좀 해결해주라.

전주 남원 막걸리 안주가 옥황상제 수라상이라며?

나는 인호의 떨어져나간 군화 뒤창을 수리해주기 위해서 역 앞에 있는 구두 수선방 아저씨에게 데려갔다가 시장 끝에 있는 막걸릿집으로 갔지. 한 주전자를 시키면 생선구이에 꼬막에 돼지고기 두루치기에 술국에 수박까지 썰어서 나왔거든. 셋이서 두 주전자에 안주로 배를 채웠더니 모두들 얼굴이 불콰해졌어. 그동안 잠깐 두 녀석의 여행담을 들었는데 뭐 별게 없어서 금방 끝나버리더군. 싱겁다못해 뭘 하구 돌아다녔는지 모르겠더라니까.

다음 목적지는 준이의 의견대로 영길이네 시골로 찾아가기로 했지. 영길이 할아버지네가 남원서 지척인 순창이라고 그러더군.

아마 지금쯤은 방학이라 나처럼 시골집에 내려와 있을 거라고. 우리는 성춘향과 이몽룡이 눈이 맞았던 광한루에 가서 건성으로 이리저리 서성거렸어. 할 일이 없어서 옥수수 튀기 한 봉지를 사서 무리지어 헤엄쳐다니는 잉어들에게 먹이를 주었지.

이튿날 길 떠나기 전에 할머니는 내 친구들이 서울서 내려왔다고 소문난 깍쟁이가 씨암탉을 두 마리나 잡아주셨어. 나는 수채화 물감과 크고 작은 스케치북을 달랑 챙겨가지고 할머니가 쥐여준 비상금을 쑤셔넣고는 녀석들을 따라나섰어.

시외버스를 타고 순창으로 가는 길은 비포장도로인데다 구불구불한 산골짜기를 빠져나가는 길이라 궁둥이가 의자에서 연신 들썩거렸지.

섬진강 물줄기가 나타나자 곧 순창군 경내로 들어섰어. 넓지도 깊지도 않은 맑은 강물이 개천처럼 흘러가는데, 남원서 곡성 지나 구례로 접어드는 길은 옛날에 형들과 가본 적이 있었지만 순창 쪽 지류는 나도 처음 가보았지. 내가 아무래도 그 지역 가까이 살던 터라 준이가 수첩에 적어온 마을 이름을 대고 어림짐작으로 버스에서 내렸더니, 논두렁에서 일하던 농부가 손들어 가리키는 데 들판 가까운 야산 아래 마을이 보이더군.

영길이네 시골집에는 방학중에 본가를 찾아온 사촌형제들이 올

망졸망 모여 있었어. 우리가 그 집의 마당으로 들어서자 영길이의 어린 누이동생이 마당 뒤편으로 먼저 뛰어갔고, 그대로 따라갔더니 영길이가 사랑채 툇마루 앞에 놓인 평상에서 뒹굴대며 책을 읽고 있다가 벌떡 일어났지.

어, 사고뭉치들 정말 왔네!

착한 아해야, 공부하냐?

준이가 지분거리자 영길이는 자기 머리를 쥐어박는 시늉을 하더군.

큰났네 이거, 느이들 때문에 한 달 내내 공부하기 싫어질 거야.

그러고는 인호를 보자 얼른 공손하게 말했지.

인호 형, 준이야 학교 때려쳤으니 놀러 다녀두 되지만 정수는 입시생이라구.

나는 영길이가 자기 편으로 끌어들이려는 잔꾀에 넘어가지 않고 말했어.

작년에 놀아봤더니 올해두 공부하기 싫어졌다. 나두 학교 때려치우구 말까봐.

인호가 일부러 정색을 하고는 진지한 목소리로 꼬드겼지.

영길아, 사실은 말야, 너까지 데리구 제주도엘 가볼까 하는데. 그러면 우리는 강팀이 될 거야.

제발 나는 좀 빼주라 형, 정수 녀석 하나루 됐어.

영길이는 검은 고무신을 찍찍 끌고 앞장서서 우리를 참외밭 원두막으로 데리고 가더군. 우리는 저녁밥 먹을 무렵까지 원두막에 올라앉아 바람을 쐬며 흰소리를 깠지.

한때 규율에 얽매여 어려운 시간을 보내는 것두 필요하다구 봐. 너희들 지금 세월을 허송하구 있는 거야. 치기 좀 부리지 마라.

영길이는 얼굴까지 붉히고 우리에게 손가락질을 하며 말했지만, 인호가 빙글빙글 웃으며 되받았어.

나는 나무나 키울 거야. 쓸데없이 많이 배웠다구.

세월이 무슨 재물 같은 거냐? 뒷전에 쌓아두고 허비하는 게 아니라구. 오히려 아무것도 없는 지평선에 꽃밭을 가꾸는 거다.

준이도 그렇게 말했는데 나까지 그들에게 합세하면 영길이의 화를 더 돋울 것 같아서 잠자코 있었지.

영길이 아버지는 그 댁의 큰아들이었는데 일찍 고향을 떠난 뒤 전쟁 전후에 다시는 내려가지 않았다고 하더라. 그는 직업을 갖지 않은 채 가난한 아내의 뒷바라지에 기대어 세상 출입을 하지 않았는데, 혹시 내 아버지처럼 역사적 상처가 있었던 것은 아니었는가 싶다. 아버지 세대는 살아남기 위해 동시대의 자기 또래들을 서로 해코지했으니까. 왜냐하면 지금도 그 댁에서 본 실성한 둘째 작은 아버지가 생각나기 때문이야.

그는 도사처럼 수염과 머리를 길게 기르고 한복 바지저고리 차림으로 들로 산으로 쏘다녔어. 영길이 아버지처럼 일본서 공부했다는데 '머리가 너무 좋아서 돌아버렸다'고 하더군. 밤중에 나타나면 정신이 온전한 그의 착한 아내나 제수가 밥을 챙겨주면 말없이 받아먹고 다시 산속으로 가서는 아무데서나 잔다는 거야. 영길이 아버지가 해방 뒤에 군정에 들어가 경찰 간부가 된 것과는 반대로 그 작은아버지는 전쟁 때 산사람이었다고도 하고 그를 살리려고 영길이 할아버지가 재산을 많이 없앴다고도 했어. 그가 슬그머니 다가와 우리 볼과 머리를 쓰다듬는 통에 모두들 깜짝 놀랐던 생각이 난다.

이 집의 가장인 할아버지는 그의 맏손자인 영길이와 그 친구들인 우리를 무척 좋아하셨어. 저녁마다 말동무가 되어드려야 하는 바람에 인호와 나는 되도록 멀찍이 달아나려고 했고, 애꿎은 준이와 영길이가 사랑방에 들어가 무릎꿇고 어른 시중을 들었지. 준이는 착실하게도 할아버지에게 책을 읽어드리거나 바깥세상의 일에 대해서 아는 대로 답변을 드리고 그랬다니까.

우리는 사흘 동안 섬진강에서 신나게 놀았다. 멱감고 고기 잡고 몸도 태우고 낮잠도 늘어지게 잤어. 순창 인근의 섬진강 상류는 깊이가 무릎 정도였지만 깊은 곳은 한 길이 넘는 곳도 있었지. 우리 중에 영길이만 투망을 제법 던질 줄 알았는데 그것도 여름방학에 시골에 올 때마다 한두 번씩 해본 솜씨에 지나지 않는다나.

영길이가 몇 번 던지자 나도 눈썰미가 있어서 본 대로 흉내내어 던졌더니 원을 그리며 넓게 퍼져나가더군. 그물을 걷어내니 손바닥만한 은어 몇 마리가 녹색의 등과 흰 뱃바닥을 뒤집으며 펄떡이고 있더라. 내 투망 솜씨는 점점 노련해졌지. 얼마 안 가서 양동이에 반이나 차오르도록 은어며 모래무지 따위의 물고기들을 잡았어.

우리 넷은 부근 밭에 가서 깻잎 풋고추 등속을 따오고 가져온 마늘과 된장 고추장으로 쌈장을 만들어 즉석에서 은어회를 쳐서 먹었지. 비린내는커녕 수박 향내가 난다고들 그러는데 풀냄새 비슷한 싱싱한 냄새가 나기는 하더라.

인호와 내가 불평을 했더니 뒤늦게나마 영길이가 마을 어구의 구멍가게까지 달려가서 소주도 사왔어. 우리는 여름날 강변에서 제법 취토록 마셨지. 어른들 보기에 그야말로 마빡에 피도 안 마른 것들이 대낮부터 취해가지고 열이 오르자 옷들을 모두 훌러덩 발가벗어버렸어. 그리고 강물에 첨벙덩 뛰어들거나 기슭을 따라 모래밭을 벌거숭이로 뛰어다녔지.

그때 삼삼오오 무리를 지은 촌사람들이 개울 건너편으로 몇 차례인가 지나갔는데 이날이 바로 장날이었단다. 이 꼬락서니를 본 동네 사람들은 물론이고 이웃마을에까지, 뉘집 새끼들인지 머리통 큰 놈들이 대낮에 술 취해서 발가벗고 소동을 벌이더라는 말이 돌았다. 이 일은 영길이네 시골집의 총무요 집사나 다름없는 셋째 작은아버지 귀에 들어갔고 할아버지에게까지 보고가 올라갔어.

우리가 길고 무더운 여름날 오후를 신나게 보내고 저녁 먹을 무

렵에 슬슬 돌아오니, 아니나 다를까 아까부터 할아버지가 찾는다
고 집안 아낙네들이 기어들어가는 목소리로 말하는 거야. 우리는
영길이와 함께 사랑 툇마루에 일렬로 무릎꿇고 앉아서 할아버지
로부터 호되게 야단맞았어. 시골에서는 더욱 법도와 풍속을 가려
야 하느니라. 조용히 저녁 먹고 목소리도 낮추어 속닥이는데 작은
아버지가 어디서 막걸리 닷되들이 한 병을 들고 와서 넌지시 전해
주며 일렀지.

　술 먹고 잡으면 집에서 묵어야제. 촌이서는 남덜 눈도 있은게.
글고 술은 조은 음석인께 담엘랑 옷덜 입고 묵어라잉?

　그날도 밤늦게까지 다시 막걸리 몇 사발씩 마시고 모두들 평상
과 명석에 흩어져 누워서 별을 보며 해롱거리고 노래도 부르다가
잠들었는데 새벽부터 잠이 깨버렸어. 썰렁하기도 했지만 모기 때
문에 도무지 잠을 잘 수가 없었던 거지. 밤이면 마른쑥으로 모깃불
을 피웠지만 사랑채 바로 뒤 울창한 대숲의 모기가 어찌나 지독한
지 밤새 시달리곤 했다니까. 몸이 새카맣고 날개가 얼룩덜룩한 그
놈의 모기를 우리는 가미카제 특공대라고 불렀어. 우리는 사랑채
마루에 처놓은 모기장으로 하나둘씩 기어들어가 널브러졌지.

　아침에 일어나니 인호의 얼굴이 가관이더라. 모기에 물린 자리
가 부어올라서 눈두덩과 콧등이 온통 펑퍼짐했거든. 모두들 서로
의 얼굴을 손가락질하면서 웃었어.

　우리가 떠나던 날 영길이는 읍내 차부까지 따라와서는 작은어

머니가 해주었다며 신문지에 싼 인절미를 내밀었어.

나중에 그는 우리를 따라나서고 싶어서 아랫배가 얼마나 간질 거렸는지 모를 거라고, 그때 참았던 걸 대학에 들어간 뒤에도 오랫동안 후회했다고 말했지.

가장 넓은 국도라는 게 일제 때에 닦은 신작로 이차선이었지만 국도변에는 언제나 싱그러운 포플러나 플라타너스 가로수가 서 있었지. 포플러가 우리말로 미루나무인 것처럼 시골 사람들은 플라타너스를 방울나무라고 부르더라.

우리는 이런 길을 지나고 아슬아슬하게 가파른 산굽이 고갯길을 돌아서 호남의 한복판으로 들어갔고 광주를 거쳐서 남으로 내려갔지. 호남선 객차들은 광주까지는 그런대로 객차의 꼴을 갖추고 있었지만 목포나 여수나 지방끼리 왕래하는 객차는 모두가 화물차량을 개조한 것들이었어.

우리는 완행열차에서 떠들썩한 시골 사람들과 새끼돼지, 닭 들과 어우러져 있었다. 그리고 몸뻬 차림에 머릿수건을 쓴 아줌마들과 생선 비린내가 진동하는 온갖 바구니와 함지 들에 뒤섞여 하염없이 느리기만 한 목포행 열차를 타고 갔다. 나는 절반 크기의 스케치북을 꺼내어 무릎 위에 올려놓고 기차 안의 그런 정경들을 묘사했어. 모두들 저 흐릿한 바다에 반해버렸지.

부둣가 선창의 음식좌판 앞에서 우리는 소주 몇 잔에 산낙지와 홍합, 조개구이로 요기도 했지. 준이와 내가 늘 농담삼아 하는 얘기지만 우리는 어째서 경치 좋은 호숫가나 모래사장이 근사한 해수욕장에 가면 아무 생각도 안 나고, 지저분하고 시끌벅적한 부둣가나 뱃사람들의 선술집에 가야 정서가 발동되는지 모를 일이야. 준이는 술 먹다 심심해지면 술병에 대고 연락선 발동 소리와 뱃고동 소리를 흉내내곤 했지.

밤배를 타고 제주도로 향했어. 우리는 셋 다 바다 위에서 항해를 경험하는 것이 처음이었지. 뱃머리에 서 있다가 물보라를 뒤집어쓰기도 했고 선미에서 멀어져가는 육지의 산줄기며 항구의 불빛들을 하염없이 바라보기도 했어. 끝도 없이 펼쳐진 서쪽 하늘에 번진 장엄한 낙조를 바라보며 우리는 아무 말도 하지 않았는데 비슷한 생각을 하고 있었던 모양이야.

어디 드넓은 대륙이 없을까? 저 끝없는 바다 건너 낯선 땅과 처음 보는 사람들을 만날 수 있다면. 식민지시대였던 이십 년 전만 해도 대륙 간 기차를 타고 화물선의 짐짝들 틈에서 아니면 여객선의 삼등 선복에 처박혀서라도 돌아다녔을 텐데. 낯선 대륙에서 풍찬노숙을 하던 혁명가들 중에는 십대 소년들도 있었다는데…….

준이가 뱃전에서 몸을 기울여 물거품과 함께 지나가는 파도를 보면서 중얼거렸어.

영웅호걸의 시대가 지나간 거야.

나도 한마디했지.

그래두 이게 어디냐? 태평양이라구. 처음 벗어나보는 거야.

나는 황혼빛이 사라지기 전에 스케치북에다 난간에 기대어 바다를 바라보는 준이와 인호를 재빠르게 스케치했지. 그들의 등뒤에 보이는 연락선의 굴뚝과 조타실을 선으로 그려넣고 한쪽으로는 구름 사이로 보이는 낙조며 바다의 명암을 손가락으로 문대가면서 말이야. 그리고 그림 한 귀퉁이에 주워들은 시 한 구절을 연필로 써넣었어.

내가 알고 있는 것, 나의 것, 그것은 끝없는 바다. 스물한 살, 나는 거리의 생활에서 도망쳐나왔지. 선원이 되었고 배 위에는 일이 있었다. 나는 놀랐지, 그전에는 생각만 했어. 배 위에서는 바다를 보는 것이다. 언제까지나 바다를 보는 거라고.

배는 닻을 내리고 뱃사람들의 휴가가 왔지. 나는 등을 돌리고 출발했어. 한마디도 말을 하지 않고. 나는 바다를 내 속에 갖고 있었다. 내 주위에 영원히 넓혀진 바다를. 어떤 바다냐고? 그것이 그런데 무엇인가가 있는데, 말하려고 해도 도저히 확실하게 말할 수가 없다네.

제주해협을 건널 때 풍랑이 어찌나 거세던지 승객들 대부분은 뱃멀미로 정신이 없더군. 선복 아래가 삼등객실의 너른 강당 같은

정수 159

공간이었는데 사람들은 잡혀온 생선처럼 널브러져서 이리저리로 굴러다녔지. 일등실이나 이등실이래야 갑판 위의 선원들이 쓰는 공간에 비좁게 붙어 있었는데 거기도 다다미 깔린 방에 몇 사람씩 웅크리고 넘어져 있었어.

우리 셋은 멀미는커녕 어쩌나 소화가 잘되는지 한밤중이 되자 배가 고파서 못 견딜 정도였어. 아마 오히려 처음 바다를 보고 흥분해서였을 거야. 우리는 기우뚱거리는 배를 이리저리 잘도 돌아다니면서 뱃멀미에 얼이 나간 사람들이 챙기지 못한 것들을 걷어왔지. 소주에 빵에 누가 베고 있던 것인지 금이 간 수박도 안아왔거든. 우리는 어둠 속에서 솟아올랐다가 아래로 끝없이 내려가는 것 같은 갑판에서 뒹굴대며 킬킬거렸어.

동틀녘에 저 먼 남쪽 하늘에서 갑자기 세모꼴의 한라산이 나타났다. 제주는 바다 위에 떠 있는 섬 전체가 한라산이었어. 눈에 뻔히 보이는데도 섬은 가까워지질 않았고 해가 뜨고도 한참이나 지나서야, 아침을 먹은 뒤의 시각쯤 되어서 배가 서부두 포구로 들어갔지.

9

　벌써 오래전에 방파제와 부두 건설이 이루어져 지금은 지형 자체가 변해버렸지만 당시에는 선창에서 서부두 쪽으로 담처럼 방파제를 쌓았고, 개천만한 넓이의 수로를 통하여 바닷물이 들어오고 육지 쪽에는 축대가 쌓여 있었다. 수로 안에는 중국 피난민들이 타고 들어와서 버려졌다는 낡은 정크선이 반쯤 기울어진 채 파도에 흔들리고 있었다.

　제주도의 민물은 한라산의 화산석으로 스며든 다음에 모두 해변에서 지하수로 솟아나기 마련이라, 아침부터 물을 긷거나 빨래를 하는 여인들이 해변의 민물이 솟아나는 곳에 모여 있었다. 육지의 비탈을 따라서 돌담에 초가를 얹은 작은 집들이 다닥다닥 붙어 있었는데, 우리는 그런 동네를 서울의 피난민촌에서 흔히 보고 자랐다. 그 동네의 어느 물 긷는 소녀가 너무 예뻐서 우리 셋은 두고 두고 그녀 얘기를 했다.

전국이 다 그랬지만 지방으로 내려올수록 전후의 모습이 그대로 방치된 채로 남아 있었고 그나마 끼니를 찾아 밥술을 먹는 이들은 도심지의 월급쟁이나 장사꾼 들 정도였다. 농부들도 제 땅 가진 이들 외에는 소작농이 많아서 영길이네 시골에서도 매해 봄이면 부황이 드는 농가가 많더라고 했다. 제주도는 전쟁 때 흘러들었다가 아직 나가지 못한 피난민도 많았고 불과 몇 년 전까지 한라산에서 저항과 토벌이 있었던 터라 사정이 더 어려웠다.

우리는 한라산에 올라야 한다는 인호의 고집 때문에 끊임없이 투덜대는 정수를 달래가며 관음사의 정자가 있는 곳까지 하루종일 걸어갔다. 한낮에 메마르고 황량한 돌밭길을 올라가는데 나는 처음에는 그곳이 완만한 비탈에 지나지 않는다고 여겼다. 그런데 위로 올라갈수록 차츰 경사가 가파르게 변하는 것이었다.

도중에 하도 목이 말라서 수박밭 옆을 지나다가 전쟁 때 피난길에서처럼 수박 한 통을 사먹었다. 그게 잘못되었던지 아니면 더위를 먹었는지 나는 배탈이 나서 관음정에 이르러서는 아예 뻗어버리고 말았다.

인호는 그렇다 치고 꾀쟁이인 정수 녀석까지 웬일로 백록담을 기어이 보련다고 다른 여행자들을 따라 올라갔고, 갑자기 어두컴컴해지더니 안개인지 비인지 모를 는개가 짙게 뿌려댔다. 아마 산 중턱에 걸린 구름이었을 것이다.

나는 혼자서 맥을 놓고 정자의 흙투성이 마룻바닥에 주저앉아 있었다. 누군가 안개 속에서 나타나 규칙적인 걸음걸이로 정자를 향하여 걸어왔다. 처음에는 남자인 줄 알았는데 키도 나보다 더 크고 어깨까지 벌어진 사람이 등에 배낭을 지고 군용 파카에 달린 모자를 머리 위로 깊숙이 내려쓰고 정자에 들어섰다. 그는 혼자 한라산을 올랐다가 내려오는 모양이었다.

여기서 혼자 뭘 해요?

목소리가 여자여서 나는 속으로 조금 놀랐다. 눌러쓰고 있던 파카의 모자를 뒤로 젖히자 단발머리가 나왔고 땀에 젖은 상기된 얼굴이 드러났다. 예쁘다기보다는 눈이 어글어글하고 웃을 때의 이도 가지런한 잘생긴 얼굴이었다. 내가 일행을 기다린다고 했더니 그녀가 어디 아프냐고 물었고 나는 배탈이 난 것 같다고 말했다. 여기는 물밖에 좋은 게 없으니 많이 마시라고 하면서 군용 수통을 내주었다. 그녀는 아마도 나와 비슷한 또래였을 텐데도 어딘가 누나처럼 성숙해 보였다.

작년에 학생들이 서울서 큰일 치렀지요?

그녀가 지나가는 말처럼 말했고 나도 아무렇지 않은 척하며 대답했다.

예, 친구가 죽었어요. 총 맞고…….

이담에 역사에 물어보라 하는 건 다 헛소리예요. 사람들이 기억하려고 노력을 해야지요.

나는 그녀가 무슨 뜻으로 그런 말을 하는지 알 수는 없었지만 매우 깊은 인상을 받았다. 산에 자주 다니느냐고 물으니 일주일에 한 번씩 한라산엘 오른다고 그녀는 말했다. 전에 자기 식구들이 중산간에서 살다가 사변 나고 동네가 없어져서 지금은 시내에 나가 산다고 했다.

나는 나중에 베트남에 가서 산과 바다의 아름다운 경치가 얼마나 밋밋하고 의미가 없는지 알게 되었다. 어디에서나 기억은 거기 있는 사람과 함께 남는다. 그녀는 배낭을 메고 다시 안개 속으로 사라져버렸다.

날이 더욱 어두워져서야 산에 올라갔던 일행들이 투덕투덕 구둣발 소리를 내면서 몰려 내려왔다. 그녀는 아마도 사라진 식구들이나 친척들의 얘기까지 하고 싶었을지도 모른다. 나중에야 제주도 토박이들은 누구나 직접 아니면 적어도 한 다리 건너쯤의 아픔을 지니고 산다는 걸 알았다.

부산에 도착해서 전화를 걸었더니 큰형 집에 내려와 있던 상진이가 반갑게 받았다. 상진이네는 원래 부산에서 무역회사를 하던 집안이었다. 무슨 양행이라나 하는 회사가 아직도 부산에 남아 있었고 큰형이 회사를 관리하고 있었다.

우리가 추레한 꼬락서니로 광복동 삼거리 모퉁이에서 기다리는데 저만치 길 건너편에서 상진이가 손을 흔들며 걸어왔다. 그는 푸른 무늬의 남방셔츠를 시원하게 걸치고 광택나는 혼방 신사복 바지를 입고 있어서 마치 일본 관광객 같은 모습이었다.

우리 셋은 서로를 힐끔 돌아보았다. 인호 꼴을 보면 군작업복의 소매를 자르고 재봉을 하지 않아서 실밥이 늘어진데다 역시 카키색 군대 하복의 무릎 아래를 자른 어중간한 논두렁 바지를 걸쳤고 밤송이 머리는 거지소년처럼 사방으로 뻗쳐 있었다. 얼굴이 새카맣게 탄 정수는 소매를 접어입은 낡은 셔츠에 큰 주머니가 좌우로 달린 미군 쫄쫄이 작업복 바지를 입었고, 우리가 똥가방이라고 놀리는 멜빵이 너덜너덜한 갈색 백을 한쪽 어깨에 메고 있었다. 그래도 화판만한 스케치북을 옆에 끼고 있어서 정말 양아치처럼 보이지 않는 게 다행이었다.

내 꼴은 어땠는지 몰랐지만 상진이가 가까이 와서 말을 걸기 전에 스스로 아래위를 훑어보았다. 나도 아마 정수보다 더 새카맣게 탔을 거였다. 체크무늬 셔츠를 소매 접어입고 짙은 남색의 해군 작업복 바지 차림이었는데, 땀에 전 옷에서는 시큼한 쉰내가 났다. 나는 배낭을 벗어 길에 내려놓고 그 위에 걸터앉아 쉬던 참이었다. 상진이는 우리 옆에 오자마자 코를 움켜쥐고 말했다.

어휴 냄새…… 꼴좋다. 패잔병이 따로 없구나.

말 조심해, 우리두 많이 컸다구. 한 십 년 세월이 후딱 간 거 같다.

인호가 그렇게 눙쳤고 나도 한마디 보탰다.

너 같은 도련님과는 달라. 우린 전선에서 방금 돌아온 거야.

상진이는 두 손을 들어 보이며 항복하는 시늉을 했다.

알았다, 알았어.

그러고는 정수의 스케치북을 채뜨려서 들춰보기 시작했다.

기념사진을 좀 봐야지.

정수만 빼고 인호와 나도 그의 좌우에 붙어서 새삼스럽게 그림을 들여다보았다. 기차의 차창 밖 풍경과 안에 앉아 있는 사람들, 생선을 떼러 가는 아낙네들의 여러 가지 동작과 표정이며 그녀들이 가진 함지며 바구니 들, 선창가의 행상들, 물 위에 올라와 반쯤 기울어진 채 쉬고 있는 어선들, 바다로 나가는 고깃배들, 여객선의 여러 사람들, 그리고 난간에서 바다를 보는 인호와 나, 안개 낀 한라산의 원경, 그것은 정말 상진이 말처럼 기념사진 같았다. 상진이가 정수에게 스케치북을 돌려주며 말했다.

나만 빼놓구 잘들 놀았구나. 먼저 뭘 할래? 여관을 정해야지?

우리는 이구동성으로 배가 고프다는 둥, 얼큰한 국물 좀 먹고 싶다는 둥, 거의 아사 직전이라고 아우성을 쳤다.

남포동을 지나 자갈치시장에 가서 노점의 긴 의자에 나란히 앉았다. 아침부터 회를 뜨고 매운탕을 시켰는데 꼼장어까지 나오고 보니 너나없이 안줏거리 핑계를 대고 소주를 딱 한 병만 먹자고 했다. 그러나 그게 마음대로 되질 않아서 먹다보면 세 병이 되기 마련이었다.

남포동에서 광복동으로 나가는 샛골목에 있는 여관에 들어가 방을 잡았는데 이층으로 오르는 나무계단과 마루가 삐걱이는 오래된 일본식 집이었다. 우리는 짐을 풀고 아래층에 있는 목욕칸에 내려가 찬물로 씻고 빨래도 했다. 그리고 오후까지 나른하게 뒹굴면서 상진이에게 여행 이야기를 해주었다. 몇 달 뒤에 상진이는 문과대학에 수석 입학을 했다. 그러나 당시에는 누구도 그 녀석이 대학에 합격하리라는 생각은 하지 못했다.

　우리는 이틀을 부산에서 머물며 영도며 태종대와 해운대 등지로 싸돌아다녔다. 자살바위에서부터 태종대까지 절벽을 따라 걷다가 우리는 바다를 바라보며 맥주 몇 병을 마셨다. 인호가 오줌을 눈다고 일어나더니 절벽 끝으로 다가갔다.

　어어 위험하다. 미끄러질라!

　상진이가 외치며 주의를 주었고 정수가 중얼거렸다.

　저 녀석 투신하려는 건 아니겠지?

　설마…….

　그가 바지춤을 끄르고 오줌을 누기 시작했는데 바람에 날린 오줌발이 바짓가랑이를 적셨다.

　저거 봐라, 망령든 노인네두 아니구.

　인호는 바람을 향하여 두 팔을 벌리고 심호흡을 깊숙이 하는 것처럼 보이더니 머리를 쳐들고 외치기 시작했다.

　나는 바다 바다 그리고 마그네슘이다!

상진이가 킬킬 웃었다.

절마 저거 미쳤나.

인호는 여전히 우리에게서 등을 돌리고 바다를 향하여 선 채로 남근을 잡고 흔들기 시작했다. 우리는 멍청한 얼굴로 인호의 격렬한 수음동작을 바라보았다. 그는 흠칫 어깨를 떨고는 사타구니를 추스르며 우리들에게로 슬슬 걸어왔다.

나 방금 바다하구 결혼했다. 어쩔래?

내가 그를 손가락질하면서 말했다.

너 그거 표절이다. 포도주하구 바꿔치기했지?

상진이가 다시 킬킬 웃었다.

짜식, 너 준이한테 걸렸다. 포도주는 사라지고, 물결은 취해 일렁이누나!

상진이가 취기가 없었다면 발레리의 '잃어버린 포도주'를 직접 인용하는 서툰 짓은 하지 않았을 것이다. 그렇지만 우리는 인호의 수음이 바다에 흘린 포도주 몇 방울보다 훨씬 근사했다고 두고두고 얘기했다.

정수는 상진이와 부산에서 며칠 더 머물다가 남원 할머니네로 돌아가겠다고 하여 인호와 나만 다시 남은 여정에 올랐다.

경주에 갔을 때 우리 같은 학생 무전여행자들이 사방에서 모여

들어 역이나 관청 같은 데서는 골치를 앓고 있었다. 밥 한끼 제대로 얻어먹을 데가 없었다. 경주는 전국의 중소도시가 파괴되어 마땅히 갈 데가 없던 전후 시절에 유일한 수학여행지로 알려져 있어서 그야말로 사방에 몰려다니는 것이 학생 여행자들이었다.

인호와 함께 남산 자락의 소나무숲에 앉아서 저녁노을을 구경하던 생각이 난다. 논밭에 아무렇게나 서 있는 천년 넘은 탑과 봉긋한 무덤 들 위로 어제와 같은 해가 저물고 있었다. 우리는 그 숲의 모퉁이에서 노숙을 할 작정이었다. 인호가 서쪽 하늘을 바라보다가 물었다.

돌아가면 너는 뭘 할 거냐?

글쎄…… 내년 신학기까진 시간이 많이 남았는데…… 글을 써볼까.

나는 시골집으루 내려가겠어.

우리는 서로 그렇게 말하면서도 사실은 장래에 대해서는 막연한 생각뿐이었다. 기차를 갈아타면서 영주까지 갔다가 중앙선을 타고 삼척까지 올라갔다. 인호가 묵호에서 강릉 가는 해변 국도가 전국에서 제일 아름답다고 우겨서 우리는 무임승차를 포기하고 걸었다. 철도를 따라가는 해안 국도변을 걸으면서 오른쪽에 흰 파도의 거품이 보이는 바다를 끼고 왼쪽에는 송림이 계속되었다. 키가 껑충하게 자라난 적송 위에 화투장 그림처럼 황새가 앉아 있거나 날아가곤 했다.

망상 부근의 바닷가 언덕 위에 밭과 논이 있었는데, 소나무숲에 모여 앉았던 농부 가족들이 우리를 손짓하여 불렀다. 때마침 끼니 때였던 모양이다. 조가 많이 섞인 밥에 고사리 취나물 열무김치 된장에 풋고추, 그리고 바닷가라고 비린 것이 빠질 수 없어 반건 노가리조림에 멸치식해와 찐 호박잎까지 있고 반주로 내준 막걸리가 사이다보다도 시원했다. 늙수그레한 두 양주와 아들과 이웃이라는 중년 부부 그리고 싸리광주리에 들밥을 내온 새댁 며느리가 농부 일행이었는데 그들은 웃는 얼굴로 우리에게 끼어 앉으라고 권했다. 농부의 아들은 군에서 제대한 지 얼마 안 된 듯 물들인 제대 작업복을 입고 스포츠머리가 더부룩하게 자란 몰골이었다. 시무룩한 그이만 빼놓고는 늙은 두 부부와 다른 중년들도 많이 먹으라고 연신 막걸리를 따라주었다.

　　옥계의 아름다운 어촌을 지나가다 물오징어 서너 마리를 얻어 등산용 나이프로 썰어서는 바닷물에 씻어 회로 먹기도 했다. 정동진과 안인진을 잇는 바닷가 길은 그냥 지나치기 아까워서 바위에 걸터앉아 오랫동안 쉬어가기도 했다. 그 어느 여름에선가 철도와 도로가 나란히 만나고 바로 철길 아래로 파도가 찰싹이는 해변가에 묘지가 있었다. 인호와 나는 묘지로 뛰어내려가 풀 위에 누워 바람과 파도 소리를 듣기도 했다. 나는 무덤 위에 돋은 강아지풀을 꺾어 입에 물고 누워 있었다.

　　죽어서 이런 데 묻히면 지옥이든 천당이든 다른 데는 가기 싫겠는데?

저 바다는, 철썩인다 소나무 사이에서, 무덤들 사이에서⋯⋯.

인호가 문득 한 구절 읊었지만 저 태종대에서와 같은 감흥은 일지 않았고 나는 오히려 짜증이 났다.

해변의 묘지라고 즉시 그렇게 나오는 거야? 대사 부인 같구나.

우리는 아무때나 문예적 분위기를 내는 것들을 놀릴 때면 대사 부인이라고 불렀다. 인호가 서슴지 않고 그 돼지 멱따는 소리의 별이 빛나는 어쩌구를 노래했고 나는 혼자서 철길을 따라 걸었다. 저녁나절에 먼 대관령 머리에 노을이 번져갈 즈음에야 우리는 강릉 외곽에 당도했다.

한 달 만에 집에 돌아오자 이제 다시는 소년으로 되돌아갈 수 없을 것 같은 느낌이 들었다. 밤에 불 끄고 누우면 길 위에서 만났던 무수한 사람들의 얼굴이 스쳐 지나갔고, 내가 전혀 몰랐던 낯선 고장의 마을과 도시 풍경이며 살아가던 모습 들이 옛날 사진처럼 떠올랐다. 나는 이제 겨우 문턱을 딛고 세상을 향하여 한 걸음 내디딘 것이다. 국민학교에서 일등을 하고 명문 중고등학교를 거쳐서 일류 대학에 입학한 녀석들이 얼마나 철부지 바보들인가 하는 걸 나와 내 친구들은 진작부터 눈치는 채고 있었다. 그렇지만 그해 여름 우리는 아무것도 아니었음을 절실하게 깨달았다고나 할까.

여행에서 돌아오자 인호는 이내 어머니가 홀로 지키고 있던 시골집으로 내려가버렸고 나는 친구들이 부지런히 학교를 다니는 동안 혼자서 글을 썼다.

내 방 책상 앞에 쭈그리고 앉아 대학노트에다 펜으로 깨알같이 쓰고 있노라면 어머니는 잘 보이지 않는다며 내게 읽어달라고 그랬다. 전처럼 노트를 치우거나 아궁이에 넣어버리지는 않았다.

이듬해 봄이 올 때까지 중단편소설을 두어 편 썼을 것이다. 김황원의 얘기며 혀를 잘리게 된 추악한 얼굴의 가객 얘기 같은 것들을 썼고 소를 훔쳐다 도살하는 세 도둑의 이야기도 지어냈다.

동재는 이미 대학 이학년이 되었고 영길이도 좋은 대학에 들어갔다. 정수는 재수를 해야 했다. 우리는 모짤트에서 한 달에 한두어 번 만나거나 주말여행을 같이 가거나 했지만 전보다는 띄엄띄엄 만났다. 나는 그해 가을에 어머니의 간곡한 당부를 받아들여 변두리 공고의 야간부에 적을 두고 있었다.

당시에는 명문고교의 어린 '신사들의 모임'을 서로가 대단하게 여겼지만 이제 와서 돌이켜보면 세상 어느 사회에나 있는 엘리트 놀이에 지나지 않았다. 그들은 좌절하거나 아니면 살아남아서 요 모양의 산업사회를 이끌어갈 사회 지도층이 되었다. 그들은 그맘때에 벌써 세계문학전집이나 사상전집 따위를 모조리 읽어치우고 어른들도 읽기 힘든 사회과학이나 철학책 들을 읽고 의젓하게 비평을 하며 토론을 주고받기도 했다.

그들은 사창가를 가거나 어두운 대폿집을 드나들며 퇴폐의 흉내도 냈지만 어느 길로 가는 것이 지도자가 되는 길인가도 잘 알았다. 절대로 자기 자신을 정말 방기하지는 않았다. 인호나 나처럼 온몸을 던지는 일은 곁에서 지켜보기에는 신나는 모험이었지만 그들 자신은 끝내는 신중한 충고를 하며 한 걸음 비켜섰다.

하지만 그들이 가진 매력 가운데 으뜸인 것은 역시 자기 존재와 생각을 서투르게 드러내지 않는 점이었다. 또한 밖으로 드러낼 때도 일부러 그것을 보편적인 사물에의 비유나 실제적인 것으로 바꾸어 표현했다.

그들 중 더 우수하고 현실적인 친구들은 육십년대에 외국기업들이 살금살금 발을 들여놓을 적에 외국회사의 지사원으로 출발하거나 유학을 가거나 대기업 사원 또는 신문기자가 되거나 고시에 들었다. 나는 이런 정도의 수준에 있던 다른 학교의 고만고만한 또래들과도 연줄을 통하여 알게 되었다. 그들의 대개는 명문대학으로 가서 서로 교제를 확대시키기 마련이었다.

이런 길에서 탈락되었던 청소년기의 어느 때부터 나는 저절로 알아차렸다. 이들이 얽어내는 그물망 같은 사교가 서로 직조되어 일정한 그림으로 나타난, 이를테면 연애와 결혼, 성공과 실패, 출세와 낙오, 사랑과 야망 따위의 전형들이 결국은 한강을 둘러싼 자본주의 근대화 사회의 풍속도를 그려내고 있음을. 아니면 로스앤젤레스와 뉴욕에까지 연결되고 그 길은 더욱 확장되고 뚜렷해질 것이었다.

어쨌든 내가 그때의 그 모퉁이에서 삐끗, 했던 것은 지금에 와서 돌이켜보면 필연이었다. 그 길은 내가 어릴 적부터 어렴풋하게, 이건 빌딩가의 대로처럼 너무도 뻔하고 획일적이라고 느껴왔던 삶으로 가게 될 확실한 도정이었다. 그러나 벗어났을 때의 공포는 당시에는 견디기 힘들었다.

자퇴를 하고 나서 맥놓고 걸어가던 하굣길이 생각난다. 막상 일을 저질러놓고 나니 이제부터 내 앞에 놓인 길은 어디나 뒷길이 될지도 모른다는 불안감이 엄습해왔다. 나는 이제 의사나 법관이나 관료나 학자나 사업가나 존경받을 장래의 모든 가능성으로부터 스스로 잘려나온 것이다.

나는 내 안에서 두 가지의 세상을 겪는다. 어느 얌전하고 선량한 학생이 집에 가다가 골목길에서 야간부의 상업학교나 공업학교의 불량학생을 만나면 그들의 실체에 관해서 아무것도 모르면서 두려움과 적의를 갖는다. 십중팔구는 몇 대 얻어터질 수도 있고 용돈을 털릴 수도 있다. 나는 그 창백한 학삐리이면서 또한 불량배였던 것이다.

학교를 그만두고 나서 집에서나 동네에서 빈둥거릴 때에 나는 나를 바라보는 사람들의 시선에서 당혹감을 느꼈다. 한편으로 그들에게 문제아 취급을 받다보니 소위 선량한 학생들은 어떠한가 하는 걸 비교적 냉정하게 살필 수가 있었다. 그들은 거의 대부분이 자신들과는 다른 나 같은 부류를 두려워하거나 믿지 못했고 호의를 보일 적에도 자연스럽지 않았다.

나는 아침에 창문 앞에 서서 안개를 가르며 등교하는 여학생들의 하얀 칼라와 남학생들의 번쩍이는 모표를 바라보며 그들의 아득한 길을 가늠해보았다.

어느 공업학교 야간부에 들어가서 몇 달 다니고 간신히 졸업을 하게 되기까지 나는 그 어둠침침한 교실에서 어린 시절의 영단주택 동네로 돌아간 기분이 들었다. 그들은 벌써 보호자 밑에 있는 소년이 아니라 가장이거나 스스로 생업을 꾸려가는 어른들이었다. 낮에는 행상도 다니고, 급사, 배달꾼도 하고, 하사관, 수금원, 기능공 노릇을 하다가 저녁에는 학교 앞에서 교복으로 갈아입고 등교했다.

그들은 이렇게 교실에 앉아 있어봤자 별수없다는 것도 잘 알았으며 지금 배우고 있는 학과목들이 그들의 생활을 바꾸어주기는커녕 오히려 무력하게 만들 뿐임을 알고 있었다. 끊임없이 킬킬대고 딴청을 부리면서 엉뚱한 질문과 대답으로 수업시간을 보내다가 그들은 마침내 끄덕끄덕 졸았다.

젊은 대학원생들이나 병역을 마치지 못한 야간부 임시직 선생들은 드러내지는 않았지만 은근히 이 학생들을 경멸했다. 복잡한

역학공식을 풀어 보이다가 선생이 귀찮다는 듯이 그냥 넘어갔는데 그중 제법 열심이었던 학생이 꼬치꼬치 묻자 그 선생이 심드렁하게 말하던 것이 기억난다.

아, 그건 정식 엔지니어가 되려면 배워야겠지만 너희들에게는 별로 필요 없는 거다.

나는 그애들이 서로에게 갖던 끝없는 관심에 감탄했다. 그들은 돈도 꿔주고 자취방을 드나들며 가족이나 여자친구에 대한 고민도 나누고 아플 때 병간호도 했다.

누가 유치장에 있다며 돈을 걷고 목수인 아버지가 생신이라고 농장에 돼지 서리를 하러 가기도 했다. 그런 관심과 인정의 표현은 직접적이고 노골적이었다. 저 어린 신사들의 '드러내지 않기'와는 대조적이었다.

나는 그들과 시장 다락방의 간이술집에서 나이롱뺑을 하기도 하고 중국집에서 탕수육 오향장육에 배갈을 시켜먹고 뺑소니도 치면서 우정을 다졌다. 철거된 판자촌으로 친구의 이사를 도우러 갔을 적에 그의 식구들 틈에서 블록이 널려진 빈터에 쭈그리고 앉아 냄비밥을 먹으며 편안했던 기억이 난다.

떨어진 잎새에 서리가 하얗게 내려앉는 십일월 말쯤이었다. 나는 늦은 오후 무렵에 모짤트에 앉아 있었다. 네다섯시쯤 석간신문이 나올 무렵이었다. 전날 정수와 함께 그 건물의 옥탑방에서 잤다. 정수는 재수를 하고는 이듬해에 미술대학에 들어갔는데 그 무렵에는 모짤트에서 대학생 이형 대신 판돌이를 하고 지냈다. 정수는 뮤직박스 안에서 일하고 나는 혼자서 골목 쪽 창가에 앉아 잡지를 뒤적이고 있었는데 상진이가 나타났다. 그 뒤를 따라 동재와 영길이까지 따라 들어오고 있었다. 그들 셋은 아무 말도 없이 내 앞자리와 옆에 털썩 주저앉았다.

궁상맞게 여기 혼자 앉아 있었니?

동재가 말했고 상진이는 빙글거리며 웃는 낯이었다. 상진이가 나타나는 거야 보통날에도 당연한 노릇이었지만 입주 가정교사를 하는 동재는 여간해서 보이질 않았고 더구나 영길이는 신촌 방향에서 아현동고개 너머로는 잘 진출하지 않던 때였다.

뭐야, 좋은 일이라두 있나? 왜 느닷없이 몰려다니구 그래?

내가 심드렁하게 말했더니 상진이가 여전히 웃는 얼굴로 둘둘 말아서 쥐고 있던 신문으로 내 머리를 툭툭 쳤다.

내가 불러모았다 왜? 너 혼내줄라구…….

나 요즈음 고등학교 졸업할려구 애쓰구 있다구. 혼내지 마라.

옆자리에서 말 꺼낼 차례라도 기다렸다는 듯이 영길이가 불쑥 말했다.

준이 넌 오늘부로 작가가 된 거야.

동재와 상진이가 차례로 영길이의 머리에 알밤을 먹였다.

누구 맘대루 말 꺼내라구 그랬어. 우리가 도장을 찍어야 한다구 그랬잖아. 준이가 끄적거린 걸 아직 읽어보지두 못했는데.

오늘 독회를 무사히 마친 뒤에 결정을 한다, 알겠냐?

나는 어리둥절한 채로 그들이 무슨 꿍꿍이 수작을 부리는지 알 수가 없어서 두리번거릴 뿐이었다. 착한 학생 영길이가 상진이에 게서 얼른 신문을 빼앗아 펼쳐서 내게 보여주었다. 아랫단에 조그 맣게 어느 월간지의 문학상 심사 결과가 실린 기사를 손가락으로 짚어 보였다. 다른 사람은 사진이 실렸는데 나는 이름과 제목만 나와 있었다. 유준이 정말 내 이름인지도 알 수 없었다. 제목은 내가 붙인 것이 틀림없었다. 나는 멍하니 그 작은 활자를 들여다보았다.

상진이가 가방에서 두툼한 잡지를 꺼내어 펼쳤다.

오다가 문예서림에서 당장 샀다. 오늘 나온 아주 따끈따끈한 책 이지.

나는 그제야 목차를 보며 가슴이 두근거리기 시작했다. 정수도 일을 다른 이에게 넘기고 뮤직박스에서 나왔다. 그는 이미 그들에 게서 전화를 받고 알고 있었던 눈치였다.

내가 아까부터 말 않구 참느라구 혼났다.

그들은 내 등을 떠밀며 거리로 내몰았고 우리는 골목 어귀에 있는 중국집 동해루의 이층으로 올라갔다. 상진이가 주문을 하고는 말했다.

오늘은 우리가 준이를 위해서 한잔 산다.

이게 그러니까 유준의 책거리인 셈이지.

정수가 알은체를 했다.

술잔이 몇 차례 돌아가고 상진이가 영길이에게 잡지를 내밀었다.

니가 좀 읽어봐라.

왜 나야, 형이 읽지.

목소리가 좋잖아, 영어 발음도 좋다며?

내가 그들을 말렸다.

이백 매 가까이 되는데 언제 다 읽겠어. 공연히 쑥스럽게 하지 말구 술이나 먹자.

그건 그래, 무슨 국어시간두 아닌데 낭독까지 하냐.

동재가 찬성을 해주어서 모두들 다시 떠들썩하게 내가 다니기 시작한 공업학교며 주위 친구들 이야기를 하다가, 상진이가 정수에게 물었다.

너 미대 갈 거냐?

글쎄 꼰대가 한 학기는 대준다구 그러더라.

인마, 아버지보구 꼰대가 뭐야?

헌데 조건이 있다나. 그나마 건축과를 가야 대주겠대.

말루는 그렇게 하구, 가구 싶은 델 가면 되잖아. 동재 봐라, 얘 가정교사 하면서 잘만 다니구 있잖어.

상진이의 말에 동재가 씁쓸하게 웃으며 대꾸했다.

입주 가정교사 노릇이 쉬운 게 아냐. 학부모는 물론이고 가르치는 놈 눈치두 봐야 하거든.

상진이가 다시 정수에게 들이댔다.

내가 물으려던 게 그게 아니었는데…… 그래. 너 연애한다면서?

야야 연애는 무슨 얼어죽을…… 아직 여고생인데.

뭐 벌써부터 꼭 붙어다닌다구 그러든데?

나도 그애를 몇 번 본 적이 있어서 궁금해하는 친구들에게 말해주었다.

어려. 오빠 오빠 하는데 뭘 그래. 그리스 배우 같은 누님은 아니더라구.

모두들 킬킬거렸고 상진이는 얼굴이 굳었다.

옛날 얘기는 왜 꺼내구 지랄이냐?

그날 통금이 임박해서 막차를 타려고 몰려나오는 인파로 가득 찬 명동 입구를 걸어나오며 나는 처음으로 주위를 둘러보았다. 아, 이제야 나는 수많은 사람들 가운데서 내 존재감을 느낄 수 있었다. 내가 작가라고? 그러나 삶에 대해 아무것도 모르고 이제 겨우 어슴푸레한 안개 속에서 사람의 형상을 알아보기 시작했을 뿐인데. 이런 날 곁에 누구라도 있었으면 싶었다.

집에 돌아가니 어머니는 벌써 잡지사로부터 전보를 받고 내 작품이 뽑혔다는 걸 알고 있었다. 어머니는 책까지 사놓고 어제부터 나를 기다렸다고 했다.

오늘도 안 들어오나 하구 걱정했다. 활자가 작아서 눈두 아프구, 네가 좀 읽어주면 좋겠구나.

나는 부엌 마루에 앉아서 어머니에게 내 작품을 읽어드렸다. 처음으로 내가 쓴 글을 소리내어 읽어보는 셈이다. 어머니는 가끔씩 의미 전달이 안 되어 놓치면 다시 읽어달라고 그랬다.

나는 산의, 모든 것을 빼앗아선 자기 안에 스며들게 하는 넓은 품안으로 빠져들어가고 있었다. 먼 도시의 환한 불빛들이 보였다. 별처럼 깜박거리는 희미한 점들이 사방으로 뿌려져 우주를 이루고 있었다. 그 남은 빛이 거의 하늘까지 훤하게 비추었다. 이렇게 사람들은 모여서 사는 편리한 방법을 생각해냈다. 그렇지만, 이 거대한 밤 가운데 모든 사람들이 서로 더욱더 가깝게 살고 있다는 것은 모르고 있으리라. 가족들이 밝은 불빛 아래 모여서 웃고 떠드는 모습이 떠올랐다. 연발 사격의 총소리, 벚꽃의 흩날림, 검은 교복 위에 흠씬 젖어 흐르던 피, 환희의 거리, 밀려오고 밀려오는 시민들, 소녀들의 해맑은 이마, 저 모든 것은 벌써 오래전에 다 지나갔다. 나는 길들여지지 않는 자가 되어 집과 학교를 떠났다. 거리에는 이미 우수마저 남아 있지 않았다. 어두운 하늘에선 갓난애 솜털처럼 연한 이슬비가 차분히 내려오고 있었다.

어머니가 듣고 있다가 내게 말했다.

그래두 너 학교 들어가길 잘했다. 곧 졸업이니까 진학할 수 있게 된 거야. ……너희 할아버지는 언니하구 큰오라버니가 남녀가 바뀌었으면 좋겠다구 그러셨지. 위인이 주변머리가 없다구 말이다. 그래 의술이라두 배웠으니 난세에 밥 먹구 살았지. 나두 네가 의대엘 갔으면 했는데…… 책을 쓴다는 건 좋은 일이지만 제 팔자를 남에게 다 내주는 일이란다.

나는 사실 글을 계속 쓰게 될 거라는 확신도 별로 없었다. 내가 쓴 글을 읽어나가는 중에 저절로 냉정하게 거리감이 생겼고 낯설기까지 했다.

어쩌면 때려치우게 될지도 몰라요.

나는 네가 방황하며 집에서 보이지 않을 때마다 혼자서 되뇌곤 했다. 나는 내 아들을 믿는다구, 아무리 그래두 맨 밑바닥에 떨어지진 않을 거라구 말이다.

모르겠어요. 썩 마음에 드는 일이 하나두 생각나지 않아요.

내가 그렇게 중얼거리자 어머니가 조심스럽게 물었다.

너 여자친구 있니?

나는 재빨리 그리고 완강하게 고개를 흔들었다.

그런 거 없어요.

얼마 전에 무의 화실에 놀러간 적이 있었다. 원래는 정수 때문에 알게 되었지만 무는 아무래도 같은 그림쟁이보다는 관심 영역이 다른 나를 대하기가 훨씬 편한 모양이었다. 그래서 내가 전화를 하면 언제든지 지금 빨리 오라고 성화였다. 나도 그와 만나면 늘 유쾌한 기분이 들었다. 그는 추상표현 계통의 그림을 그리고 있었는데 이제 슬슬 자기 모양을 갖춰가고 있었다. 얼핏 보면 현미경 속에 나타난 세포의 모양이나 무슨 식물의 조직 같은 무정형한 색깔들 속에 규칙이 있을 듯한 것들을 그리고 있었다.

내가 신촌의 낡은 이층집으로 올라갔더니 마침 누군가 와 있었다. 무는 여전히 물감이 잔뜩 번진 작업복 바지에 가운 대신 입는 헐렁한 와이셔츠 차림이었다. 연탄난로 앞에 여자애와 앉아 있다가 그가 손을 들어 보였다.

여어, 어서 와라. 차나 한잔해.

무가 그녀를 내게 소개했는데 선이였다. 우리는 서로 고개를 한 번 까딱했다. 중국 인형처럼 눈이 길게 찢어지고 턱이 뾰족했는데 입술은 뾰로통하게 작았다. 웃는 얼굴이 예쁘다고 생각했다. 무가 그녀를 돌아보고는 내게 말했다.

지난 몇 달 동안 여기서 실기공부했어. 가만있자, 넌 하나 꿇었구 얘두 올해 시험 보니까 동급생이구나.

선이는 일어나서 화실 뒤쪽의 부엌칸으로 가더니 딸그락거리며 커피를 타가지고 왔다.

미대 가요?

나의 물음에 그녀가 웃는 얼굴로 대답했다.

아뇨.

그러고는 더이상 말이 이어지지 않았다.

개인전 하려는데 신경쓰여 죽겠어.

무가 미간을 찌푸리며 말했다.

미술대학이란 게 아무 쓰잘데기가 없는 데거든. 교수라는 작자
들이 얼마나 욕심덩어리에 말이 많은지 원. 그것들두 모두 그림쟁
이들인데 말야. 다 자기 흉내만 내라는 거야. 이봐, 호랑이는 저 닮
은 고양이를 만나면 그냥 앞발루 대번에 쳐죽인다는데 말이지.

설마 그럴까, 하는 생각이 들었지만 내가 호랑이라면 그럴 것
같다고 생각했다.

그것들이 뭘 보구 베끼는지 내가 훤히 알거든. 미술수첩 알지?

일본의 미술 월간지로 정수도 가끔 들춰보는 걸 곁에서 넘겨다
본 적이 있었다. 절반 이상이 서양미술 소개였고 그때마다 일본에
서 열리는 전시회들을 작가별 특집으로 꾸며 싣고 있었다.

그림 경향을 베끼는 건 둘째치구 이건 아예 전시회 배치에서 디
자인까지 흉내를 내는 거야. 여기 봐라, 여기. 이 전시회장과 똑같
은 걸 지난달에 아무개 작가의 개인전에서 봤거든.

저녁나절에 무의 화실을 나오는데 선이가 자기도 간다며 따라
나섰다.

모짤트라는 데가 어디예요?

거긴 어떻게 아슈?

장씨 아찌에게서 들었죠. 거기 가면 친구들 많다구 그러든데.

나는 선이를 달고 모짤트에 들어섰고 정수는 멀리서 지켜만 보다가 그녀가 가고 난 뒤에야 소개 좀 해주지 그랬냐고 불평을 했다. 하여튼 그뒤에도 두 번인가 세 번쯤 선이를 만났다.

국제극장 골목에 줄지어 있던 어느 선술집에서 막걸리를 두 주전자쯤 마신 날, 둘이서 시청 쪽으로 걷다가 부민관 건물의 화단 뒤로 움푹 들어간 그늘 앞에서 선이가 나를 잡아끌었다. 그녀는 나를 차가운 벽에 밀어붙이면서 입술을 댔다. 첫키스를 했는데 나는 처음에는 얼떨결의 일이라 두 팔을 낙지처럼 늘어뜨리고 섰다가, 나도 모르게 한 팔은 그녀의 등을 감고 다른 한 손으로 가슴을 더듬었다. 그러자 선이가 그냥 내버려둔 채로 입술을 떼고는 내 눈을 들여다보며 종알거렸다.

작지?

하지만 그 무렵의 나는 애초부터 여자애들에게서 연애감정을 느낄 수가 없었다. 무엇에 잡혀 있었던 것일까. 어머니에게 사로잡혀 있었다는 생각도 들었지만 곰곰이 생각해보면 나는 자신의 또다른 존재에 몰두해 있었다. 그것은 언제나 내 몸 근처의 한 걸음 곁에 따로 떨어져서 나를 의식하고 관찰하고 경멸하거나 부추겼다. 나는 그 부자연스러운 느낌을 안과 바깥이라는 불완전한 말로 표현할 수밖에 없었다. 그는 누구인가.

10

넌 하구 싶은 일두 없니?

아버지가 그렇게 물었을 때 나는 대답을 해보려고 잠깐 생각했어요. 그런데 정말 하고 싶은 게 아무것도 없는 거야. 운전수가 들어와서 인사를 꾸벅하고 아버지가 따라나설 때까지 대답을 하지 못했거든요. 물론 아버지는 당분간 그 질문을 잊어버릴 테니까 서둘러 대답을 준비하지 않아도 되겠지요.

아버지가 군인이어서 어릴 적에는 낯선 고장으로 계속 옮겨다녔고 어떤 곳에서는 육 개월도 못 살고 전학해야 되었던 때도 있었어요. 겨우 중학교 시절부터 우리 식구들은 서울서 꼼짝 않고 지냈고 아버지만 부임지를 쫓아다녔지. 아버지가 퇴역하고 어느 기업체를 맡게 되었지만 우리 생활은 별로 달라진 게 없어요.

아 참, 오빠가 죽었구나! 그는 나보다 네 살 위였는데, 그러니까

삼 년 전 내가 중학교 삼학년 때 대학생이 되자마자 대천해수욕장
에 친구들과 캠핑 갔다가 익사했어요. 아버지는 그뒤로 저에게만
온 시선을 집중하고 있는 거예요.

　엄마가 조심스럽게 나에게 통행금지시간을 알려주었을 때 나는
너무 당황했지요. 글쎄 저녁 일곱시가 뭐람. 그래서 고모 집에 가서
하룻밤 자고 왔더니 난리가 났지요. 그다음 번에는 미아네 집에 가
서 자고 왔구요. 그때는 아예 연락두절이었으니 정말 우리 아버지
혈압이 오를 대로 올라서 약을 몇 번씩이나 털어넣으며 온밤을 버
텼대요. 엄마는 물론 아버지도 두 손 들었지요. 그렇게 해서 통금시
간은 흐지부지되었지만 여고생이 뭐 늦게까지 가 있을 데가 어딨겠
어요. 대학생이 되면 열시까지 늦춰질지도 모르지만. 내 여동생은
그뒤로 엄마의 앞잡이가 되어 슬슬 내 동정을 살피기 시작했지요.

　미아네는 가난했어요. 그런데 고것이 공부는 잘했죠. 언제나 수
석을 놓치지 않았지만 어쩌다 하굣길에 진학에 대해서 물으면 방
긋 웃으며 '글쎄 여고를 졸업이나 할 수 있을까 모르겠다' 하는 거
예요.

　미아네 집은 산동네의 골목 넷이 만나는 모퉁이에 시멘트 브로
크로 지은 집이었는데요, 걔 엄마가 구멍가게를 내고 있지요. 아버
지는 구청인가 동사무소엔가 다녔다는데 그맘때에 실직을 했는지

선이　187

도 모르죠. 미아 엄마가 식사하시라고 외치면 건너편 이발소에서 뛰어나오곤 했으니까. 미아네는 오빠가 있으니 네 식구였지요. 글쎄 참 잘생겼던데 뭐 군대 나간다고 놀고 있다나.

그 집엔 방이 두 칸밖에 없어요. 창호지에 조그만 유리를 붙여서 바른 문이 있는 가겟방과 그 안쪽에 상하방으로 잇닿은 작은 방 하나. 그럼 내가 미아네 집에 갔을 때 어디서 잤냐구요? 작은 방 위쪽에 쪽문이 있고 거기를 열면 종이로 도배를 한 서너 단쯤의 계단이 있고 그 위가 다락이에요. 거기가 미아 방이지요. 윗목에 앉은뱅이책상 하나 놓였고 벽 주위에는 책이 일렬로 빙 둘러서 세워져 있어요. 그리고 도서관에서 빌려온 티가 나는 분류번호카드가 붙은 책들이 쌓였고. 물론 앉아 있을 수는 있지만 일어서면 머리가 천장에 닿으니까 허리를 엉거주춤 숙여야 하지요.

미아 엄마는 두툼한 담요 천으로 만든 몸뻬에다 위에는 두툼한 카디건 스웨터를 걸치고 앞에 주머니 달린 짧은 앞치마를 차고 있어요. 얼굴이 얼마나 부드러운지 감실감실 웃으면 연필로 그어놓은 선 세 개만 보일 정도예요. 눈 둘 찍찍, 입 하나 찌이익.

내가 저녁나절에 찾아갔더니 미아 엄마가 엄한 눈초리로 집에서 걱정하지 않느냐구 그래서 함께 공부하러 왔다고 했더니 연탄불에 구운 물고구마를 다락에 올려주었어요. 아랫방에서는 미아 오빠의 코 고는 소리가 들려왔구요.

아버지는 대입 연합고사 직전에 다시 생각났다는 듯 뭘 할 작정이냐고 물었고, 나는 얼결에 그림을 그려볼까 한다구 대답했죠. 그래서 사촌언니 소개로 장무 아저씨네 화실을 찾아갔던 거예요.

장씨 아찌는 쾌활한 장난꾸러기 같은데 여자친구가 있는지 없는지 눈치는 못 챘지만 내가 바라는 그런 형은 아니었지요. 우선 너무 자기 그림에 몰두해 있어서 말도 하루에 몇 마디밖에 하지 않아요. 입시생 실기라는 게 온통 석고 데생 위주라서 큰 선 잡는 법, 세부적인 선 긋기, 명암 처리의 농담, 선으로 긋거나 문지르기 등등이죠. 절반 정도 그렸을 때 한번 뒤통수 부근에 다가와서 수정해주고 지적하기도 하고, 다 그렸다면 쓱 한번 훑어보고는 한마디 평해주는 게 다랍니다. 나이는 몇 살 차이나지도 않는데 어찌나 무게를 잡으며 어른 행세를 하는지 나는 오빠란 호칭 대신에 장씨 아찌라고 불렀지요.

나 외에도 남녀 학생 둘이 더 있었는데요, 우리 모두에게 잘 그렸다거나 못 그렸다거나 한마디도 하지 않았어요. 한번은 내가 차를 끓여서 나도 마시고 아찌에게도 주고는 용기를 내어 물었죠.

근데 왜 잘 그렸다든가 못 그렸다든가 하는 말을 안 해주는 거죠?

그랬더니 장씨 아찌는 그 큰 입을 벌리고 빈정거리듯이 실실 웃으며 오히려 나에게 물었어요.

어떤 게 잘 그린 건데? 나는 그걸 아직도 모르겠단 말야.

실기시험에 붙어야 하잖아요? 시험관이 어떤 그림을 합격시킬지…… 뭐 그런 거.

그런 거 배우러 왔으면 나는 자신 없는데…… 내가 보기엔 셋 다 좋아. 서로 다르니까. 서투른 것두 다 자기 솜씨 나름이잖아.

아찌는 담배 한 대를 다 태울 때까지 말이 없다가 내게 불쑥 말했어요.

미대 간다구? 관두지그래.

어머, 그런 말이 어딨어요? 차라리 그림에 소질이 없다구 잘라서 말하시지.

아니 내 말은 그냥 그리구 싶은 걸 그려. 미대 따위 가지 말구. 나두 지금 무지하게 후회하구 있거든.

글쎄 이런 식이라니까요. 그런데 참 이상하죠? 며칠 지나자 나는 미대에 가는 게 시시해져버렸어요. 엄마에게 그냥 아이처럼 물어봤죠. 무슨 과엘 가는 게 좋겠냐구요. 그랬더니 이래요.

애 애, 뭘 그런 걸 고민하니? 그저 여자는 시집 잘 가려면 살림을 잘해야 돼. 가정과가 무난하잖아? 느이 아버지가 젤 좋아하실 거다.

그럴까……?

대답하고 나니 가정과가 그럴듯해 보였어요.

바로 그 무렵에 유준을 화실에서 만난 거예요. 준이는 처음부터 나를 아주 어린애처럼 보는 눈치였어요. 말도 별로 걸지 않고 장씨 아찌하구만 아주 대단하게 어려운 말이라도 하듯이 얘기를 나누면서 나는 끼워주지도 않는 거 있죠. 참나 드러워서. 눈매가 성깔이 있어 보였는데, 처음에는 아찌처럼 그림쟁이 지망생인가 했더니 알고 보니 가난이 꼬질꼬질할 게 뻔한 글쟁이가 되려고 한다나. 그래서 약도 올릴 겸 내가 어둠침침한 음악실에 그를 따라갔던 날 쌔액 웃으며 알밉게 물어봤죠.

꼭 권투선수 같은데…… 책은 더러 읽으세요? 생각두 좀 하시구요?

나 권투 좋아해요. 사각 링에 딱 갇히면 각자 무지하게 외로울 거야. 온 세상에 바로 코앞의 적뿐이니까.

그 말 한마디에 내가 뽀옹 갔지요. 놀리려고 그랬는데 반응이 너무 순진하잖아요. 거기서 정수도 인사하게 되는데, 나중에 알고 보니 장씨 아찌의 친구래요. 키는 좀 작았지만 어깨가 다부지고 큰 눈이 또랑또랑해 보였어요. 어쩌다보니 나는 준이의 어깨를 넘어가 정수와 더 가까워졌구요.

하루는 내가 준이를 어지럽혀볼까 하구 입을 맞춰주었지요. 아니 사실은 그날 광화문을 지나다가 문득 어떤 열기에 휩싸였던 거지 작정했던 것은 아니에요. 부민관 앞의 어두운 모퉁이가 눈에 들어오자 순간적으로 그를 이끌었고 내 입술이 그의 입술에 닿아 있었어요. 내가 키스의 대가란 걸 그 녀석은 몰랐을 거야. 사실은 고

일 때부터 숙달되어 있었다구요. 고일이면 다 컸지 뭐.

오빠 가버린 뒤에 집안이 허전하다구 엄마가 친구 소개로 가정교사 선생님을 들였어요. 오빠 학교 상급생이었을 거예요. 어느 날 책상에 나란히 앉아서 수학문제를 풀다가 내가 일부러 그이 얼굴에 뺨을 살짝 대었죠. 거기서 고개를 약간 트니까 입술이 닿았고, 그 사람 그냥 무너져버리더군요. 틈만 나면 입맞추자고 덤벼서 나중엔 귀찮았지만. 나도 처음엔 그렇게 감미로울 수가 없더니. 엄마가 과일 들고 들어오다가 둘이 엉겨붙어 있는 걸 보았고 이튿날 당장 짐 싸서 나가도록 했지요. 그런데 준이는 처음이었던 게 분명해. 입술을 대고 그냥 가만히 있더란 말이지.

하여튼 그런 일이 있은 뒤, 전화번호도 알려주었으니 저희 집에 전화가 없으면 공중전화에 달려가서라도 부지런히 내게 말을 걸어도 시원찮은데 아무 반응이 없는 거예요. 괘씸하겠죠. 한참 있다가 모짤트인가 그 창고 같은 데서 만났는데 들어오면서 내 쪽을 힐끗 보더니 다른 자리로 멀찍이 가버리는 거 있죠. 하, 기가 막혀서 참. 그래서 내가 한참이나 모른 척하고 앉았다가 그에게로 다가가 앞자리에 털썩 앉았어요.

난 또 누가 들어오나 했지.

그랬더니 준이 녀석이 나를 멀뚱하게 바라보고도 아무 말이 없어요.

나 몰라? 첨 봤어?

내 성미가 그렇거든요. 그게 좋은 점이기도 하고 손해이기도 하고 그렇지요. 엄마가 항상 활발한 건 좋은데 속 다 보인다고 야단쳐요.

선이 아냐? 니 이름 알아.

짜식이 그러고 마는 거예요. 그냥 앉았기가 너무 분해서 꿈틀거리며 일어나 홱 돌아서서 창고에서 나와버렸어요.

집에 와서 곰곰이 생각해보니 나도 그애를 별로 좋아하지 않았던 게 확실하다는 생각이 들었어요. 글쎄 내가 좋아하는 종로 그릴의 돈가스에 곁들여 나오는 샐러드 같은 것이, 메인요리는 아니다 그런 느낌 있잖아요. 그렇지만 그뒤에도 가끔씩 준이가 생각날 적은 있었어요.

하루는 대입시험 시즌이 다 끝난 뒤였는데, 아침부터 엄마가 내 방에 와서 나를 흔들며 깨우는 거예요. 나는 귀찮아서 이불을 얼굴 위로 잔뜩 올려쓰고는 잠투정 섞인 소리로 외쳤지요.

왜 귀찮게 하는 거야? 제발 늦잠 좀 자게 내버려둬요.

얘, 누가 널 찾아와서 그래. 좀 일어나봐, 얼른.

아이 정말…….

일어나라니까, 미아 엄마래.

나는 슬그머니 이불을 아래로 내렸어요.

어머나, 무슨 일이야……?

나는 뭔가 불길한 생각 때문에 가슴이 덜컹했어요. 그냥 잠옷 바람으로 거실에 나갔더니 미아 엄마가 그 밤색 카디건에 몸뻬 바지 대신 치마를 입은 차림으로 소파 끝에 불편하게 앉아 있더군요.

안녕하세요?

미아 엄마는 나를 보더니 입을 막으며 고개를 떨구었다가 내가 그녀 앞에 가서 앉으니까 가만히 낮은 목소리로 물었어요.

선이야, 우리 미아 어디 갔는지 혹시 알구 있니?

예? 미아가 어디 갔다구요?

그저께부터 연락이 안 되는구나. 네게는 아무 말 없었니?

아뇨, 전혀 없었는데요.

그애 엄마에 의하면 미아가 그저께 점심때까지도 집에 있었는데 슬그머니 외출해서는 이틀째 돌아오지 않고 있다지 뭐예요. 미아 엄마는 이전의 나처럼 아마도 친구 집에 가서 함께 공부하는 모양이라 생각하고 불안한 가운데 그냥 잤다지요. 그런데 어제 하루 종일을 기다려도 오지 않자 학교에 전화를 걸어 우리집 주소와 전화번호를 알아내어 찾아온 거예요.

나와 우리 엄마와 미아 엄마 셋이 둘러앉아 미아가 갈 만한 데를 의논해보았지만 딱히 어디라고 떠오르는 데가 없었어요. 돈도 없을 거라던데 여자애가 이 겨울에 남학생들처럼 무전여행을 떠났을 리도 없을 테고.

저는 문득 어느 한 곳이 생각났지만 그건 미아의 마음 저 깊은 곳에 남아 있던 상처였기 때문에 차마 아는 척할 수가 없었지요. 어느 사범대학생, 그의 하숙집이 떠올랐지만 미아가 그리로 다시 찾아갔으리란 생각은 접고 말았죠. 미아가 언젠가 그와의 일을 몇 번에 걸쳐서 띄엄띄엄 얘기해준 적이 있었어요.

그녀가 고이 때 대전행 기차칸에서 만났던 그는 대학 이학년생이었고 미아는 할머니 댁에 가는 길이었대요. 자세한 건 다 까먹었지만 그 학생은 한시바삐 졸업하여 넷이나 되는 동생들의 학비를 부담해주기를 바라는 가난한 농부의 장남이었지요. 미아는 대전에서 방학을 보내면서 그와 몇 차례 만났어요. 서울에 올라온 뒤에 더욱 자주 만났구요. 어느 눈 오는 날 밤늦게 통금에 걸려서 미아는 하룻밤을 그의 하숙방에서 보내게 되었구요.

참 별의별 괴상한 경우도 다 있지. 그가 한번은 급히 편지를 보냈더래요. 구두를 잃어버렸다고. 미아가 이리저리 간신히 구두 한 켤레 값을 마련해서 보내주었다나. 미아 형편으로는 힘들었을 거예요. 어이없는 일 아닌가요? 아무리 가난한 대학생이지만 어린 여학생에게 구두를 사달라고 하다니. 나라도 그랬겠지만 미아가 하도 심리적으로 어려워져서 한 달쯤 있다가 찾아가보았더니 그녀석은 방을 옮기고 어디론가 가버렸고, 미아는 학교로 찾아가지는 않았대요. 미아는 역시 똑똑한 아이라 얼마 안 가서 자신을 추스르고 생활을 바로잡았지만 나는 그렇게 못했을 거야. 얼마나 서로가 싫었을까. 가난한 건 아무래도 참을 수 있다고 생각해요. 그러나 구질구질한 건 딱 질색이지요. 내 기억에 남아 있는 건 미아가 자기 다락방에 엎드려서 혼자 나직하게 중얼대던 노래였지요. 그 무렵에 한창 인기였던 라디오 연속방송극의 주제가였던 거 같은데, 제목이 뭐였더라?

눈은 내리는데 산에도 들에도 내리는데 모두가 세상이 새하얀데 나는 걸었네 님과 둘이서 밤이 새도록 하염없이 하염없이.

평소의 미아였다면 쑥스러워서 입술에도 못 올릴 신파조의 노래를 천연덕스럽게 읊조리고 있었지요. 미아가 책상 밑에 숨겨놓았던 두꺼비표 소주를 홀짝이며 마시긴 했지만 얼굴이 조금 달아올랐을 뿐 겉보기엔 말짱했거든요.

우리는 속수무책인 채로 그냥 미아를 기다렸고 그애 오빠가 경찰서에 가서 신고까지 했대요. 그렇지만 가출인 신고가 수백 건씩 들어오는 터에 요식행위에 지나지 않는다구 그랬대요. 미아는 닷새 만에 돌아왔어요. 그녀가 돌아온 이튿날 미아 엄마가 우리 엄마에게 전화를 해서 걱정을 끼쳐 미안하다고 하더랍니다. 그때부터 엄마는 미아를 경계하는 눈치였어요.

미아네 집에 갔더니 그애는 오자마자 목욕탕 다녀와서 하루 온 종일을 잤대요. 다락방에 올라가 그애 옆에 누웠습니다. 먼저 말을 시키지 않고 눈이 마주치면 그냥 웃어주었어요.

재미있었니?

그냥, 고생했어.

어디 갔었는데?

교외에…….

혼자?

아니.

나는 기다렸어요. 하지만 절대로 미아는 가출했던 얘기를 자세히 들려주지 않았죠. 나는 섭섭했지만 겉으로 드러내지는 않고 푹 쉬라면서 돌아왔지요.

나중에 나는 우연히 그때 미아가 집을 나갔던 앞뒤 사정 이야기를 그애 오빠에게서 들었어요. 미아는 명문대학에 우수한 성적으로 합격이 되었답니다. 집안 형편 때문에 미아는 진학하겠다는 말도 꺼내지 못하고 있었지만 담임선생이 원서도 대신 사주고 해서 시험은 일단 치렀지요. 그래서 머뭇거리다가 뒤늦게 등록 마감기일이 닥치자 식구들에게 얘기를 꺼낸 거예요. 한 학기만 대주면 그다음부터는 스스로 해결해나가겠다구요. 미아 아버지가 화를 냈지요. 무슨 얘기냐, 오빠도 아직 대학 문전에도 못 갔는데, 너는 취직

선이 197

해서라도 집안을 도울 생각은 않고 철없이 등록금을 내라니, 너 여고 마치는 데도 니 엄마 허리가 휘었다. 그랬더니 미아가, 아버지 허리는 아니잖아요, 했고 아버지가 처음으로 미아 빰을 때렸대요.

내가 한 달 뒤에 미아를 만났을 때엔 이미 예전 같은 활기가 돌아와 있었지요. 미아는 신문에 난 구인광고를 여러 개 오려서 노트에 붙여놓고 있었어요.

일 년 재수하기로 했어. 취직해서 돈을 모아서 내년에 대학 갈 거야.

나는 뒤늦게 그애에게 돈을 꿔줄 수도 있고 천천히 시간을 두고 갚아도 된다고 말하고 싶었지만 다 늦은 얘기여서 잠자코 있었습니다. 그리고 평소의 미아 성미로는 자존심 때문에 내 쪽에서 그렇게 제의를 했다손 치더라도 절대로 응하지 않을 게 분명했지요.

그 겨울에 나는 정수하고 친해졌어요. 정수와 준이하고 함께 만나서 술도 마셨지만 헤어질 때는 준이 혼자 멀찍이 떨어져서 우리에게 손을 흔들어 보이고는 사라졌지요.

내가 미아를 데리고─그런 어둠침침한 장소에 낡아빠진 클래식 음반이나 쌓아놓고는 모짤트가 뭔지─창고엘 갔던 게 구정 직전 어느 날이었을 거예요. 처음엔 미아와 준이가 친해질 거라고는 전혀 예상하지 못했어요. 정수가 말해주기 전까지는요. 나는 엄마 말대로 어느 여자대학 가정학과엘 들어갔어요. 막상 입학하고 나니까 무엇 때문에 그렇게 애달캐달 입시공부에 매달리며 고생을 했는지 후회스러울 정도로 학교 다니기가 권태로워졌지요.

　정수 때문에 그의 주위 친구들을 모두 알게 되었는데, 그들은 준이만 빼놓고는 나에게 일정한 거리를 두고 대하는 것 같았죠. 어느 날 우연히 여고 때 애들과 만났다가 미아를 만났는데, 내가 슬쩍 넘겨짚었어요.

　너 준이 가끔 만나니?

　응, 몇 번…… 근데 걔는 정신이 딴 데 팔려 있는 것 같아.

　그게 누군데?

　몰라…… 아마 자기 자신이 아닐까?

11

밖에는 눈이 오고 있었다. 처음에는 가늘게 흩날리다가 차츰 허공이 빡빡한 흰 점으로 가득차면서 함박눈으로 변했다. 나는 모짤트의 거리 쪽 창가에 앉아 있었는데 골목의 전깃줄과 상가 간판 들위에도 눈이 쌓여갔다. 차츰 어둠이 내리고 있을 무렵이었다. 선이가 먼저 문으로 들어섰고 바로 그 뒤로 엇비슷하게 작은 아이가 따라 들어왔다. 선이는 일제 파카 차림에 빨간 털실 모자와 빨간 목도리를 둘렀는데, 뒷전의 검정 외투에 검은 목도리를 머리에서 목까지 휘감은 여고생 차림의 그녀가 더 눈에 띄었다. 그것은 작고 흰 얼굴과 검은 외투와 목도리에 하얗게 앉은 눈 때문이었을 것이다. 나와 시선이 마주치자마자 선이가 잽싸게 다가왔다. 맨 구석자리여서 우리는 극장에서처럼 셋이 나란히 앉았다.

인사해, 내 친구야.

선이가 말했고 그녀는 말없이 고개만 숙여 보였다. 그들은 뒤늦게 눈을 털었고 차가운 느낌은 내 뺨에도 전해졌다.

사실은 너희들 구원해줄라구 왔지.

선이가 말했다.

정수 교대하면 같이 나가자.

나는 별로 할말이 없었는데 미아라는 애와 선이는 밀린 얘기가 많았던지 끊임없이 얘기를 주고받았다. 가끔씩 선이의 목소리 너머로 미아의 또랑또랑한 맑은 목소리가 들렸다. 그애는 이마가 자신이 있었는지 앞머리를 뒤로 넘겨 핀을 꽂고 있었는데 좀 앞짱구였다. 그래서인지 눈빛과 함께 총명해 보였다. 정수가 뮤직박스 안에서 나온 뒤에 선이가 앞장을 서서 네 사람은 밖으로 나왔다. 함박눈이 쌓여서 벌써 길바닥은 빙판으로 변해가고 거리에는 활기가 가득차 있었다.

내가 오늘 한턱 쓴다.

선이의 말에 정수가 멋대가리없이 받았다.

무슨 이유로?

나 합격했다구 아빠한테서 용돈 받았거든.

잡초가 무성하던 명동공원 주변에는 폭격에 무너진 건물 잔해의 골조와 벽에 기대어 임시로 세운 가건물들이 다닥다닥 붙어 있었고, 식당이나 주점이 비좁은 골목을 사이에 두고 줄지어 있었다. 넷이서 학생들이 모이는 안주 푸짐하고 술값 싼 '밤주막'에 둘

러앉았다. 막걸리 사발이 몇 잔씩 돌아간 뒤에야 이야기가 활발해
졌고 술집 안은 눈발을 머리에 얹고 들어선 젊은이들로 가득찼다.
이런 날은 어떤 노래와 음악이 잘 어울릴까 각자 떠들다가 내가 말
했다.

눈 오는 날과 비 오는 날에는 잡신들이 잘 집힌다는데? 보름날
밤에는 정신병자들이 격앙되고.

미아가 얼른 동조를 했다.

그걸 날궂이라구 하잖아요? 멀쩡하던 사람들이 그런 날 비약을
해버린대요.

하여튼 술 먹기엔 궂은날이 좋지.

다른 자리에서 제각기 노래를 시작했고 서로 넘나들며 신청을
주고받기도 했다. 나는 그 무렵에 헌책방에서 사들였던 말똥종이
옛날 시집들에서 몇 편을 소개하기도 했다.

눈이 오는가 북쪽엔
함박눈 쏟아져내리는가
험한 벼랑을 굽이굽이 돌아간
백무선 철길 우에
느릿느릿 밤새어 달리는
화물차의 검은 지붕에
연달린 산과 산 사이

너를 남기고 온
작은 마을에도 복된 눈 내리는가
잉크병 얼어드는 이러한 밤에
어쩌자고 잠을 깨어
그리운 곳 차마 그리운 곳
눈이 오는가 북쪽엔
함박눈 쏟아져내리는가

그거 처음 듣는데?
하면서 정수가 참견을 했고 미아가 말했다.
하나 더 해요.

고향에 고향에 돌아와도
그리던 고향은 아니러뇨
산꿩이 알을 품고
뻐꾸기 제철에 울건만
마음은 제 고향 지니지 않고
머언 항구로 떠도는 구름
오늘도 메 끝에 홀로 오르니
흰점 꽃이 인정스레 웃고
어린 시절에 불던 풀피리 소리 아니 나고

메마른 입술에 쓰디쓰다
고향에 고향에 돌아와도
그리던 하늘만이 높푸르구나

괜찮고, 낯선데?
다시 정수가 말했고 선이가 탁자를 두드리며 외쳤다.
차라리 재들처럼 노래를 해라, 뭐.
이게 노래야.
미아가 그렇게 말하더니 내 사발에 술을 채워주고는 말했다.
나두 오늘 날궂이 하겠네요.

산새도 오리나무
우에서 운다
산새는 왜 우노 시메산골
영 넘어갈라고 그래서 울지
눈은 나리네 와서 덮이네
오늘도 하룻길
칠팔십 리
돌아서서 육십 리는 가기도 했소

미아의 읊조리는 소리에 선이가 말했다.

이건 나두 알겠다. 소월 아저씨 아냐? 근데 앞에 아저씨들은 누구누구야?

응, 그이들은 행불자들이래.

내가 얼버무렸고 정수가 대뜸 알아차렸다.

말똥종이로 남은 시인들이구나. 번역한 코쟁이들 것보다 훨 낫다 뭐!

미아가 말했다.

낫다기보다는 정다운 거예요.

열시를 넘어서자 선이가 문득 불안한 눈초리로 손목시계를 몇 번이나 내려다보았고 미아가 얼른 눈치채고는 그녀의 등을 두드려주며 말했다.

늦었어, 이제 일어서야지?

어느새 눈은 그쳤지만 도로마다 차들이 엉금엉금 기어가고 있었다. 거리에서 정수와 내가 서로 손을 흔들어 작별하는데 선이는 그의 팔에 매달리며 말했다.

집에까지 데려다주라.

뭘 다 큰 애가 왜 그래?

싫으면 관두고.

정수가 못 이기는 체 선이를 이끌고 길을 건너갔고 미아는 잠시 길모퉁이에 섰더니 나를 바라보았다.

집이 멀어요?

창신동 쪽이에요. 전차 타면 잠깐……

나는 말없이 그녀 옆을 따라 걸었다. 우리는 전차를 탔고 동대문 앞에서 내렸다.

어느 쪽인데?

낙산 산동네.

우리는 눈이 쌓인 비탈길을 조심스럽게 올라갔다. 눈 내린 밤이라 춥지는 않고 오히려 포근하게 느낄 정도였다. 중도에 낮은 처마가 손에 잡힐 듯한 작은 집과 흐린 불이 비친 유리창문이 보였고 '국밥'이라고 붓글씨로 써붙인 신문지만한 종이가 보였다. 미아가 유리창 안을 넘겨다보고는 내게 물었다.

막걸리 딱 한 주전자만 먹죠.

나는 대답 대신 문짝을 드르륵 열었다. 나무탁자와 오리의자 몇 개가 놓인 동네의 목로술집이었다. 할머니가 삼십 촉짜리 알전구를 켜두고 졸고 앉아 있다가 부스스 깨어났다. 나는 막걸리와 술국을 시켰다.

선이하구 같은 학교 갔어요?

미아는 내 물음에 명랑하게 대답했다.

진학 못했어요. 그 대신 구청에 취직했어요. 임시직이지만……

잘됐군요.

어느 영화에 보니까, 죽은 사람들의 지옥 장면을 모두 퇴근한 뒤의 관청으로 그렸더군요.

미아의 말에 나는 얼른 '흑인 오르페'를 떠올렸다.

그 영화 나두 본 것 같은데.

브라질의 리오 축제를 배경으로 찍은, 군중의 소음과 삼바춤으로 화면은 시끌벅적했지만, 이상스레 고즈넉한 영화였다. 소녀가 흰둥이 불량배들에게 폭행당하고 죽은 뒤에 오르페가 텅 빈 관청 복도를 찾아 헤매던 장면이 떠올랐다. 시신안치소를 찾아 헤매는 남자. 바람이 휘몰아치면서 출생 사망 증명이며 세금증서 따위의 서류들이 복도 가득히 날아다닌다. 그녀의 이름을 부르는 오르페의 목소리가 빈 건물 속에서 공허한 메아리가 되어 울려퍼진다. 신화와는 달리 거기가 지옥이었다. 미아가 취한 척하며 말했다.

해를 떠오르게 만드는 사람이 있었으면……

오르페가 빈민가의 산동네에서 바다가 보이는 언덕 끝으로 기타를 들고 나가면 맨발의 아이들이 몰려와 그에게 해를 떠오르게 하라고 조른다. 기타를 뜯기 시작하면 붉고 찬란한 해가 바다 저편에서 솟아오르기 시작한다. 미아가 말했다.

부산 피난 시절에도 영도에 살았는데 판잣집들이 기적처럼 비탈에 덕지덕지 붙어 있었어. 오빠하구 거의 날마다 해 뜨는 걸 보았는데 정말 바다가 해를 쑥 뱉어내는 것처럼 보였다니까.

바다가 있어서 좋았겠다. 우리는 대구로 피난갔는데 도심지 큰 길가는 모두 일식집이고 골목으로 들어서면 거의가 초가집들인데 가뭄에 콩 나듯이 가끔 한옥이 있었고. '톰 소여의 모험'이 영화관에 들어왔는데 그걸 보구 싶어서 점심나절부터 저녁때까지 입구를 맴돌았어. 간판을 올려다보고 또 보고, 진열장 안에 붙인 장면 사진을 찬찬히 훑어보고, 그러다가 날이 저물었지.

미아와 나는 어느 결에 서로 말을 놓았다. 미아가 중얼거렸다.

가엾어라. 이 누나가 있었으면 당장 손목 잡고 들어갔을 텐데.

며칠 뒤에 미아에게서 엽서 한 장이 날아왔다. 우체국에서 파는 약간 두꺼운 지질의 종이에 우표가 새겨져 있고 뒷면은 백지인 멋대가리없는 관제엽서였다. 거친 만년필로 눌러쓴 글씨가 말하는 것처럼 쓰여 있었다.

바람 피해 오시는 이처럼 문득, 전화하면
누가 뭐래요?

어느 시의 앞 구절을 차용한 듯한 글귀 아래쪽에 그녀가 근무한다던 구청 사무실의 전화번호가 적혀 있었다. 나는 전화를 했고 우리는 창경원 앞에서 만났다. 이른 봄이라 궁 안과 동물원 앞길에는 그늘마다 잔설이 남아 있었고 사람의 자취가 거의 보이지 않았다. 미아는 꼭 그런 장소만 골라서 약속장소로 정하곤 했다. 이를테면 곰 우리 앞에서 앞발을 들었다 내렸다 하면서 끊임없이 걷기 연습을 하는 곰의 동작을 한참이나 바라보곤 했다. 코끼리는 반원형의 우리 안을 천천히 끝까지 걸어갔다가 되돌아오곤 했다. 수리부엉이는 우리 속의 마른 나뭇가지 꼭대기에서 눈을 크게 뜬 채 꼼짝도 않고 앉아 있었다. 여우 우리 앞에서 역한 노린내 때문에 코를 쥐고 아무리 기다렸지만 고것은 구석에 웅크리고 사타구니에 코를 박고는 좀처럼 나오지 않았다.

미아와 나는 그 무렵에 읽은 책 이야기는 거의 하지 않았다. 이제 겨우 스무 살 고개에서 자신이 겪은 여러 가지 사람살이에 대하여 의견을 나누었을 것이다. 우리는 연못이 보이는 나무의자에 나란히 앉아 '사슴'을 나누어 피웠다. 내가 먼저 가출해서 동굴에 살던 이야기며 인호와 퇴학맞은 것도 말했고 무전여행 길에 겪은 일화들도 늘어놓았다.

나두 지난겨울에 가출했었는데…….

미아가 말했다. 언젠가 선이에게서 그녀가 집을 나가는 바람에 자기가 공연히 입장이 난처했었다는 얘기를 들은 것 같았다.

가난이 악덕은 아니지만 싫더라. 그래서 젊은 것들은 누구나 능력을 키워얀다구 생각해.

그게 미아의 단호한 생각이었다. 나도 내 생각을 말했다.

내 친구들 어떤 놈은 부잣집에 태어났고 어떤 놈들은 아예 집이 없어져버리기도 했지. 정수나 인호 같은 애들 말야. 호주머니에 한 푼도 없었을 때, 차라리 도둑이 되었더라면 하는 생각도 들었어. 기술이 좋은 소매치기라든가 대담한 밤도둑이 되어서 남의 집 금고를 마음대로 열고 털어오는.

미아는 등록금 때문에 아버지에게 대들고 뺨까지 얻어맞고는 방구석에 틀어박혀 곰곰이 생각했다지. 나가서 독립할 테야. 그러려면 시집을 가버리든지 누군가 울타리가 있어야겠는데. 아무라도 말 잘 듣고 위해주는 그런 청년이 있다면, 함께 살면서 그가 지켜주고 도와주기라도 한다면, 혼자 공부해서 능력 있는 여성이 되고 일자리도 생기고……. 아이는 아주 늦게 하나만 낳든지 아예 낳질 말든지. 어쨌든 이 숨막히는 집에서 해방되려면 누군가 울타리가 있어야 되겠는데, 하면서.

　그녀는 국수총각을 떠올렸다. 미아네 집은 큰길에서 산동네로 들어오는 길목에 있었지만 도로변에 나가면 건자재니 인테리어니 하는 점포들 사이에 철공장도 몇 있었다. 국수총각은 거기 어느 언저리에서 일하는 견습공이었을 것이다. 그는 저녁마다 일을 마치고 미아네 가게 양옆으로 뚫린 골목 중 한쪽으로 올라가는 길에, 어떤 날은 나무상자에 남은 동태나 마른멸치 또는 두부를 사기도 했지만 대개는 신문지에 말아서 파는 국수를 사가는 때가 한 달에 절반은 되었다. 미아 엄마가 안쓰러워서 팔다 남은 두부를 그냥 주기도 했는데 이름을 몰라서 그녀의 식구들은 그를 국수총각이라고 불렀다. 미아는 저녁을 짓는 엄마를 돕기 위해서 그맘때면 늘 가게를 지켰기 때문에 총각과 자주 대면하게 되었다. 식구끼리 그를 얘기할 때엔 국수총각이었지만 미아는 일봉이라는 그의 이름을 알고 있었다.

미아는 그냥 집에서 입고 있던 차림에 외투만 걸치고 목도리를 두르고 슬슬 철공소 쪽으로 나갔다. 점심때에는 철공소 공원들이 건자재 쌓인 옆의 공터에서 족구도 하고 어쨌든 휴식시간을 갖는다는 것을 그녀는 알고 있었다. 미아가 공터 한쪽에 우두커니 서 있었더니 국수총각 일봉이가 다가왔다.

　웬일이여?

　바람 쐬러…… 오빠 나 영화 구경 시켜주라.

　아니 벌건 대낮에 무신 영화 구경?

　나 기분이 여엉 그렇거든. 싫으면 말고…….

　가만있어봐. 사장 형님 수금 나가면 그 틈에 구경 가자.

　미아는 일봉이를 꾀어서 영화를 한 편 보고 나와서는 집에 안 들어간다고 어디론가 데려가달라고 눈물바람하며 엄살을 부렸다지. 일봉이가 굳은 결심하고 청량리역에서 중앙선 타고 가다가 나오는 양평 원덕 지나 고향집이 지척인 용문역에서 내려 밤길을 걸었다. 산길로 오르니 오래된 숯막이 있었는데 겨울이라 아무도 없고 흙벽에 초가를 올린 헛간이 지낼 만하더란다. 모닥불도 피우고 사갖고 올라간 떡도 구워먹고, 이튿날에는 일봉이가 인근 산속을 싸돌아다니며 덫 놓는 길목을 뒤져 꽁꽁 얼어붙은 산토끼도 한 마리 집어왔다. 모닥불 위에 찌그러진 양동이를 얹어 물 데워 세수하고, 고구마 얻어다 구워먹고……. 어쨌든 나도 나중에 미아의 느긋함을 알게 되는데 그녀에게 가난은 싫지만 그렇다고 심각한 걱정거리는 아닌 듯싶었다. 어느 시의 한 구절처럼 가난은 남루에 지나지 않는다. 하지만 다 좋은데 점점 일봉이의 감정을 다스릴 수 없는 게 불편해지기 시작했다고.

같이 죽을까, 하구 장난처럼 말했는데 애가 정말 밧줄을 구해온 거야. 목을 매달자니 너무 사실적이잖아.

미아는 오해를 피하기 위해서 알퐁스 도데의 '별'과는 달리 삭막하고 황폐한 젊음에 대하여 짧게 줄여서 말했다. 국민학교 때 동네 아저씨의 폭행의 흔적이며 그녀의 사춘기를 개막시켜준 가난한 대학생에 대해서 몇 마디 하면서 미아는 덧붙였다.

여름방학 같은 때, 장마중에 비 그치면 아침인지 저녁인지 잘 분간이 안 되는 그런 날 있잖아, 누군가 놀려줄라구 애, 너 학교 안 가니? 그러면 정신없이 책가방 들고 뛰쳐나갔다가 맥풀려서 되돌아오지. 내게는 사춘기가 그런 것 같았어. 감기약 먹고 자다 깨다 하는 그런 나날.

막연하고 종잡을 수 없고 그러면서도 바라는 것들은 손에 잡히지 않아 언제나 충족되지 않는 미열의 나날. 나는 그녀가 해를 떠오르게 하는 사람이 있었으면 하던 말을 그제서야 실감했지만, 내가 그런 상대라고는 생각되지 않았다. 나는 한 걸음 옆으로 비켜섰지만 그녀와 얘기할 때에는 가끔씩 가슴속이 뜨거워지곤 했다. 남자로 치면 인호처럼 간이 맞는 상대였다고나 할까. 그러나 그럼에도 불구하고 누군가 어머니가 나에게 묻듯이 사랑하는 이가 있느냐고 물었다면 나는 어정쩡하게 대답했을 것이다. 몰라요, 또는 아직 없는데요, 라고.

미아와 나는 그뒤로 한 달에 두 번쯤은 만났을 것이다. 그렇지만 별로 진전되는 건 없었다. 언젠가 공업학교의 아이들이 킥킥 웃으며 자신있게 말했듯이 '따먹었다'는 게 진전이라면 말이다. 나도 대학에 진학을 했지만 그저 시큰둥할 뿐이었다.

정수는 그 무렵에 선이의 아버지와 만났다. 선이가 신입생은 일단 의무적으로 들어가는 학교 기숙사에서 나와서는 집에다 연락도 않고 정수가 살던 옥탑방으로 와서 버텼기 때문이다. 정수는 처음엔 그런 사실도 모르고 선이가 휴학을 했다고만 알고 있었다.

내가 모짤트에서 정수와 앉아 얘기중이었는데, 장소에 어울리지 않는 늙수그레한 아저씨가 들어서서 두리번거리는 게 보였다. 정수는 입구 쪽과 등지고 앉아 있어서 그 남자의 거동을 볼 수가 없었다. 중키에 어깨가 딱 벌어지고 목이 짧은 다부진 체격의 그는 인상에 어울리게 혼방 점퍼를 입었고 반백의 머리는 올백이었다. 그가 어깨를 좌우로 흔들며 우리가 앉은 자리로 다가와서는 다짜고짜 물었다.

누가 김정수인가?

예? 전데요…….

하자마자 그는 정수의 귀싸대기를 후려갈겼다. 정수는 벌떡 일어나며 외쳤다.

왜 이래 이거, 당신 누구요?

그가 다시 한번 정수의 뺨을 때렸고 정수는 비틀거리며 자리에 주저앉았다. 나는 일어나서 남자의 두 팔을 잡으며 뒤로 밀쳤지만 그의 완력이 만만치 않았다. 남자는 내 손을 뿌리치고는 정수의 앞자리에 털썩 앉았다. 손님이 띄엄띄엄 네댓 명쯤 흩어져 앉아 있었는데 모두들 우리를 주목하고 있었다. 정수의 코에서 피가 두 줄기 흘러내리는 참이었다. 남자가 탁자 위로 손수건을 꺼내어 던져주며 말했다.

나 선이 애비다. 지금 여깄지?

선이 아버지라는 소리에 정수는 금방 야코가 죽었다. 슬그머니 손수건을 집어다 코를 막고 고개를 숙여 보이는 시늉을 했다.

어디 잠깐 나갔습니다.

당장 오라구 그래.

그렇게 되어서 선이의 집과 학교 탈출은 가볍게 끝났고 정수는 코가 꿰이게 되었다.

나중에 얘기로 들었지만 선이 아버지가 그들이 함께 지내던 옥탑방을 둘러보다가 책상 위에 굴러다니던 문고판 책들을 보게 되었다. 마침 전에 살던 이형이 두고 간 책 몇 권이 섞여 있었는데 전후에 미국공보원 지원으로 출판된 이른바 공산주의 비판 서적으로 제목은 그럴싸했다. '맑스주의 개관' 또는 '사회주의란 무엇인가' 따위들로. 선이 아버지는 책을 살펴보더니 탁자 위를 두드리며 다시 한번 호통을 쳤다.

너 빨갱이 책 보는구나.

아, 아닙니다.

정수가 구구하게 이게 사실은 그런 불온한 잡생각들을 경계하라고 쓴 책들이라거나, 사실은 제 것이 아니라고 설명할 여유가 없었다. 선이 아버지는 책으로 정수의 머리를 탁탁 때리면서 계속 야단을 쳤다.

돈이 없고 가난하면 열심히 노력할 생각은 않구, 이런 삐뚤어진 생각에 물드니 통일이 안 되는 거야. 너 어느 학교 다니나?

진학을 못했습니다. 재수할 생각입니다.

더구나 재수생이 말이지…….

선이는 아버지에게 끌려서 집으로 돌아갔는데, 며칠 후에 정수를 만나자는 연락이 와서 나갔더니 선이는 오지 않고 그애 아버지만 나왔다.

내가 자네의 가정형편 얘기도 다 들었고, 그렇다구 남의 이목도 있는데 우리집으루 들어오라는 말은 못하겠다. 대학을 갈 생각이 있다면 내가 뒷바라지를 좀 해줄 생각이야.

정수는 자기 의견을 말할 틈도 주지 않는 선이 아버지에게 거의 압도당했다고 나중에 친구들에게 말했다. 그는 자기 딸과 하루이

틀도 아니고 몇 날 몇 밤을 보낸 정수를 결코 그냥 놓아보낼 수는 없었을 것이다. 책임을 지워야 할 테니까. 그리고 그건 아버지인 그의 의무이기도 했을 테지. 그가 계속 일방적인 결정을 통고했다.

첫째, 그 음악실인가 뭔가는 공부할 환경이 못 되니 하숙을 정할 것. 둘째, 사내자식이 먹구살아갈 쫑은 있어야 한다. 그러니까 미술은 안 되구 건축과를 간다면 내가 지원을 하겠다. 그 무슨 야술이니 뭐니 하는 건 세상에 내보일 쫑이 아니야. 셋째, 선이하구 만날 때는 주말에 집으로 와서 만난다. 주중에는 그애두 기숙사에 있으니까.

얼결에 정수는 데릴사위 비슷한 처지가 되어버렸다. 친구들은 잘됐다는 편과 구만리 같은 청춘의 앞길을 진작부터 족쇄를 차고 가게 되었다고 빈정대는 편으로 갈렸다. 딸만 단속하면 그만이었을 텐데 그 아버지도 대단하다고 이죽거리는가 하면, 딸 버려놓은 놈을 인질로 잡아두겠다는 뜻이라고 비죽거리기도 했다. 나는 어쨌든 이죽이든 비죽이든 중립적인 입장이었다. 정수야 그렇다 치고 선이가 안됐다고 생각했다. 우리는 그뒤로도 몇 년 동안 선이 아버지의 명언을 흉내내어 '이 쫑 없는 놈들아' 하며 서로를 놀리거나 '야술두 쫑이냐'라고 자조적으로 묻고는 했다.

나는 대학에 진학을 했지만 학교에는 드물게 나갔다. 시험 직전에 들러서 급우들의 노트를 대충 필기해두었다가 시험을 치르곤 했다. 강의는 그냥 시시했고 집에서 책이나 읽는 게 낫다고 생각했다.

여름방학이 끝나가던 팔월 말에 미아와 만났다. 초여름 장마철엔가 만났으니 거의 두어 달 만이었을 것이다. 미아는 여름을 지내고도 얼굴이 창백해 보였다.

나 휴가야. 임시직 막내라 여름철 다 지나서 내 차례가 온 거야.

미아가 만나자마자 그렇게 말했고 내가 물었다.

공부는 하구 있니?

그러엄, 달리 할 일이 없잖아. 퇴근하구 집에 가면 참고서에 코 박구 지내거든. 그런데 너 회비 내놔라.

나는 그녀의 말을 못 알아듣고 되물었다.

무슨 회비?

나 휴가갈 건데 동행하구 싶으면 네 여비는 내야지.

나두 붙여주는 거야?

글쎄…… 싫으면 말구.

미아와 나는 하인천부두에서 연락선을 타고 한 시간 반이나 가야 닿는 섬에 갔다. 이미 철이 끝나 모래사장에는 피서객들이 다녀간 흔적들만 남아 있을 뿐이었다. 걷다보면 빈 술병이나 과자 포장지 따위가 모래 속에서 솟아올랐다. 민박집도 거의가 비어 있어서 우리는 우물이 뒤뜰에 있고 바다와 가까운 곳에 있는 집을 골라서 찾아들었다. 안채와 따로 지어진 곳에 방이 둘이나 있었다. 방 앞에 작은 툇마루가 있어서 거기 걸터앉아 낙조를 바라보기가 좋았다.

바다는 이미 차갑게 식어 있어서 물에 들어갈 엄두가 나지 않았고, 인적이 없는 것과 해수욕을 할 필요가 없는 것이 너무 좋다고 미아가 말했다. 우리는 우물가에서 취사 준비를 해서 툇마루에 앉아 밥을 먹고 나면 해변을 돌아 모래사장이 끝나고 자갈밭이 나오는 곳을 지나 맞은편에 보다 작은 섬과 바위 절벽이 보이는 곳까지 한 시간 남짓 걸어다니곤 했다. 조개도 주웠고 게도 잡았다. 그것들을 주인집에서 빌린 양동이에 가득 잡아다 삶아먹거나 찌개에 넣기도 했다.

우리는 어선이 들어오는 아침이나 저녁때에 면사무소가 있는 선착장까지 걸어가서 어부들에게서 생선을 한두 마리씩 사왔다. 어떤 때는 어부들이 몇 푼 안 된다고 그냥 갖다먹으라면서 돈도 받지 않았다. 밤에 어둠이 짙어지면 방안에 남포등을 켜놓고 각자 책을 읽거나 아예 불을 끄고는 문 앞에 나란히 엎드려서 파도가 몰려와 부서지는 소리를 들었다.

그날은 원래가 사나흘 예정하고 왔으니 마지막 낮이라 생각하고 우리는 섬의 세 봉우리 가운데 제일 높은 정상에 올라가보기로 했다. 아마도 섬 전체가 보일 테고 먼바다와 육지가 보일지도 몰랐다. 보기보다는 제법 산이 가파른 편이었다. 소나무가 빽빽한 중턱을 벗어나자 키 작은 관목숲이 계속되다가 바위들이 길을 막고는 했다. 우리는 능선에 올라섰고 오솔길이 정상의 바위에까지 연결

되어 있었다. 아래편의 읍내며 산자락 이곳저곳에 붙어 있는 작은
마을의 지붕들과 섬의 사방을 둘러싼 바다를 내려다보며 능선을
걸어올라갔다. 해가 서쪽으로 기울어져 있었지만 아직 낙조는 번
지지 않은 무렵이었다. 바람이 거세게 불어왔다.

저거 봐, 검은 구름이 서쪽 하늘에 가득차 있는걸.

나는 뱃사람처럼 한 손을 이마에 대어 차양을 만들어 먼바다를
내다보았다. 우리의 머리카락은 뒤로 한껏 젖혀져서 바람에 흩날
렸다.

좀 춥다.

이리 와, 내가 바람 막아줄게. 금방 내려가기는 좀 그렇잖아?

우리는 바위 뒤에 숨듯이 주저앉았고, 미아는 내 등뒤에 앉아
어깨에 얼굴을 얹고 남쪽의 해변을 내다보고 있었다.

너, 나 좋아하니?

미아가 물었지만 나는 대답하지 않았다. 그녀는 내 어깨를 흔들
었다.

말해봐.

너는?

그녀가 내 머리카락을 잡고 흔들면서 말했다.

내가 먼저 물어봤잖아?

노을이 보이지 않으면 큰비가 온다구 그러든데…… 내려가자.

내가 벌떡 일어나 능선을 뛰어내려가자 미아는 내게 돌을 던지

면서 외쳤다.

너 잘났다! 왜 도망가는 거야?

나는 뛰어내려가면서 뒷전에다 대고 소리쳤다.

그런 걸 몰라서 물어보냐?

소나무 우거진 숲에 내려왔을 때 후드득거리며 빗방울이 떨어지기 시작했다. 우리는 거기서부터는 뛰지 않고 소나무 사이를 천천히 걸어내려갔다. 빗발이 거세지기 시작하더니 평지에 내려섰을 때에는 온 허공이 물줄기로 가득찬 것 같았고 옷이 흠뻑 젖어버렸다. 번갯불이 번쩍하면서 우렛소리가 들리기 시작했다.

방에 들어서서 옷을 모두 벗어버리고 쥐어짜서는 툇마루에 늘어놓고 속옷부터 갈아입었다. 돌아선 채 옷을 갈아입다 얼핏 보니 그녀는 내 뒤에서 완전히 발가벗고는 수줍어하지도 않고 문 앞에 서서 비 오는 바다 쪽을 내다보고 있었다.

왜 돌아앉아 있는 거니?

쿡쿡 웃음소리를 내면서 미아가 내 등을 흔들었다. 그녀는 어느새 옷을 다 갈아입고 젖은 머리에 타월을 얹은 채로 나를 보며 웃고 있었다.

너 도 닦니?

미아가 장난스레 말했고 나는 일부러 헛기침을 하고는 되물었다.

뭐라구?

그냥⋯⋯

밤부터 바람이 더욱 거세어졌고 작은 집을 온통 뭉개버릴 듯이 폭우가 몰아쳤다. 문짝이 덜커덩거리고 비바람 소리가 요란했지만 방안은 그런대로 괜찮았는데, 드디어 천장 한 모퉁이에서 비가 새기 시작했다. 양동이를 방안에 들여다놓고 빗물을 받았다. 우리는 새벽까지 잠들지 못하고 쪼그려앉아 있다가 주위가 밝을 무렵에야 그 자리에 쓰러져 잠이 들었다.

주인여자는 우리가 짐을 싸서 선착장으로 나가려는데 뒤늦게 내다보고는 태풍주의보가 내렸다고 말했다. 태풍이 지나가기 전까지 배가 오지 않을 거라고 그녀가 덧붙였다. 미아와 나는 섬에 갇혀버렸다. 비가 오다 그치고 다시 비가 왔다. 우리는 방 뒤에 딸린 엇걸이 헛간에서 저녁마다 잠깐씩 군불을 땠다.

배가 오지 않았던 첫째날 나는 처음으로 여자와 잤다. 그 처음은 실수처럼 싱겁게 아무것도 아니게 지나갔다. 어, 이게 그거야? 다음번에는 뜨거워져서 온몸이 땀에 젖었고 서두르기만 했다. 나는 미아의 몸을 기억하게 되었고 점점 차분해졌다.

나흘째가 되었을 때 배가 영원히 오지 않으면 어쩌나 하는 생각이 들었다. 나는 아침부터 배낭을 꾸려놓고 툇마루에 앉아 비가 그친 하늘을 올려다보았다. 미아가 방안에서 말했다.

어떻게…… 날아갈려구?

오늘은 배가 올지 몰라. 파도가 훨씬 잔잔해졌어.

짐을 지고 먼저 선착장 쪽을 향해 걷자 미아가 멀찍이서 따라왔다. 우리뿐인 줄 알았더니 의외로 여행자들이 섬의 곳곳에서 몰려나와 있었고 뭍으로 나가려는 섬사람들도 많았다. 선착장은 배를 기다리는 사람들로 가득차 있었다. 보통때보다 훨씬 늦은 오후에 연락선이 들어왔다.

나는 미아와 헤어져 집에 돌아온 이튿날부터 그녀가 보고 싶었다. 무미건조하던 내 어느 은밀한 곳에 금이 가거나 구멍이 뚫린 것 같은 느낌이었다. 배에서 명치 끝까지 이상하게 불안한 안달이 퍼져 있었다. 그것은 물을 채운 컵을 들고 조심스레 걸을 때에 느끼던 그런 가벼운 불안이었다. 참지 못하고 밖으로 나가 전화를 걸었다. 누군가 받더니 그녀를 찾는 소리 뒤에 미아가 나왔다.

나야, 준이야.

미아는 잠자코 있었다. 나도 그냥 가만히 기다렸다. 가볍게 웃는 소리가 들린 뒤에 미아가 말했다.

나 지금 좀 바빠. 나중에 내가 연락하면 안 돼?

나는 전화를 끊었다. 무작정 미아가 일하는 구청 방향으로 가는 버스에 올랐다. 네거리에 있는 구청의 녹지대 부근에서 서성이며 기다렸다. 공무원 퇴근시간은 정해져 있으니까 이제 조금만 기다

리면 나올 것이다. 사람들이 처음에는 한두 명, 뒤이어 십여 명이
몰려나오기 시작했고 중간쯤에 미아의 모습이 보였다. 나는 그녀
의 눈에 띄지 않게 천천히 뒤를 따라 걸었다. 그녀는 줄곧 종로통
을 걷다가 전에 함께 올라갔던 적이 있는 산동네의 큰길 쪽으로 걸
어갔다. 나는 멀찍이서 미아의 뒤를 따라갔다. 큰길에서 안쪽으로
꼬부라져 들어가자 길 맞은편에 구멍가게가 보였고 앞에 다시 길
이, 그리고 집 양옆으로 골목 둘이 갈라져 있다. 미아가 가게 안으
로 들어갔다. 나는 그냥 길모퉁이에 비켜서서 가게 쪽을 바라보았
다. 사람들이 드나들고 앞치마를 두른 아줌마가 나와서 야채나 두
부 따위를 싸주고 돈을 받고 하는 게 보인다. 나는 그 모퉁이에 서
서 미아가 다시 나오지 않을까 하며 기다렸다.

　주위가 어둑신해지고 가게에 불이 켜졌다. 누군가 나온다. 미아
가 가게의 의자에 쪼그려앉는 모습이 보인다. 나는 돌아섰다. 뒤에
미아를 만났을 때 그날 내가 그녀의 뒤를 따라 집 앞까지 갔었다는
얘기는 하지 않았다. 거의 두어 시간 동안 집 앞에 서 있었다는 얘
기도 물론 하지 않았다.

　미아는 이듬해에 대학 진학을 했고 스스로 입학금을 마련했다.
정수도 어른들이 바라던 대로 건축과에 들어갔다.

　정수는 그 무렵 신촌 외곽의 솔밭이 줄어들면서 늘어나기 시작
한 집장사 주택에 방 한 칸을 얻어들었다. 마당 한켠에 시멘트 블
록으로 지은 일자의 창고 같은 건물에 방이 세 칸 딸린 그런 자취

방이었다. 부엌 하나에 찬장 두 개가 덩그라니 놓여 있었다. 정수의 옆방에 태치가 있었고 나처럼 그 집에 자주 드나드는 친구가 민우였다. 정수는 여전히 스케치북에 크로키를 하면서 건축에는 흥미가 별로 없는 듯했고, 태치는 두툼한 러시아어 사전이 부풀어오를 정도로 공부벌레였다. 민우는 영리한 눈이 반짝이는 겉으로만 모범생이었다. 포커를 밝히고 당구를 오백 점이나 쳐대니 그가 학과공부에 충실한 학생은 아닐 것처럼 보였다. 영길이와 상진이는 연극에 미쳐 있었고 인호는 정말 나무를 키우고 있는 건지 서울에 나타나질 않았다.

12

 내가 준이를 사랑했던 걸까? 아마 그랬을 거야. 하지만 우리는 서로에게 적극적이지 않았다. 나는 처음부터 그가 자기 자신에게 사로잡혀 있었다고 느꼈다. 만나면 언제나 나 혼자서 떠들었다. 최근에 보았던 영화, 읽은 책들, 어디선가 보았던 잘생긴 남자, 심지어는 집에서 엄마와 아버지가 다투던 일이며, 오빠의 애인에 대해서도 말했다.

 내가 한참 얘기하다보면 준이의 눈은 약간 사시가 되어 탁자 모서리를 내려다보고 있거나, 내 머리 뒤편의 어느 곳에 시선을 던지고 멍하니 앉아 있었다. 그가 자주 딴생각을 하고 있다는 걸 나도 눈치챘다. 내가 이야기를 끊고 잠시 기다려도 그는 다른 생각에 빠져 있다가 한참 만에 알아차렸다.

 어, 뭐야…… 얘기 다 끝났나?

나는 좀 냉정하게 되물었다.

내가 무슨 얘길 했는데?

뭐라더라, 그 여자가 오빠보다 나이가 위라구…….

그건 좀 전에 끝난 얘기구, 이번에 뭐라구 했어?

그게 저어…… 미안하다.

그러나 나는 그에게 늘 너그러웠다고 생각한다. 내가 그즈음에 읽은 '부생육기浮生六記'의 운芸이 얘기를 꺼냈더니 그의 대답이 이렇듯 시큰둥했다.

너무 좋은 여자와 결혼하면 사내들은 맥이 빠지는 거야.

하는 수 없이 준이 말에 동조를 하며 말했다.

운이 같은 여자는 때로 남자를 권태롭게 할지두 모르지.

그러면 이번에는 그가 대번에 말투를 바꿨다.

그런 똑똑한 여자는 한 남자의 아내로 살면 안 되는데. 어느 기루에서 천하의 사내들을 다루며 살든지…….

우리는 잠시 충돌을 피하며 서로 말을 맞추기로 한다. 운이가 가난한 살림에 좋은 차를 살 수가 없어서 초저녁에 꽃잎을 닫는 연꽃 안에 차를 넣어 연향을 머금게 하고는, 다시 해가 뜰 때에 벌어지는 꽃심 안에서 차를 꺼내어 향 좋은 차를 달이는 얘기를 했다. 잎새에다 벌레까지 옮겨서 꽃꽂이를 하는 얘기며, 형식에 반듯하고 공들인 두보보다는 호방하고 자유로운 이백을 배우고 싶다는 것이며, 특히 부부간의 예절에 대하여 말했다. 그들은 동갑내기인데도 서로 존칭을 썼다는데, 마당이나 별채로 건너는 낭하에서 부딪치면 밤새 함께 자고 일어났는데도 마주 웃으며 인사한다. 안녕, 어디 가요? 저 뒤뜰에요. 내가 그리운 것은 저런 애틋함이다. 운이가 먼저 죽고 가난한 선비 심복은 오래 살아남아 이 기록을 남긴다. 준이는 실컷 맞장구를 치다가 이야기가 끝날 때쯤 딴청을 해버렸다.

그러니까 결국은…… 덧없어.

거기 나오잖아. 물이 맑으면 갓끈을 빨고, 물이 흐리면 발을 씻는다. 맑고 흐린 세상풍파를 다 받아들이는 거야.

준이는 여태까지의 대화가 못 참겠다는 듯이 툭 잘라버렸다.

넌 왜 쑥스럽게 만나기만 하면 책 읽은 얘기만 하는 거냐?

뭐가 쑥스러운데?

네가 지금 행동하고 살고 그런 거 중심으로 얘기하면 안 되니?

지금 생활이 싫으니까.

우리는 그런 식으로 대화가 끊긴 뒤에는 그냥 말없이 걷거나 음악을 건성으로 귓전으로 흘리면서 앉아 있거나 했다. 그 무렵에 준이가 틈틈이 노트에 끄적이고 있던 것을 우연히 읽게 된 적이 있었다. 종로의 어느 찻집을 거쳐서 청진동 뒷골목에서 헤어졌는데 그가 내게 당부했다.

미아야, 내가 노트를 들꽃에다 두고 왔거든. 네가 가는 길에 찾아둘래?

그래서 나는 준이의 대학노트를 찾아서 집에까지 가져갔다. 우선 만년필로 흘려쓴 글씨가 읽기 힘들었고, 사방에 지우거나 고친 흔적이며, 화살표, 또는 옆페이지에 따로 써서 동그라미를 치고 번호를 붙인 문장들을 넣으라는 뜻인지 본문 가운데 체크를 해놓고 같은 번호를 써넣은 것들로 온통 어지러워서 읽어나가기가 힘들었다. 나는 모처럼 손에 넣은 준이의 흔적을 놓칠 수가 없어서 한 줄씩 정서를 해나가며 읽었다. 그것은 아주 못생긴 광대에 대한 이야기였다.

어느 날 그는 아무도 찾아와주지 않는 훤한 대낮에 혼자서 노래를 불렀다. 그의 노래가 이제 막 거문고의 가락에 얹히려는 참에 줄이 탁 끊어졌다. 이 끊긴 줄이 내어놓는 무참한 소리가 그의 노래를 산산이 으스러뜨리고 말았으며, 그는 저도 모르게 벌떡 일어나서 거문고를 계단 위에 내동댕이치고 말았다. 자르릉, 하는 괴상한 소리를 내면서 악기가 부서지고 그의 노래마저 함께 부서져버렸다. 그의 발밑에는 살해된 가락의 시체만이 즐비하게 널려 있을 뿐이었다. 그는 다시 노래를 부를 수가 없었다.

광대는 아무도 찾아오지 않는 밤 가운데서 진실로 오랜만에 평화로운 잠을 잤다. 그는 노래로부터 놓여난 것이다. 그는 파괴된 악기와 버려진 노래를 회상할 뿐이었다. 그는 이 죽음과 같은 휴식 안에서 비로소 노래만을 사랑하고 모든 것을 미워했던 제 모습이 이제는 변화된 것을 알았다. 그가 물을 마시려고 시냇물에 구부렸을 적에 또다른 얼굴을 만났다. 그의 눈은 삶의 경이로움에 가득차 있었고, 그의 입은 웃고 있었고, 뺨에는 땀이 구슬처럼 매달려 있었다. 광대는 모든 산 것들이 그러하듯이 만물의 소멸에 대하여 겸손하였다.

솔직히 나는 그의 원고를 정리하는 동안에 준이를 좀더 이해하게 되었다. 준이는 현재의 자기 자신에게서 벗어나려고 안간힘을 쓰고 있었다. 아니, 보다 정확하게 말하자면 그는 사춘기를 거치면서 겪었던 모든 일들과 읽었던 책들, 그리고 어정쩡하게 진학한 대학에서도 벗어나고 싶어했고, 나도 그중의 하나였을 것이다. 그의 속에는 나하고는 다른 의미의 아름다운 년이 있었다. 내가 그와 만날 때마다 혹시 나는 부차적인 존재가 아닌가 끊임없이 조바심치던 연유가 따로 있었다. 나는 섭섭했지만 그가 저 글에서처럼 평화로워질 때까지 기다릴 수 있다고 생각했다. 그렇지만 그의 허기가 쉽사리 가라앉을까, 언제쯤?

나는 노트를 그에게 돌려주었지만 내가 정서한 것은 보여주지 않기로 했다. 아무렇지도 않게 시치미를 떼는 게 나을 것 같았기 때문이다. 준이도 그랬지만 나도 노골적인 것은 딱 질색이다. 길거리에 그냥 서서 오가는 사람들을 보면 상상력이 날아다니고 재미있는데 어째서 멜로영화를 보면 따분하고 심심한지 모르겠다고 그가 얘기한 적이 있었다. 하여튼 나는 참 큰일이라니까. 준이와 만나는 한, 마음고생은 일상이 될 것이다.

선이에게서 연락이 와서 정수와 준이랑 함께 만났다. 무 아저씨가 입원을 했다는 것이다. 나도 선이를 따라 신촌의 그 이층 화실에 몇 번 갔던 적이 있었고 준이와 같이 술도 몇 번 했다. 우리는 말은 놓았지만 나도 선이의 말투를 흉내내어 장씨 아찌라고 애칭으로 불렀다.

우리 네 사람은 모두 처음에는 무의 입원을 심각하게 생각하지 않았다. 꽃도 사고 과일도 사들고 만리동고개 위에 있던 가톨릭병원으로 갔는데 그제서야 거기가 결핵전문 병원이라는 걸 알았다. 결핵은 초기에는 감기 정도라고 알고 있었던 우리는 입원할 정도라면 그가 중증이리라 짐작했다. 우리가 병실에 들어가니 그는 침대에 누워 있지 않고 뒷짐을 진 채 창가에 우두커니 서 있었다. 그는 우리를 향해 돌아서자 얼른 쾌활한 얼굴이 되었다.

야아, 병문안 온 거냐? 하여튼 이래서 병원은 글렀다니까.

정수가 그의 농에 맞춰주며 말했다.

왜 우리가 온 게 번거로우냐?

물론, 개구리운동장이지. 내가 너희들 위로하러 밖으루 따라나가야 하잖아.

하면서 그는 엄지와 검지로 잔을 들어 입술에 대는 시늉을 해보였다.

너희들 이거 뭐 야코 죽이는 거냐? 쌍쌍이 오구 그래.

우리가 한참 떠들썩하고 있는데 수녀님 한 분이 들어왔다.

안정하구 있으랬는데 참 큰일이에요. 오늘두 몇 분이 왔다가셨는지 몰라요. 면회시간은 삼십 분으루 제한되어 있으니 그리 아세요.

우리는 목소리를 낮추어 킬킬대면서 농담을 주고받았다. 그가 우리를 따라나설 때 누구도 말리지 않았는데 너무도 멀쩡했기 때문이다. 그는 바지만 갈아입고 위에는 환자복 그대로인 채 옷장에서 점퍼를 꺼내어 눈짓을 하면서 선이에게 내주었다. 그는 슬리퍼 바람으로 우리를 배웅하는 것처럼 슬슬 병원 로비까지 나왔다. 지나가는 병원 근무자들 누구도 뭐라고 주의를 주는 사람은 없었다. 그는 슬슬 문 앞을 빠져나오자마자 선이에게 주었던 점퍼를 걸치고는 언덕 아래로 우리와 함께 내려갔다. 드럼통에 연탄화덕 들여놓고 굵은소금 뿌린 생선을 구워주는 소줏집이 언덕 아래 길모퉁이에 있어서 몰려들어갔다.

설마 무가 그렇게까지 중환자인 줄 몰랐는데 그것이 우리가 그를 보았던 마지막 날이었다. 준이가 한 달이 거의 지나서 병원에 갔더니 무는 이미 마산 요양원으로 옮긴 지 일주일이나 지난 뒤였다. 이듬해 준이는 남도를 떠돌다 돌아온 뒤에 그가 사망했다는 소식을 전해듣게 된다. 남은 것은 준이에게 부쳐온 가포 바닷가를 그린 엽서와, 정수가 간직한 무가 추상으로 가기 전의 초기화, 즉 앙상하고 삐죽삐죽한 가로수들 사이로 걸어가는 가늘고 긴 실루엣의 행인들을 표현한 유화, 그리고 선이의 스케치북에 남아 있는 어두운 붉은색을 배경으로 접시 위에 놓인 생선 대가리와 가시를 그린 크레파스화였다.

나는 봄부터 시간제 가정교사를 시작했다. 한 학기 동안 열심히 벌어놓아야 다음 학기 등록금을 장만할 수 있었기 때문이다. 신학기 강의가 시작될 무렵부터 세상이 시끄러워지기 시작하더니 오월이 되면서 학교와 사회가 함께 들썩거리기 시작했다. 한일회담 반대로 대학은 물론 고등학생들까지 시위에 나서는 판이었다. 아니나 다를까 유월 초에 계엄령이 내려지고 학교는 일찍 휴교를 하고는 종강에 들어갔다.

신록이 짙어지기 시작할 즈음에 준이에게서 연락이 와서 나는 한강 다리로 그를 만나러 갔다. 교각이 걸린 중지도에서 강변을 보고 나란히 앉아 밀린 얘기를 나누었다. 나는 그가 거리에서 잡혀 구류를 살다 나온 얘기를 들었다. 그가 한참이나 빙빙 돌더니 말을 꺼냈다.

나 서울을 떠나기루 했다.

밑도 끝도 없이 처음에는 그게 무슨 소리인가 했다.

팔자 좋네. 나는 여름내 시달리게 생겼는데.

팔자를 한번 바꿔서 살아볼라구 그래.

준이가 웃는 얼굴로 나직하게 말해서 나는 오히려 농담이 아니라 그가 진지하게 말하고 있다는 느낌을 받았다.

어머, 정말인 모양이네. 언제 떠날 건데?

낼모레쯤? 동행할 사람을 기다리구 있어.

그게 누군데?

대위라구 있어.

같이 갈 사람이 군인이야?

아니, 그 사람 별명이 그래.

나는 준이에게서 잠깐 그 사람을 만나게 된 자초지종을 들었다. 유치장에서 준이가 만난 그는 떠돌이 노동자였다. 두 사람이 거기서 이십 일이나 함께 지냈다니 서로의 마음을 열기에는 충분한 시간이었을 것이다. 그의 지난 몇 년 동안의 부랑생활을 준이로부터 전해듣고는 나라도 마음이 움직였겠다고 생각했다. 그렇지 않으랴, 누구나 삶의 고통은 몸안의 어느 깊숙한 곳에 간직한다.

얼마나 돌아다닐 건데?

몰라, 신나면 쭈욱 그런대루 살 거야.

집은, 학교는, 엄마는…….

하다가 내가 먼저 웃고 말았다.

무슨 집 떠나는 싯달타 같구나!

대단한 건 아니구 그저 이렇게 사는 걸 한번 바꿔보려고 해. 말하자면 기러기라든가 산토끼라든가 다 스스로 알아서 살잖아. 땅이 좀더 컸으면 좋았을 텐데. 그러면 어느 먼 세상의 끝에 가서 처박힐 수 있겠지. 언젠가 보니까 국도변에 차들이 씽씽 달리는데, 개 한 마리가 혀를 길게 빼고 일정한 걸음걸이로 달려가는 걸 봤어. 어디를 향해 가고 있었는지, 꼬리 뒤로 목줄을 길게 끌고서.

밤이 깊어지자 강바람이 제법 차가워져서 종아리가 시려왔다. 내가 먼저 일어났고 준이는 나를 버스정류장까지 바래다준다면서 한강 인도교를 건너 용산까지 따라왔다. 멀리 버스정류장의 둥근 팻말이 보이는 데서 내가 먼저 걸음을 멈췄다.

나 오늘…… 안 들어가두 되는데…….

준이가 멈칫, 서더니 잠깐 생각했다. 그러고는 손을 쳐들며 뒷걸음으로 몇 발짝 물러났다. 내가 뭐라고 말하기도 전에 그 자식은 뒤로 돌아서더니 신문배달 소년처럼 멈추지도 않고 횅하니 달려가버렸다.

나는 갑자기 낯선 고장에 내던져진 것 같았다. 가만있어봐, 여기가 어디였지? 몇 번을 두리번거리다가 천천히 걸었다. 가슴에서부터 목구멍으로 울컥하더니 뺨에 뜨거운 것이 흘러내렸다. 나는 입을 크게 벌리고 허공을 향하여 큰숨을 내쉬다가, 소리를 내어 울다가 하면서 걸었다. 어쩐지 후련했다.

13

아, 정말 많은 일들이 있었다. 나는 두 해 만에 서울로 돌아왔고 다시 시장의 잠수함 같은 다락방에 처박혀 지냈다.

눈에 보이는 것만을 숭배하는 자는 깊은 어둠 속으로 들어가게 된다. 그러나 오로지 눈에 보이지 않는 영원한 것에만 빠져 있는 자는 그보다 더 깊은 어둠 속으로 들어가게 되리라. 파멸하는 것과 파멸하지 않을 영원한 것, 이 두 길을 더불어 갈 때 그는 파멸하는 것으로써 죽음을 건너고 파멸하지 않을 영원한 것으로써 불멸을 얻으리라.

고대의 지혜는 출발점과 목적지를 어디다 두어야 할지 모르는 크고 넓은 대평원 같다. 육신을 가진 사람으로 잡다한 일상을 살아 내야 하는 것과, 거기서 벗어나야 하는 무심함이 간발의 차이로 늘 함께 있다. 그렇지만 우선 살아내는 일이 얼마나 힘든가. 우파니샤

드에서 사람의 마음과 몸을 둘러싼 모든 것들에 갖가지 형상의 이
상스런 신의 이름을 붙여 비유한 글들을 읽다보면, 차라리 저 황야
의 천사와 악마는 단순해서 어느 한쪽을 선택하기가 너무나 쉬워
보인다.

내 그맘때의 심사는 사물들이 너무 명료해서 지겨웠다. 책상 위
의 잉크병에서부터 책들, 유리잔, 빈 술병, 재떨이, 머리 위의 형광
등 따위들이 나보다 더욱 분명하고 또렷한데 내가 그것들을 수상
하게 보는 것과 마찬가지로 그들도 나를 수상하게 또는 음험하게
바라보는 것이다. 불면증 때문에 진정제를 먹기 시작했는데 아티
반 계통의 약들은 기분을 느슨하게 풀어주기는 했지만 약기운이
사라지면서 더욱 나를 바닥으로 떨어뜨렸다.

그 무렵 다락방 위로 오르는 사다리 옆에 연탄 아궁이가 있어서
주의하지 않으면 가끔씩 새나온 연탄가스가 내 방으로 스며들었
다. 그해 겨울, 가스중독으로 나는 거의 죽을 뻔했다. 의식은 없었
지만 꿈결에 잠수함 뚜껑을 열고 아래에다 대고 오줌을 누었다. 중
독된 뒤에도 오줌을 싸면 산다고 했던가. 어머니가 그 소리를 듣
고 새벽에 잠이 깨어 나를 아래로 끌어내렸다. 나는 이틀간을 인사
불성으로 헤매면서 김칫국도 마셨고 링거도 맞았다. 어쩐지 그 일
이 있고 나서 한강변에라도 나가면 그냥 흘러내려가는 강물에 떠
서 어디론가 사라져버리고 싶었다. 거리를 지나가는 자동차며 사
람 들이 모두 무성영화에 나오는 그림처럼 비현실적인 헛것으로

보였다. 도시의 소음마저도 아득하게 먼 곳에서 들려오는 듯했다. 나는 허깨비 같은 삶으로 다시 돌아왔다.

내 방랑의 동행자였던 대위를 만난 것은 경찰서 유치장에서였다. 절도죄로 잡혀온 두 소년과 셋이 있었는데, 어느 날 저녁에 누군가가 입감시키려는 순경과 큰소리로 말다툼을 하면서 들어왔다.

소지품 다 내노슈.

좆두 가진 게 없는데 뭘 내놔?

이건 뭐야?

보면 몰라? 담배하구 성냥.

순경이 사내의 호주머니에 손을 넣으려고 했더니 그가 비틀어서 등뒤로 꼬아올렸다.

이거 다 내 돈 주구 산 거라구.

어어, 이 손 못 놔?

다른 순경이 달려들어 밀치고 당기고 하다가 잠시 목소리가 잦아들더니 그는 담배를 붙여 물고 유치장 쪽으로 다가왔다.

그래 맡겨두고 펴라 이거지? 그렇다면 할 수 없지.

철창이 열리고 그가 들어서며 나를 한번 힐끗 보고는 소년들에게 말했다.

애들아, 거 담요 좀 갖다 깔아라.

소년들은 눈치가 빨라서 얼른 윗목에 쌓아둔 담요를 삥끼통 반대편 안쪽에 깔았다. 나는 철창 옆이 상석인 줄 알았더니 그거야 불빛에 책 읽으려는 내게나 그렇고 저들에게는 담당 순경이 잘 안 보이는 구석자리가 상석인 셈이었다. 그는 담배를 맛있게 빨면서 비스듬하게 옆으로 눕더니 내게 말을 걸었다.

형씨 인사합시다. 머 사람두 많지 않은데 민주적으루다 지내지. 나 장씨라구 허우.

내가 머리를 숙여 인사를 하자 그가 다시 물었다.

보아허니 학생 같은데 어찌 들어오셨나?

한일회담 반대 데모하다가…….

저런 쳐죽일 놈들! 아직두 쪽바리 세상이라니까.

나도 그에게 어떻게 들어왔느냐고 물었다.

십장이 전표 장난 하길래 몇 대 쥐어팼지.

그는 제이한강교 공사장에서 일하던 일용노동자였다. 그는 관급 공사판의 명색뿐인 입찰과 하청 구조에 대하여 욕설 섞어 일사천리로 한달음에 끝내버리고 연이어 자신의 삶에 대해 우스갯소리를 섞어가며 얘기를 꺼냈다. 그는 해병 중사로 제대한 사람이었다. 그래서 사실은 계급이 갈매기 두 마리에 지나지 않았는데, 공사판에서 그가 의기도 있고 아는 게 많다고 동료 인부들이 진급을 시켜줘서 대위로 만들어버렸다는 것이다.

전국의 공사판은 그때만 해도 손가락으로 꼽을 만큼 빤해서 십장이나 기술자 들은 알음알이로 이름을 대면 대번에 서로 파악이 되었다. 대위는 일손이 시원시원하고 함바집의 신용이 쌓여서 모두들 고참 일꾼으로 알아주었다. 나이는 서른셋, 어깨가 딱 벌어진 건장한 체격이었지만 키가 커서 오히려 말라 보였다. 굵은 곱슬머리에 불그레하게 그을린 얼굴이며 턱밑에 아무렇게나 자란 수염에 씩 웃는 얼굴이 서부영화의 버트 랭커스터 같았다.

　대위 장씨와 나는 잡범이나 경범자 들이 들고나는 유치장의 이십여 일을 나란히 누워 자고 먹고 했다. 그와 나는 밤에 잠이 오지 않으면 엎드려서 여러 가지 세상살이 이야기를 나누었다.

　그에게는 산다는 게 두렵거나 고생스러운 것도 아니고 저 하늘에 날아가는 멧새처럼 자유롭다. 이른 봄에는 바닷가 간척공사장을 찾아가 일하다가, 오월에 보리가 팰 무렵이면 시골마을로 들어가 보리 베기를 도우며 밥 얻어먹고, 여름에는 해수욕장이나 산간에 가서 일거리를 찾고, 늦여름부터 동해안에 가서 어선을 탄다. 속초에서부터 오징어떼를 따라 남하하다가 울산 근처까지 내려오면 가을이 깊어져 있다. 이제는 다시 농촌으로 들어가 가을추수를 거든다. 황금들판에서 들밥에 막걸리 마시고 논두렁에 누워 곤한 낮잠 한숨 때리면 세상에 부러울 것이 없단다. 그리고 겨울에는 다시 도시로 돌아온다. 쪽방을 한 칸 얻고 거리 모퉁이나 버스 종점이나 동네 시장 어귀에 자리를 잡아 드럼통과 손수레 세내어 군고구마 장수로 나선다. 아니면 돈 좀 더 보태어 포장마차를 하든지. 그것도 아니면 이번처럼 괜찮은 도시 공사판을 만나면 함바에서 겨울을 난다. 살아 있음이란, 그 자체로 생생한 기쁨이다. 대위는 늘 말했다.

사람은 씨팔…… 누구든지 오늘을 사는 거야.

거기 씨팔은 왜 붙여요?

내가 물으면 그는 한바탕 웃으며 말했다.

신나니까…… 그냥 말하면 맹숭맹숭하잖아.

고해 같은 세상살이도 오롯이 자기의 것이며 남에게 줄 수 없다는 것이다. 나는 저도 모르게 뛰는 가슴을 억누르며 표내지 않고 그에게 물었다.

나가면 어디루 갈 거요?

글쎄…… 집에 들러봐야지. 마누라하구 애가 둘이야. 돈 조금 모아놓은 거 떨궈주구 와야지. 이젠 여름이니까 바닷가루 가볼까?

나두 같이 갑시다.

그는 나를 찬찬히 바라보았다.

이거 완전히 노가다야. 괜히 객기루 그러지 말어. 학생이 그 길루 따라나서면 그야말루 신세 조지는 거야.

사는 게 다 길이 다르지요. 나는 뭐 높은 사람이 되거나 그럴 생각 없으니까.

헛 참 별일이네. 나야 심심찮구 좋지.

유치장에서 나가자마자 나는 장씨와 함께 길을 떠났다. 대위가 속초에 가서 예전에 함께 일했던 어부들을 만나보더니 오징어 성 어기가 오려면 이십 일은 기다려야 한다고 그랬다. 나와 내 친구들이 어딘가 도착하면 무엇이든 돌아다니며 보아야 하고 목적지를 정해야 하며 먹을 것 잠잘 곳에 노심초사했다면, 그는 길에서 사는 사람답게 언제나 느긋했다. 우리는 먼저 해수욕장으로 나가서 바닷가 나무 밑에 텐트를 쳤으니 집이 생긴 셈이었다.

장씨가 이리저리 돌아다니더니 리어카 한 대에 뭔가 가득 싣고 나타났다. 폐활량기라고 입으로 세게 불면 표지막대가 위로 올라가게 되어 있어서 누가 센가 불기 내기를 하는 심심풀이 놀이기구를 빌려왔다. 그리고 커다란 플라스틱통도 있었다. 물에다 오렌지맛 나는 식용색소를 타고 얼음덩이와 복숭아, 수박 등을 썰어서 띄우고는 플라스틱통에 담아 냉차를 판다고 했다. 그가 처음에는 번갈아 자리를 지키다가 관리사무실을 들락거리더니 어느 틈에 해상구조원이 되어 모자 쓰고 호루라기를 가슴에 늘어뜨리고 나타났다. 우리는 해수욕철이 끝날 때까지 질리도록 피서를 했고 둘 다 시커멓게 검둥이가 되어버렸다.

약속된 날짜에 선창으로 가서 선주와 계약을 하고 오징어잡이 배를 탔다. 대위와 나는 우의와 장화와 낚시 물레 등속을 어구 상점에서 세내어 배에 올랐는데 각자가 잡은 만큼 선장과 선주에게 떼어주고 나면 나머지는 제 몫이었다. 대위가 내게 오징어잡이 요령을 가르쳐주면서 말했다.

뭘 하러 흐리멍텅하게 살겠냐? 죽지 못해 일하고 입에 간신히 풀칠이나 하며 살 바엔, 고생두 신나게 해야 사는 보람이 있잖어.

어선들은 저물녘에 출어를 나갔다. 오징어는 한밤중에 집어등 불빛을 보고 몰려들기 때문에 야간작업을 해야 한다. 오징어 어군을 따라서 불빛을 휘황하게 밝힌 오징어잡이배들이 함께 출항하여 항구에서 멀리 나아가면 시커먼 밤바다의 수평선은 불야성처럼 훤해져 하늘이 온통 부옇다. 파도는 뱃전을 두드리고 작은 어선은 끊임없이 오르락내리락한다. 일단 낚시를 내리고 선장의 지시에 따라 물레를 돌리기 시작하면 낚시에 꿰인 오징어들이 인광으로 희게 반짝이면서 검은 물속에서 올라온다. 펄떡거리는 오징어를 떼어내어 바구니에 집어던지며 다른 한 손으로는 물레를 계속해서 돌린다. 처음에는 일손이 서툴러서 물레 돌리는 작업이 끊기곤 했는데 그때마다 조장 어부가 호통을 쳤다. 하여튼 눈썰미나 솜씨는 시간이 가면서 익숙해지기 마련이라 하룻밤쯤 고생하니 제법 손에 익었다. 물결 거친 바다에서의 야간작업은 참으로 고된 노동이었다.

처음에는 무엇보다도 뱃멀미에 시달렸지만 그것도 적응이 되었다. 오히려 배가 고파서 야참이라도 먹어야 할 판이었다. 대개는 낚시를 내리러 목표지점에 당도하기 전에 항해중인 배 위에서 술과 밥을 먹었다. 어부들은 양은그릇에 찰찰 넘치게 소주를 부어 단숨에 마시곤 했다. 나는 겁이 나서 반그릇쯤 채워서 마셨는데 처음에는 술이 확 올랐다가 작업하면서 대번에 깨버렸고 온몸에 활기가 돌았다.

새벽녘에 먼동이 터오면 캄캄한 어둠이 저멀리 수평선에서부터 금이 가면서 위와 아래로 일직선으로 갈라진다. 그리고 붉고 노란 띠가 층층으로 번져가기 시작한다. 만선이 되어 돌아오는 새벽이면 갈매기떼가 요란하게 울면서 따라왔다. 대위와 뱃전에 나란히 서서 파랑새담배 한 대씩 물고 멀리 가물거리는 항구의 불빛을 바라보던 때, 나는 내 힘으로 살고 있다는 실감 때문에 담배연기를 길고 거세게 내뿜곤 했다.

우리 두 병이야.

대위가 회계에 얘기하고 소주 두 병을 박스에서 뽑아다 아직도 꿈틀대는 오징어 한 마리를 식칼로 쑹덩쑹덩 서너 토막으로 큼직하게 썰어서는 쟁반 위에 던져놓았다. 우리는 병째로 들고 꿀꺽이며 소주를 넘기고 오징어를 초장에 찍어 우물우물 씹었다. 그제서야 일 끝난 뒤의 나른한 피로가 기분좋게 어깨와 장딴지로 퍼져갔다. 목마르고 굶주린 자의 식사처럼 맛있고 매 순간이 소중한 그런 삶은 어디에 있는가. 그것은 내가 길에 나설 때마다 늘 묻고 싶었던 질문이었다.

　이제 글 따위는 쓰지 않는다. 내가 그 무렵에 방안에서 나를 둘러싼 사물들의 명료함에 질려버렸듯이 반대로 내 손으로 쓴 글자는 아무 의미도 없거나 분명하지 않았다. 말하자면 내가 아무렇게나 지어낸 것일 뿐이었다. 머릿속에서 방금 지나간 생각들은 눈을 감았을 때 눈꺼풀 안에 보이던 작은 빛조각들처럼 스치고 지나갔고 잔영도 어찌나 덧없는지 잡을 수가 없었다. 그런 것들은 다 놓치고 헛것들로만 비슷하게 형상화하느라고 애쓰다가는 남들에게 겨우 눈꼽쟁이만큼 전달할 수나 있을지. 그렇다, 세상의 표면만이 또렷할 뿐 나는 아무것도 아니었다. 글을 쓸 수 없다면 내 존재는 없는 거나 마찬가지다. 잘못 돌아왔다.
　나는 풍문으로만 친구들의 근황을 전해들었다. 더러는 군대에 나가고 또는 학교에 다니고 있었다. 그들에 대해서 아무것도 알고 싶지 않았고, 만나서 할 얘기도 별로 없다고 생각했다.
　어느 밤에 시내에 나갔다가 돌아오며 이 세상에서 사라지고 싶다는 생각이 들었다. 혼자 무슨 영화인가를 보았는데 우두커니 화면을 지켜보고 있으려니 두 번이나 연거푸 보고 있었다. 남대문을 지나다가 문득, 오늘 사라져야 한다고 마음을 먹었다. 그렇게 결정하자, 여러 가지의 계획과 처리해야 할 일 들이 분명하게 줄지어

떠올랐다. 서울역에서부터 약국에 들르기 시작했고 남영동과 용산을 지나면서 오십 알 정도의 세코날을 사모았다.

한강 다리를 건너 노량진 고갯마루 초입에 버스에서 내린 사람들이 귀갓길에 찾을 만한 주점이 있었다. 나는 강바람의 한기도 녹일 겸 두부김치 한 접시와 소주를 시켜놓고 앉아 있었다. 남들이 보면 내가 무슨 좋은 일이라도 생긴 줄 알았을 것이다. 나는 오랜만에 마음이 안정되어 있었고 말씨도 부드러웠으며 웃는 낯이었다. 술 한 병을 되도록이면 천천히 아껴가며 마셨다. 중간에 소변이 마려워서 화장실에 갔는데 바지 호주머니에서 바스락대는 소리가 유난히 크게 들렸다. 약봉지를 꺼내어 펼쳐보고는 다시 꼭꼭 접어서 넣었다. 거울에 비친 내 얼굴은 보통때와 거의 다르지 않았다. 나는 무표정하게 거울 속의 나를 멀뚱히 바라보았다. 내가 오늘 널 보내버릴 거다.

장씨와 나는 오징어떼를 따라 삼척까지 내려갔다가 배에서 내렸다. 아직도 오징어철은 한창때였지만 방을 세들어 살던 집이 팔려서 다른 곳으로 이사를 해야 한다는 그의 아내 소식이 있었기 때문이다. 그는 역시 고참답게 나를 데리고 저녁때까지 선창가에서 어슬렁거리다 국밥 든든히 먹고 역으로 가서 맞춤한 시간에 화물열차에 올라갔다. 시멘트와 석탄이 주요 화물이라는데 역시 그는 잠기지 않은 칸을 찾아내어 문을 열었고, 우리는 시멘트 포대를 한 쪽으로 치워놓고 배낭에서 텐트 자락을 꺼내어 펼치고는 늘어지게 잘 준비를 했다.

가다가 서고 다시 달리고 이른 아침에 제천서 내려 이번에는 담뱃값 주고 트럭 화물칸에 얹혀서 음성까지 갔고, 거기서부터는 방법이 없어 시외버스를 타고 그의 집이 있다는 천안에 도착했을 때는 한밤중이었다. 국민학교 사학년짜리 계집아이와 두 살짜리 어린애를 데리고 장씨의 아내는 야채장사를 하며 힘겹게 살고 있었다.

나는 장씨네서 사흘을 함께 지내며 이삿짐도 날라주고 거의 그집 삼촌이 되어버렸다. 오히려 잘되느라고 그랬는지 방은 훨씬 작고 마당도 없었지만 시장 안에 쪽방 몇 칸을 세놓는 집이 있어서 장씨 아내로서는 아이들을 틈틈이 들여다볼 수 있기에 좋다고 했다. 그가 나를 아내에게 소개하며 말했다.

이 친구 대학생이라구. 나하구 같이 일하겠다구 따라나섰어.

그러자 그녀는 배시시 웃으며 남편에게 무안을 주었다.

일은 무슨 일. 노가다 해봐야 제 앞가림두 못하는데.

우리는 군청에 나가서 충남에서 제일 큰 관급공사가 어디서 벌어지고 있는지 알아보았는데, 현재로서는 신탄진에서 시작한 연초공장 건립공사가 제일 큰 공사판이란다. 오후에 집으로 돌아오면서 내가 대위에게 넌지시 말했다.

형님, 그냥 주저앉아 사시지. 형수나 애들 보니까 마음이 좀 안

좋더군요.

그럴까아?

그는 픽 웃고는 더이상 말이 없었다.

신탄진은 아름다운 강변이었다. 공사장에 찾아갔더니 마사토 허허벌판 위에 건물 골조가 올라가기 시작했고 아래편에 공사장 함바가 있었다. 함바 사무소는 날림으로 지어진 창고 같은 블록 집들 앞에 쳐놓은 군용 천막인데 식당도 겸하고 있어서 베니어판으로 짠 식탁과 긴 나무의자 들이 놓였다. 소주며 과자와 담배 비누 등속의 생활필수품을 파는 매점도 한켠에 벌여놓았다. 우리가 들어서니 매점 앞에 책상과 편안한 비닐의자를 놓고 앉아 있던 뚱뚱한 사내가 먼저 말을 걸었다.

야 대위야, 니가 여긴 다 늦게 웬일이냐?

아이구 관세음보살…… 두꺼비 형님 여기 계실 줄 알았으면 진작 찾아올걸. 지난번 다리 공사판서 재미 좀 봤죠?

재미가 다 뭐야, 좆같이 하다 말았는데. 밀린 식대 아직두 못 받았다. 딴놈이 국회의원 되면 그날루 하던 공사 끝이라구. 너 어디서 오냐?

제이한강교. 도시서 여름 나기 싫어서 경치 좋은 데루 찾아왔시다.

떠들썩하게 두꺼비 십장이 주위 사람들에게 인사를 시켰고 나는 이미 배를 타며 겪어본 일이라 별로 낯설지는 않았다. 대위가 내 등을 꾹 찌르고는 말했다.

야 인사해라, 우리 형님이시다. 여긴 내 처남이우.

내가 인사를 했더니 십장은 눈을 가늘게 뜨고 내 아래위를 찬찬히 훑어보았다.

자네 처남 있단 소리는 첨 들었는데?

우리 두 사람 함바 방이나 정해주슈.

글쎄 자네야 고참이니까 뭔 일이든 만능이구 대대환영인데, 이 친구는 일 첨 해보지?

나는 얼결에 네, 하고 대답해버렸다.

그러니까 온날 전표로 쳐줄 수는 없구. 반날짜리 띠어주께.

에이 이러지 마슈. 얘 덩치를 보슈. 애나 아줌마두 아니구 한창때의 장정인데.

그럼 이렇게 하지. 여기가 보름 간조니까 첫번 간조 때까지만 반날 받구, 일하는 거 봐서 그담부터 온날루 하지. 싫으면 관두구.

대위는 나를 바라보며 한쪽 눈을 껌벅해 보이고는 말했다.

좋시다. 그럼 오늘 저녁부터 가리하는 거유.

그래, 밥때 잘 지켜. 늦으면 그야말루 국물두 없으니까. 둘이 삼호 방에 들어가.

블록으로 지은 단칸방은 그냥 시멘트 위에 푸대종이를 대충 발랐는데, 어떤 이들은 제 잠자리에 군용 담요를 깔아두거나 박스를 펴서 테이프로 붙여두기도 했다. 삼호 방에 들어가니 이미 일곱 명이 한방을 쓰고 있었고 먼저 있던 노동자들이 제각기 불평을 했다. 그러나 대위가 너스레를 떨면서 은근히 누르거나 정겹게 인사를 나누자 방안 분위기가 곧 누그러졌다.

십장이 운영하는 식당에 내려가 공책에 작대기 긋고 밥 한끼 먹었는데 고봉밥에 뭇국에다 두부에 호박나물 감자조림도 있고 김치도 그만하면 울긋불긋한 것이 먹을 만했다. 대위와 나는 수건을 꺼내 목에 걸고 칫솔 비누 양손에 들고 신탄진 철교 아래 맑은 강변으로 씻으러 나갔다. 대위가 말했다.

며칠 지나면 다 그렁저렁 좋은 사람들이지. 생각해봐라. 제힘으루 일해서 먹구살겠다는 놈들인데 아주 나쁜 놈들이 있겠냐구. 나쁜 놈들이야 저 서울 번듯한 빌딩들 속에 다 있지.

해 저문 강변은 조용했다. 하늘에는 별이 한소끔씩 무리지어 은가루를 뿌려놓은 것처럼 흩어져 있었다. 대위가 제 정서를 간단히 표시했다.

아아, 별 많다.

이튿날부터 해가 뜨자마자 아침을 먹고는 막바로 일이 시작되었다. 변변한 장비가 별로 없어서 차량도 군에서 불하받은 것들이고 굴착기나 기중기는커녕 불도저도 고급장비에 들어가는 축이었다. 거의 모두를 잡역으로 해내야만 되었다. 아시바라고 건물 골조의 외벽에다 사다리나 지지대 겸하여 올리는 건조물도 쇠파이프의 조립이 아니라 한 뼘 굵기의 나무기둥을 새끼줄로 엮어서 올렸다. 거기에 합판 반네루를 얹고 대충 발 디딜 각목을 박아서 이동하고 오르는 데 썼다.

초짜가 공사판에서 제일 먼저 하게 되는 일이 시멘트 반죽이나 벽돌을 들통에 담아 짊어지고 오르는 일이었다. 휘청대는 반네루를 디디며 시멘트 반죽이나 블록이 가득찬 나무로 만든 들통을 짊어지고 오르내리다보면 금방이라도 허리가 꺾이거나 장딴지가 터져나갈 것만 같았다. 앞뒤로 쉴새없이 다른 일꾼들이 오르고 있어서 한 사람이라도 처지거나 쉴 수가 없었다. 어깨에 마포를 겹쳐서 대고 군용 탄띠로 만든 멜빵을 메고 한 손으로는 들통 밑바닥에 달린 줄을 당겨쥐고서 비틀거리며 올랐다. 위에서 벽을 올리는 미장이들이 재촉을 하기 일쑤였고 아래에서는 반죽이 굳는다고 투덜댔다. 그래도 그것은 좀 나은 일거리였는데 나중에 철근을 나르는 일은 더욱 위험하고 힘들었다.

어쨌든 어디서나 사람은 살아가기 마련이고 가장 힘든 고비가 지나면 나날이 그런대로 괜찮다고 느껴지기 시작한다. 처음에는 자고 일어날 때마다 온 삭신이 매맞은 것처럼 아프고, 다리를 펴고 접을 수 없도록 쑤시더니 일하면서 저절로 풀려갔고, 입술이 터지고 헛바늘도 돋더니 열흘쯤 지나자 적응이 되기 시작했다. 그래도 어선을 탔던 게 도움이 되었던 듯싶었다. 손과 발이며 등이 온통 물집과 상처투성이가 되었다.

대위 장씨는 미장일도 했고 반죽 짓는 일도 하더니 일손이 딸리는 목공부로 옮겨갔다. 내가 온날 전표를 받게 된 보름이 지나서 대위가 어떻게 했는지 목공부로 나를 데려가서 데모도 아래 보조로 붙여주었다. 목재를 나르거나 지시받은 대로 일정한 길이로 나무를 자르는 잔일거리가 주어졌다.

가을 초입에 마지막 태풍이라고 비바람이 몰아쳐왔고 우리는 다시 몇 장 모은 전표로 밥값을 까나가면서 함바에서 옥신각신하며 지냈다. 하루종일 바람 불고 비 오는 날이면 매점에서 국수를 사다가 끓여먹기도 하고 돌아가며 소주 내기 화투도 쳤다. 우리는 함바빚이 늘어갔는데 모두들 입이 무섭다고 말했다.

저녁 무렵의 신탄진 강변은 언제나 잔잔하고 평화로웠다. 일 끝내고 씻으러 내려가면 어두워지기 시작한 강변의 숲과 거울처럼 맑은 수면 위로 가끔씩 물고기들이 뛰어오르는 소리와 함께 작은 파문이 일어나는 것을 바라보곤 했다. 그럴 때면 물속에 텀벙대며 들어가기가 아까워서 잠시 서 있곤 했다.

아아 으악새 슬피 우니 가을인가요.

대위가 헛기침을 하고 나서 노래를 흥얼거리면 나는 좀 가만있으라고 짜증을 냈다. 땅거미 질 무렵의 아름다운 고즈넉함을 더욱 연장하고 싶었던 것이다.

어라, 저놈 나왔네.

대위가 중얼거리자 나는 두리번거렸다. 그가 손가락으로 저물어버린 서쪽 하늘을 가리켰다.

저기…… 개밥바라기 보이지?

비어 있는 서쪽 하늘에 지고 있는 초승달 옆에 밝은 별 하나가 떠 있었다. 그가 덧붙였다.

잘나갈 때는 샛별, 저렇게 우리처럼 쏠리고 몰릴 때면 개밥바라기.

나는 어쩐지 쓸쓸하고 예쁜 이름이라고 생각했다.

어느 날 점심을 먹고 그늘에 앉아서 담배 한 대를 태우다 말고 대위가 나를 툭 치면서 말했다.

우리 여기서 떠날까? 이맘때면 가볼 데가 있는데…….

이튿날 당장에 짐을 꾸려서 신탄진을 떠났다. 전표 계산을 해보니 식대 빼고 여비 정도 남았으니 그나마 다행이었다. 바로 지척에 흘러가는 미호천의 여울물 소리가 제법 요란했다. 나는 지금도 섬뜸, 달여울, 다락골 같은 부근 마을의 예쁜 이름들을 기억하고 있다. 길이 북쪽으로 휘어지며 강변과 멀찍이 헤어지는 어름에서 징검다리를 건넜다.

우리는 마을길로 올라가 수양버드나무가 서 있는 우물가 앞집으로 찾아갔는데 대문이 높다란 기와집이었다. 시골에서는 땅마지기나 있는 집으로 보였다. 우물가에서 동네 아낙들이 푸성귀를 씻거나 물을 긷는데 그중 한 여자가 대위를 알아보았다. 그 댁의 큰며느리는 시아버님이 작년 겨울에 돌아가셨다고 했다. 장씨를 늘 고용해주던 사람이었을 것이다.

하여튼 들어가보시라는 그녀의 말에 쭈뼛대며 안으로 들어서니 중년의 주인이 마루에서 내다보다가 반색을 했다. 장씨와 주인은 마루에 걸터앉은 채로 얘기를 나누는데, 나는 대위가 해마다 이 댁에 와서 추수를 거들며 가을철을 보내다 간다는 걸 눈치챘다. 주인은 아버님 돌아가시고 지난봄에 소작을 내주었고 머슴도 들였다며 애석해했다. 점심 저녁을 잘 얻어먹고 이튿날 출발할 때에는 생각지 않게 여비도 받아서 갔던 길로 되돌아왔다.

다시 기차를 얻어타고 김제까지 갔다. 작년부터 부안에서 간척공사가 시작되고 있던 것을 대위는 잘 알고 있었다. 동진강과 계화도 간척공사장 사무실이 있다는 돈지 읍내까지 시외버스를 타고 갔다.

과연 공사는 활기차게 진행중이었다. 우리는 공사장의 함바를 찾아가서 십장을 통해 방을 배정받았고 돌과 흙 나르는 일을 시작했다. 역시 공사판이 커서 그런지 함바의 규모나 식사도 신탄진과는 비교할 수 없이 나은 편이었다. 그 대신 일은 매우 고되고 힘들었다. 거의가 십장 중심으로 짜여진 도급 일이어서 각 조마다 경쟁적으로 할당 작업량을 채우려고 아침에 해 보고 시작해서 저녁에 별 보며 끝마치는 하루를 보냈다.

동진강 주변의 드넓은 갈대숲과 개펄에 하얗게 널린 철새 무리는 자유롭게 하늘과 바다와 들판 위를 날아가고 또 날아내렸다. 이제 날씨는 완연한 가을이었다. 날일조에서 제방 끝에 나아가 등태를 짊어지거나 삽질을 하다가 허리를 펴면 어느새 하늘과 바다가 갈라진 수평선에는 노을이 가득찼고 철새와 갈매기가 아득하게 먼 하늘 속에서 울며 날아왔다.

시월 말경에 우리는 간척공사장을 떠났다. 대위는 우물쭈물하더니 천안 집에 들렀다가 다시 일거리를 찾아 나오자고 말했다. 나는 그가 유치장에서 호기있게 얘기할 적엔 전국 각지를 그야말로 무른 메주 밟듯 하면서 돌아다니는 줄 알았더니, 돈이 조금이라도 생기면 집으로 돌아갔다가 다시 길에 나선다는 것도 알게 되었다. 우리는 전주에서 대전까지 일단 동행하기로 하고 야간열차를 탔다. 이른 아침에 대전역에서 내려 부근 설렁탕집에서 아침을 먹었다. 대위가 내게 물었다.

어떻게…… 우리집에 들러서 좀 쉴래?

글쎄요, 그럴 바엔 나두 집으루 돌아갈까 싶네요.

우리는 말없이 한참이나 앉아 있었다. 얘기로 듣기와는 달리 도처에 고되고 험한 생활이 기다리고 있었다. 사람살이가 당연히 그

렇겠지. 나는 이전처럼 대위와 나란히 역으로 향하던 걸음을 멈추
었다.

장씨 형님, 여기서 찢어집시다.

어디루 갈라구?

뭐 남쪽으루 가볼까 하구요.

그는 잠시 섰더니 늘 들고 다니던 군용 하배낭을 내 발치에 내
려놓고 걸터앉았다. 그가 담배 한 대를 뽑아서 내밀었고 우리는 누
구를 기다리는 것처럼 역광장에 쭈그리고 앉아 담배를 나누어 피
웠다. 대위가 담배꽁초를 발로 비벼 끄더니 내게 손을 내밀었다.

잘 가, 그동안 재밌었어.

형수님하구 잘사세요.

그는 뒤도 한번 돌아보지 않고 가족들을 향하여 걸어갔다. 대위
는 역사 안으로 들어가기 전에 한번 뒤를 돌아보더니 아직도 거기
서 있던 나에게 손을 한번 흔들어주었다. 그러고는 인파 속으로 사
라졌다.

나는 거의 도시를 떠나본 적이 없는 도시내기였다. 부모들 역
시 근대적 교육을 받은 도회지 중산층이었다. 내가 어렸을 때 영등
포에서 자라면서 어머니가 은근히 노동자의 아이들과의 구별성을
심어주려고 애썼던 것은 그런 이들의 생활을 먼발치에서만 보고

가졌던 편견이었을 것이고, 보다 정확하게는 스스로 몰락했다거나 뿌리를 뽑혔다거나 하는 생각을 떨쳐버리기 위해서였을 것이다. 나는 이제 스무 살이 넘어서야 책을 벗어나 고되게 일하는 삶의 활기를 배우기 시작했다. 그것은 도회지로부터 멀리 떨어진 벽지에서 우리네 산하의 아름다움과 함께 자신을 다시 발견해가는 과정이었다. 나는 불과 몇 달 동안에 수많은 낯선 사람들을 내 가슴 깊숙이 끌어안았다.

예전에 하던 대로 야간 완행열차에 올라타고 철로를 따라서 지방의 간이역 주변을 떠돌았다. 진주에서 황혼녘까지 진주성이며 남강 촉석루 부근을 돌아다니다 남강의 지류인 천변에 있던 허름한 여인숙에서 묵었다.

이튿날부터 다시 일거리를 찾아 시내를 배회하다가 전봇대에 붙은 구인광고를 보게 되었다. '빵'이라고 크게 쓴 글씨가 눈에 띄었다. 빵 만드는 공장인데 종업원을 구한다는 것이며 숙식을 제공하고 소정의 급료도 준다는 것이었다. 주소를 적어가지고 길을 물어 찾아갔다. 옛 성읍이던 진주 시내가 빤해서 남강 지류의 다리를 건너 오가면 거의가 걸어서 닿을 만한 거리였다. 주택가를 벗어난 시장 근처 골목 안에 그 집이 있었다.

판자문에 조그맣게 정사각형의 나무간판이 붙어 있었다. 문을 밀고 들어가니 막바로 제빵 작업장이었는데 석탄으로 불을 때는 아궁이와 대형 철제 오븐과 가마솥이 두 개 나란히 붙어 있었고, 앞쪽은 채광이 잘되는 일본집의 격자 유리창문이 연이어 달렸으며 바깥으로 안마당이 보였다. 아궁이에서 좀 떨어져서 두꺼운 널판으로 짜맞춘 조리대가 있고 그 위에 반죽이 얹혀 있었다.

여자처럼 타월을 머리에 둘러쓴 아저씨와 아주머니 두 사람이 작업을 하고 있었다. 바닥은 시멘트였는데 곳곳마다 온통 밀가루와 물이 번져서 질척거렸다. 내가 문을 열고 들어서서 기웃거리자 커다란 밀가루 반죽덩어리를 치대고 있던 남자가 크게 외쳤다.

와? 빵 띠갈라카나?

아뇨, 저어 사람을 구한다구 그래서…….

나는 그날로 제빵집에서 일을 거들며 숙식을 해결하게 되었다. 재수하느라 절에서 공부중인 그 집 작은아들이 주말이나 또는 보름에 한 번씩 집에 다니러 왔고 나는 그애와 친해졌다. 그는 성격이 싹싹하고 시를 좋아한다고 했다. 내가 몇 번 그가 보여준 시를 칭찬해주었더니 집에 오기만 하면 저녁마다 영화를 보러 가자느니 촉석루에 산보 가자느니 하면서 보챘다.

하루는 그가 있는 절에 사장 아주머니의 심부름으로 밑반찬을 전해주러 갔다가 주지스님과 인사를 했고 어느 날 입산 출가하고 싶다고 말씀을 올렸다. 스님은 동래 범어사로 찾아가라면서 조실 큰스님 앞으로 서찰 한 통을 써주었다. 그는 범어사의 원주 스님이 자신의 도반이니 그이를 먼저 뵈라고 일렀다.

이렇게 해서 나는 제빵집에서 겨울을 나고 이듬해 삼월에 진주를 떠났다.

동래에 내리니 온천 부근에만 옛날 일본식 집들이 남아 있을 뿐 주위는 온통 들판과 솔밭이었다. 시외버스에서 내리는데 승복 차림의 소년이 먼저 내렸다. 그는 이목구비가 단정하고 수려하게 생긴 미소년이었다. 나는 그의 뒤를 따라서 걷고 있었다. 그가 나를 돌아보더니 물었다.

범어사에 가세요?

예, 스님은 그 절에 계시나요?

네…… 그런데 무슨 일로 가세요?

나는 잠시 망설였다가 대답했다.

출가하려구요.

소년 승려는 별로 놀라지 않았다.

많이들 오십니다. 그렇지만 받아들이는 분은 그리 많지 않습니다.

왜 그렇죠?

소년은 당연하다는 듯이 말했다.

인연이 없어서요.

원주 스님을 만나뵈러 왔다고 당직 스님에게 말했더니 키가 크고 마른 중년의 스님이 접견실로 들어섰다. 그는 눈매가 부드럽고 웃음을 머금은 듯한 표정으로 나를 바라보았다. 나는 주지 스님에게서 받은 서찰을 그에게 내밀었다. 그는 잠잠히 앉았다가 봉투를 밀쳐놓으며 말했다.

　출가를 원한다고 아무나 받아주지는 않아요. 이 서찰은 갖고 있다가 나중에 큰스님 뵈올 때 직접 드리시오.

　신도나 손님이 오면 묵는 방에 안내되었다. 원주 스님이 외떨어진 곳에 있는 조실 스님의 처소로 나를 데려갔다. 그는 밖에 섰고 나에게 발이 드리워진 마루를 가리키며 들어가보라고 일렀다. 동승이 나와서 발을 쳐들며 내게 들어오라고 했다. 나는 마루 끝까지 들어가 앉았고 동승이 미닫이를 열었다. 나는 행자가 나에게 했던 것을 배워서 삼배를 올렸다. 어린아이처럼 곱게 늙은 큰스님은 나를 한번 깊숙하게 건너다보았다.

　그래 이 집에 있으면 얼마나 있을라고 그러는고……?

　나는 대답도 못하고 그냥 고개 숙여 묵묵히 앉았을 뿐이었다. 노승도 침묵. 한참 있다가 큰스님은 손을 조금 들어 내저었다. 물러가라는 줄은 알고 다시 절하고 나오기 전에 한말씀 올렸다.

　갈 데가 없으면 쭉 있겠습니다.

　며칠 동안 산문에 들이기 위한 시험으로 다른 절로 보내면 쫓겨나고 다시 범어사로 돌아왔다가 쫓겨나기를 세 차례나 거듭한 뒤에 해운대에 있는 금강선원의 행자로 거처가 정해졌다. 또 한 해가 지나갔다. 어느 날 부산 시내에 원장 스님 심부름을 나갔다가 아는 사람과 마주쳤고, 며칠 뒤에 어머니가 찾아왔다.

몇시나 되었을까. 어디선가 처절하게 들려오는 비명소리에 깨어 일어난 것은 아마 새벽 두어시경이었을 것이다. 나는 그 소리가 무엇인지를 잠결에도 이미 알았다. 시장 동네 사람들 누구나 알고 있던 소리였으니까. 시장 주변을 떠도는 미친 여자가 공중변소에서 자다가 질러대는 소리였다. 그날 미친 여자 비명소리에 깨어 일어나 내가 약을 사모았다는 기억이 났다. 형광등은 머리 위에서 여전히 지잉, 하는 소리를 내고 있었다. 나는 흐리멍텅한 채로 기어 일어나 책상머리에 앉았다. 노트 한 장을 찢어 어머니께 남기는 편지를 썼다.

어머니 죄송합니다. 뭔가 해보려고 애썼지만 이제 모두 시들합니다. 그동안 힘들게 사시는 어머니께 도움도 드리지 못하고 속만 썩여드리다가 먼저 갑니다. 아우가 있으니 그래도 다행이겠지요. 결국 이렇게 어머니 가슴에 못을 박는 못난 자식이 될 바에는 절에 그냥 있을걸 그랬다는 생각이 듭니다.

나는 그 순간에 금강선원 마당에서 젖은 낙엽을 쓸던 새벽녘을 그리워하고 있다는 걸 알았다. 서랍장을 뒤져서 깨끗한 속옷으로 갈아입었다. 그리고 외출할 때처럼 겉옷도 입고 양말까지 신었다. 봉지 안에 들어 있던 알약을 모두 입안에 털어넣고 물을 마셨다. 불을 끄고 누웠지만 죽는다는 실감이 들지 않았다. 아무 일도 일어나지 않는 어둠 속에서 기다리고 또 기다렸다.

　내가 깨어난 것은 닷새째의 오후였다. 안정권에 들었다고 생각한 의사가 퇴원 허락을 하여 어머니는 나를 일단 조용한 주택가에 있는 큰누나네 집으로 옮겼다. 큰매형과 누나는 학교에 출근했고 내가 고요하게 잠만 자고 있는 것을 보고 어머니도 장을 보러 잠깐 외출중이었다.

　나는 벽 쪽에 누워 있었는데 눈을 뜨자 아무것도 보이지 않고 무엇인가 부연 빛이 오른쪽에 보였다. 본능적으로 그곳이 밝은 곳이고 내가 그쪽 방향으로 나아가야만 살아날 것 같았다. 벽을 짚고 천천히 일어나 두 손으로 짚으며 한두 걸음씩 나아갔다. 부연 빛 앞에 나섰는데 처음에는 그냥 짙은 안개 속에 서 있는 것처럼 아무것도 보이지 않았다. 희미한 안개 속에서 차츰 선이 드러나기 시작했다. 부옇게 보이던 빛이 점점 연노랑색으로 물들더니 한참 뒤에는 더욱 진한 노랑색으로 변해갔다. 땅도 집도 나무도 모두 진노랑색에 덮인 채로 어렴풋이 선을 드러내고 있었다.

나는 오랫동안 세상의 색깔이 변해가는 모양을 내다보았다. 그것은 국민학교 때 여름방학 전에 학교에서 학질 예방약이라고 나누어주던 키니네를 먹은 뒤와 같았는데 그 정도가 더욱 심했다. 색깔이 차츰 나뉘며 각각의 색으로 돌아갈 즈음에야 하늘이 쾌청하게 맑고 푸르다는 걸 나는 알았다.

*

나는 플랫폼에 서서 공연히 주위를 두리번거렸다. 누군가 그곳에 있을까 하는 기대가 있는 것도 아니면서 선뜻 기차를 타지 못하고 서성대고 있었다. 주말 마지막 밤이고 군용칸이 달려 있어선지 군인들이 많이 보였다. 나는 왜 미아에게 새삼스럽게 전화했을까. 미아는 공원에 나오기는 했던 걸까. 이제 서로의 시간은 어긋나버렸다.

출발한다는 안내방송이 흘러나왔다. 플랫폼에서 서성대던 승객들이 오르고 남겨진 사람들은 손을 흔들며 눈바라기를 했고 기차가 천천히 움직이기 시작했다.

나는 승강구에서 난간을 잡고 매달려 있었다. 한 여자가 종종걸음으로 열차를 쫓아서 뛰었다. 짧은 머리가 아래위로 흔들렸다. 내 옆칸의 승강구에 매달린 청년이 몸을 앞으로 빼면서 뒤로 점점 멀어지는 여자를 향하여 손을 흔들었다. 여자는 나를 향해서도 손을 흔드는 것처럼 보인다. 저들은 나에게 시선을 던지지도 않았고 지나쳐가는 플랫폼의 외등 불빛이나 바퀴의 소음과 함께 나를 기억조차 하지 않을 것이다. 헤어지며 다음을 약속해도 다시 만났을 때는 각자가 이미 그때의 자기가 아니다. 이제 출발하고 작별하는 자는 누구나 지금까지 왔던 길과는 다른 길을 갈 것이다.

도심지의 불빛들이 멀어지면서 어두운 들판이 다가왔다. 베트남으로 떠나는 여정에서 문득 이제야말로 어쩌면 영원히 돌아올 수 없는 출발점에 서 있음을 깨달았다. 그렇다고 불확실한 세계에 대한 두려움도 없었으며 살아 돌아올 수 있을지 없을지 따위의 생각조차 하지 않았다. 그렇다, 대위의 말대로 사람은 누구든지 오늘을 사는 거니까. 기차는 요란한 끽음과 함께 어둠 속에서 터널을 통과하는 중이었다.

'오늘'을 사는 사람들

백지연(문학평론가)

1. 생의 첫 기억들

황석영의 문학세계에서 『개밥바라기별』(2008)은 자전적인 체험담을 녹여놓은 본격적인 성장소설로서 특별한 의미를 갖는다. 1962년 11월 『사상계』 신인문학상에 「입석부근立石附近」이 입선되면서 등단한 황석영은 1970년 조선일보 신춘문예에 「탑」이 당선된 후 본격적인 작품활동을 시작하게 된다. 우리가 알고 있는 「객지」와 「한씨연대기」 「삼포 가는 길」 등 황석영의 뛰어난 중단편세계는 대부분 이십대 시절에 창작된 작품들이다. 이후 황석영의 소설은 『장길산』을 비롯하여 장편소설의 기나긴 도정을 시작하게 된다.

「입석부근」에서 최근에 발표한 장편소설 『여울물 소리』(2012)에 이르기까지의 황석영 소설들을 돌아볼 때, 『개밥바라기별』은 초기 중단편세계의 출발점과 깊게 연관된 작품이라 할 수 있다. 이 작품은 2000년대 이후 새롭게 시작된 황석영의 장편소설들 속에 위치해 있지만, 소설이 다루고 있는 시간적 배경과 소재는 그 빛나던 중단편 시절의 이야기들과 연결되어 있다. 방북과 수감으로 인한 오랜 공백을 깨고 발표한 『오래된 정원』(2000)이 변혁의 시대를 돌아보는 회상적인 서사의 물길을 열었다면, 이후 발표된 『개밥바라기별』은 작가 개인의 내밀한 체험을 풀어놓는 본격적인 행보를 보여준다. 황석영 소설이 어떻게 시작되었는가를 자연스럽게 드러낸 작품이 바로 『개밥바라기별』인 셈이다. 작가가 문학에 대한 꿈을 품게 된 계기는 무엇인지, 등장인물들은 어떤 방황과 좌절을 거쳐 하나의 매듭을 이루고 어른의 세계로 나아가는지가 소설의 여러 삽화들을 통해 풍부하게 드러나 있다. 1960년대의 전후 한국사회의 스산한 풍경들이 소설 배경으로 스쳐가고, 다양한 인물군상을 통해 이제 막 근대화의 시동을 건 도시 주변부의 삶들이 서서히 그 모습을 드러내기 시작한다.

자전적인 회상서사의 형식을 지닌 『개밥바라기별』은 일반적인 성장소설의 문법과는 다르게 느슨하고 자유로운 서술을 통하여 작가의 체험을 서사화한다. '성장'은 반드시 성취해야 하는 어떤 목표라기보다 끝없이 헤매고 좌절하는 가운데 문득 깨닫게 되는 순간의 통찰로 그려진다. 소설의 첫 장면에서 주인공은 베트남 파병

을 앞두고 좌충우돌했던 지난날을 돌아보지만 그의 앞에는 또다른
모험의 시련이 놓여 있다. "나는 역전 광장의 푸르스름한 가로등
밑에서 어디로 갈지 모르는 여행자처럼 잠시 서 있었다"라는 인상
적인 떨림의 장면은 소설이 돌아보는 기억이 단순히 회상에 머무
르는 것이 아니라 현재와 관련된 것임을 알게 한다. 이 순정한 '생
의 첫 기억'은 우리로 하여금 이제 시작되는 이들의 모험에 대한
호기심과 기대를 불러일으킨다.

2. 우정, 사랑, 그리고 문학으로 가는 길

이야기는 유준을 중심으로 그의 친구 영길, 인호, 상진, 정수,
선이, 미아 등 또래의 엇비슷한 친구들이 함께 겪는 청춘 시절을
차례로 스케치하면서 시작된다. 각 장의 화자가 조금씩 달라지긴
하지만 서사의 중심인물은 유준이다. 책을 읽고 공상에 잠기기 좋
아하는 준은 고교 시절 등산반과 문예반을 오가며 여러 친구들을
사귄다. 그의 내면을 사로잡는 것은 "궤도에서 이탈한 소행성"으
로서 "세월이 좀 지체되겠지만 확실하게 내 인생을 살아보고 싶
은" 욕구다. 준은 전문교육을 받은 중산층의 자의식을 버리지 못
하는 부모에 대한 남다른 반발감이 있다. 그가 살았던 영등포에는
공장노동자나 철도노동자 들이 많았지만 준의 부모는 "영단주택
의 노동자 구역 가운데서 동떨어진 섬"처럼 살려고 노력한다. 근

대교육을 받은 도시 부모로서 노동자 아이들과 자신의 아들을 구분하려 애썼던 어머니는 유달리 준의 공부에 신경을 쓰고 준은 이에 맞서 자신의 자유를 찾고자 한다.

근대화 과정에서 노골적으로 드러나는 중산층 시민들의 세속적인 허영과 자의식에 대한 준의 반발은 자신의 친구들을 회상할 때도 잘 드러난다. 명문 고등학교 친구들의 모임이 은연중에 함축한 엘리트의식은 "한강을 둘러싼 자본주의 근대화 사회의 풍속도"를 일찌감치 예감케 하는 것이었다. 준은 소시민의 이기주의에서 벗어나지 못하는 부모나, 적당히 부유한 환경에서 추상적인 엘리트의식에 빠져 있던 친구들에게 막연한 저항감을 느끼지만 자신의 현실상황에서 어떠한 구체적 대안이나 출구를 찾지는 못한다. 부모로부터도 자유롭고 싶어하고 또래 친구들이 젖어 있는 계층의식에도 거리를 두는 준을 유일하게 받아준 것은 문학이다.

감수성이 예민하고 일찍이 글재주가 있어서 친구들 사이에서도 문학적 재능을 인정받는 준의 방랑과정은 이 소설이 보여주려는 '성장의 혼돈'을 잘 드러낸다. 사춘기 십대의 문학적 편력은 아무것도 지니지 않고 훌훌 떠나는 자유로운 무전여행으로 나타난다. 소설에서 준이 인호와 떠나는 강원도와 경상도, 제주도 여행은 공간적인 이동이라는 의미뿐만 아니라 자기 정체성을 탐색하는 모험으로 각인된다. 황석영의 소설이 갖는 서정적 여운은 이러한 '떠돌이'의 눈에 비친 낯선 자연의 풍광들을 묘사하는 데서 잘 드러난다. 작품의 구석구석에서 학생들의 무전여행이 유행이었던 그 시절의 낭만적인 풍속들이 세밀히 나타나 있다.

　행인들에게 물어 금강 쪽으로 방향을 잡고 신작로를 따라 밤길을 걸었다. 읍내를 빠져나가면 강변 백사장에 텐트를 치고 하룻밤을 지낼 작정을 했던 것이다. 깊은 밤 사위가 적막하고 먼 데서 개 짖는 소리만 가끔씩 들려오더니 들판에 나오자 개구리 울음소리가 온 천지에 가득찼다. 하늘에는 손에 잡힐 듯한 별빛이 초롱초롱한데 드디어 물비린내가 코끝에 닿았고 벌써 바람이 달라졌다. 여름밤을 걷노라니 배낭을 짊어진 등짝에 땀이 배었지만 목덜미는 서늘했다.(139~140쪽)

무전여행을 떠나 낯선 지역의 이곳저곳을 자유롭게 헤매는 '떠돌이' 여행자의 모습은 황석영 소설에서 매우 익숙한 캐릭터이다. 이 소설에서 준의 무전여행은 이전의 황석영 소설에 자주 등장해온 건장한 남성들의 방랑과 편력을 상상하게 한다. 「삼포 가는 길」의 영달과 정씨, 「객지」의 동혁 등의 모습이 겹쳐지는 떠돌이 여행자는 이야기꾼의 원형을 담은 캐릭터이기도 하다. 벤야민의 비유를 빌리자면 선원은 먼 곳으로부터 온 떠돌이 이야기꾼의 원형이다. 그는 이리저리 옮겨다니며 자기가 경험했던 이야기들을 꾸며서 전해준다. 이에 비해 농부는 자기가 나고 자란 고장의 이야기와 전설을 잘 알고 있는 사람이다. 선원과 농부의 이야기는 "여행 경험이 풍부한 사람이 집으로 가지고 돌아오는 먼 곳의 얘기와 한곳에 정착하고 있는 사람이 익히 잘 알고 있는 과거의 얘기가 상호 결합하고 있"(발터 벤야민, 『발터 벤야민의 문예이론』, 반성완 옮김, 민음사, 2005, 167~168쪽)는 순간을 우리에게 보여준다.

먼 나라를 찾아 발길이 닿는 대로 이곳저곳 돌아다니는 떠돌이 이야기꾼처럼 준의 여행도 그렇게 자유롭게 이루어진다. 그의 거침없는 방랑의 여정은 문학적인 자기발견의 욕구와 연결되어 작품으로 탄생한다. 그것은 "한 달 만에 집에 돌아오자 이제 다시는 소년으로 되돌아갈 수 없을 것 같은 느낌이 들었다. 밤에 불 끄고 누우면 길 위에서 만났던 무수한 사람들의 얼굴이 스쳐 지나갔고, 내가 전혀 몰랐던 낯선 고장의 마을과 도시 풍경이며 살아가던 모습들이 옛날 사진처럼 떠올랐다. 나는 이제 겨우 문턱을 딛고 세상을 향하여 한 걸음 내디딘 것이다"라는 발견으로 연결된다. 제도 교육의 갑갑한 틀에 갇혀 있기를 거부한 준은 학교도 그만두고 소설을 쓰기 시작한다. 아들의 방황을 근심하며 창작노트를 아궁이에 집어넣던 어머니도 이제는 그의 글쓰기를 지켜보게 된다. 뒤늦게 공고 야간부에 들어간 준은 친구들이 몰래 원고를 응모해준 것을 계기로 잡지에 첫 소설을 발표하게 된다.

친구들과의 우정, 문학을 향한 열정, 자퇴, 자살 시도, 가출과 여행, 미아와의 연애 등 이 소설에서 준이 겪는 성장의 진통은 만

만하지 않다. 굴곡 많은 성장의 과정은 제도와의 부딪침에서 정체성의 혼돈을 겪는 십대 소년들의 고민을 대변한다. 준이 처음으로 애정을 갖게 된 미아 역시 준과 마찬가지로 스스로의 삶을 설계하려는 강한 욕구를 가진 인물이다. 가난한 형편으로 대학 진학을 반대하는 부모를 원망스러워하면서도 결국 학자금을 스스로 마련하는 미아 역시 자기 자신을 책임지는 강한 면모를 보여준다. 이 소설에서 발견하는 이러한 낙천적이면서 강한 생활력을 지닌 청년들의 모습은 황석영 소설 고유의 긍정적인 인물형들을 반영하는 것이기도 하다.

3. 근대화가 남긴 상흔을 들여다보다

청춘의 모험과 방랑이 전면화된 『개밥바라기별』에서 시대적 배경에서 비롯된 사회적 사건들은 매우 암시적으로 형상화된다. 소설에서 인상적인 장면은 중길의 죽음으로 인해 트라우마를 갖게 되는 준과 영길의 모습이다. 우연히 거리의 시위에 섞여들었다가 총을 맞고 죽게 된 중길은 준과 친구들의 내면에 보이지 않는 깊은 상처를 만든다. 준과 영길은 순식간에 친구를 잃고 어릴 때 겪었던 전쟁의 공포를 상기한다. "어른들의 손을 잡고 산과 들로, 낯선 마을로 피난을 다니면서 전쟁을 겪던 일들을 생생하게 기억하고" 있던 아이들은 그 참담한 시절이 다시 되풀이되는 느낌을 갖는다.

"애들한테 총질이나 하고, 나쁜 놈들"로 상징되는 폭력적인 현실은 일 년 후 떠난 여행길에서 다시 상기된다.

작년에 학생들이 서울서 큰일 치렀지요?
그녀가 지나가는 말처럼 말했고 나도 아무렇지 않은 척하며 대답했다.
예, 친구가 죽었어요. 총 맞고…….
이담에 역사에 물어보라 하는 건 다 헛소리예요. 사람들이 기억하려고 노력을 해야지요.(163쪽)

한라산 등반길에서 준과 우연히 마주친 또래의 여자 등산객이 들려주는 시국의 이야기는 이 소설에 잠겨 있는 무거운 현실을 상징한다. 일주일에 한 번씩 한라산에 오르는 그 여성 등산객은 사변 때 식구들을 잃은 고통을 안고 있는 것으로 짐작된다. "사라진 식구들이나 친척들의 얘기까지 하고 싶었을지도" 모를 그녀의 모습은 전쟁과 분단, 개발과 성장의 혹독한 근대화 과정에서 상처입은 사람들의 모습을 떠오르게 만든다. 사춘기 청소년들의 고민과 방황을 담백하게 스케치한 듯한 이 소설에서 툭툭 던져지는 이러한 현실의 모습은 황석영 소설이 놓칠 수 없는 역사적 무게이기도 하다. 거리에서 죽은 친구 중길, 전쟁의 상처를 입고 은둔자가 되어버린 영길의 아버지와 정신이 온전하지 못한 영길의 작은아버지의 모습은 역사의 격랑에 휩쓸려 살아갈 수밖에 없는 평범한 사람들의 고단한 삶을 담담하게 포착하고 있다. 황석영의 소설이 견지하는 이러한 현실적 삶의 포착은 그의 소설이 그려내는 삶의 묵묵한 진실을 체감하게 한다.

이 막막한 현실에서 방랑하는 청춘들에게 힘을 주는 것은 길 위에서 만나는 '살아 있는 사람들의 냄새'이다. "기차의 차창 밖 풍경과 안에 앉아 있는 사람들, 생선을 떼러 가는 아낙네들의 여러 가지 동작과 표정이며 그녀들이 가진 함지며 바구니 들, 선창가의 행상들, 뭍 위에 올라와 반쯤 기울어진 채 쉬고 있는 어선들, 바다로 나가는 고깃배들, 여객선의 여러 사람들"이 담긴 여행의 빛나던 장면들은 이들이 현실을 헤치고 나아가 각자의 자리를 갖게 되는 원동력이 된다. 도시를 떠나본 적이 없는 청년들이 전국을 떠돌면서 만나게 되는 생활인의 모습은 "고되게 일하는 삶의 활기"를 일깨우는 각성의 계기가 된다. 준은 문학의 꿈을 품고 방황하다가 스무 살 언저리가 되어서야 현실적인 삶의 층위에 접속한다. 이 일련의 과정은 황석영의 소설이 품게 되는 단단한 사회적 경험의 한 축을 드러내는 것이다.

4. '오늘'을 사는 사람들

황석영의 소설이 남기는 깊은 여운은 등장인물들이 보여주는 삶에 대한 현실적인 통찰에서 온다. 이들은 고단한 삶의 한복판에서도 무기력한 비관주의에 쉽게 경도되지 않고 자신 앞에 주어진 삶의 과제에 담담히 대응한다. "살아가는 게 얼마나 소중한가를 아는 자들의 자기표현"(「몰개월의 새」)은 과거와 미래가 아닌, 바로 '오늘'에 대한 통찰을 우리에게 보여준다. 소설의 후반부에 등장하는 떠돌이 노동자 장씨는 이러한 주제를 압축적으로 전달하는 인물이기도 하다. 주인공 준은 한일회담 반대시위를 하다가 유치장에 들어가게 된다. 준은 여기서 장대위라는 사람을 만나는데 그는 공사판을 떠돌며 산전수전을 다 겪은 인물이었다. 유치장에서 이십여 일 함께 있으며 장씨와 나눈 세상살이 이야기는 준에게 깊은 인상을 준다. 장씨와 만난 이후 준은 "목마르고 굶주린 자의 식사처럼 맛있고 매 순간이 소중한 그런 삶"을 갈구하게 되었다. 장씨는 "산다는 게 두렵거나 고생스러운 것도 아니고 저 하늘에 날아가는 멧새처럼 자유"로운 것임을 준에게 일러준다.

　　살아 있음이란, 그 자체로 생생한 기쁨이다. 대위는 늘 말했다.
　　사람은 씨팔…… 누구든지 오늘을 사는 거야.
　　거기 씨팔은 왜 붙여요?
　　내가 물으면 그는 한바탕 웃으며 말했다.
　　신나니까…… 그냥 말하면 맨숭맨숭하잖아.
　　고해 같은 세상살이도 오롯이 자기의 것이며 남에게 줄 수 없다

는 것이다.(240쪽)

    바닷가 간척공사장 일꾼, 시골마을 보리밭에서 농사 거들기, 바다에서 어선 타기, 도시 주변에서 장사를 벌이기 등등 그때그때 자기가 할 수 있는 일거리를 찾아 부지런히 먹고사는 장씨의 모습은 황석영 소설에 등장하는 인물들의 중요한 원형이기도 하다. 장씨가 공사판의 입찰과 하청구조에 대해 욕을 퍼붓고 십장을 때려 경찰서로 들어온 모습에서는 문득 「객지」의 동혁이 스쳐가고, 가족을 놔둔 채 자유롭게 떠돌아다닌 모습에서는 『여울물 소리』의 신통이 떠오르기도 한다. 준은 장씨를 따라 거세고 고된 노동현장을 다니면서 육체로 체감하는 삶의 의미가 무엇인지 알게 된다. 장씨는 준에게 '개밥바라기별'의 의미도 가르쳐준다. 저녁 무렵 초승달 옆에 떠 있는 '개밥바라기별'은 고되고 힘든 삶을 살아가는 사람들을 위로하는 따뜻한 빛을 보내준다. 그 별은 누구나 자신의 삶의 진정한 좌표를 찾기 위해서는 오랜 시간 방황하고 헤맬 수밖에 없다는 진실을 주인공에게 일러준다. 생의 의미를 찾지 못한 좌절감에 수면제를 삼키고, 세속을 떠나 절에도 찾아가보던 주인공은 이제 한 시절의 격랑을 통과하여 또다른 시작을 맞이하게 된다.

    소설의 마지막 장면이 베트남으로 떠나기 전 자기 자신을 돌아보는 주인공의 고백으로 그려지는 것은 그런 점에서 의미심장하다. "도심지의 불빛들이 멀어지면서 어두운 들판이 다가왔다. 베트남으로 떠나는 여정에서 문득 이제야말로 어쩌면 영원히 돌아올 수 없는 출발점에 서 있음을 깨달았다. 그렇다고 불확실한 세계에 대한 두려움도 없었으며 살아 돌아올 수 있을지 없을지 따위의 생각조차 하지 않았다"라는 주인공의 고백은 "사람은 누구든지 오늘을 사는 거니까"라는 황석영 소설 고유의 현실 인식으로 연결된다.

『개밥바라기별』이 그리는 자아의 탐구는 작가 황석영의 문학 연대기를 생생한 체험으로서 담고 있지만, 그것은 어느 한 개인의 특정한 기억에만 머무르지 않는다. 우리가 이 소설을 읽으며 작가와 함께 '그 시절'을 돌아보는 것은 고통스러웠던 각자의 청년 시절을 돌아보면서 동시에 그 시절을 얼마나 사랑했는가를 깨닫는 과정이기도 하다. 생의 첫 기억들로 충만한 이 서정적인 기록들은 '궤도에서 이탈한 소행성'이 가 닿는 아득한 모험의 심연을 우리에게 보여준다.

한국문학의 '새로운 20년'을 향하여

　문학동네가 창립 20주년을 맞아 '문학동네 한국문학전집'을 발간한다.
1993년 12월 출판사 간판을 내건 문학동네는 이듬해 창간한 계간 『문학
동네』와 함께 지난 20년간 한국문학의 또다른 플랫폼이고자 했다. 특정
이념이나 편협한 논리를 넘어 다양한 문학적 입장들이 서로 소통하는 열
린 공간이고자 했다. 특히 세기말 세기초에 출현하는 젊은 문학의 도전과
열정을 폭넓게 수용해 한국문학의 활력을 높이는 데 이바지하고자 했다.

　돌아보면 세기말은 안팎으로 대전환기였다. 탈이념화를 중심으로 디
지털 기반 정보화와 신자유주의 세계화가 서로 뒤엉켰다. 포스트 시대의
복잡성은 광범위하고 급격했다. 오래된 편견과 억압이 무너지는가 싶더
니 도처에 새로운 차이와 경계가 생겨났다. 개인과 사회를 하나의 개념
으로 묶어내기 힘든 형국이었다. 많은 시대가 겹쳐 있었고, 많은 사회가
명멸했다. 과잉과 결핍이 롤러코스터를 타고 전 지구적 일극 체제를 강
화했다.

지난 20년간 문학을 둘러싼 환경은 호의적이지 않았다. 새삼스럽지만, 문학의 위기, 문학의 죽음은 언제나 현재진행형이다. 그래서 문학의 황금기는 언제나 과거에 존재한다. 시간의 주름을 펼치고 그 속에서 불멸의 성좌를 찾아내야 한다. 과거를 지금-여기로 호출하지 않고서는 현재에 대한 의미부여, 미래에 대한 상상은 불가능하다. 한 선각이 말했듯이, 미래 전망은 기억을 예언으로 승화하는 일이다. 과거를 재발견, 재정의하지 않고서는 더 나은 세상을 꿈꿀 수 없다. 문학동네가 한국문학전집을 새로 엮어내는 이유가 여기에 있다.

이번 전집은 몇 가지 특징을 갖는다. 먼저, 한글세대가 펴내는 한국문학전집이라는 것이다. 문학동네는 전후 한글세대를 중심으로 1990년대 이후 한국문학의 주요 생태계를 형성해왔다. 이번 전집은 지난 20년간 문학동네를 통해 독자와 만나온 한국문학의 빛나는 성취를 우선적으로 선정했다. 하지만 앞으로 세대와 장르 등 범위를 확대하면서 21세기 한국문학의 정전을 완성해나가고자 한다.

문학동네 한국문학전집의 두번째 특징은 이번 문학전집이 1990년대 이후 크게 달라진 문학 환경에 적극 대응해온 결과물이라는 것이다. 문학동네는 계간 『문학동네』의 풍성한 지면과 작가상, 소설상, 신인상, 대학소설상, 청소년문학상, 어린이문학상 등 다양한 발굴 채널을 통해 새로운 문학적 징후와 가능성을 실시간대로 포착하면서 문학의 영토를 확장하는 데 기여해왔다. 그래서 이번 전집을 21세기 한국문학의 집대성을 위한 의미 있는 출발이라고 해도 좋을 것이다.

셋째, 이번 전집에는 듬직한 동반자가 있다는 것이다. 김승옥, 박완서, 최인호, 김소진 등 작가별 문학전(선)집과 세계문학전집, 그리고 한국고전문학전집이 그것이다. 문학동네는 창립 초기부터 한국문학의 해외 진출을 위해 지속적인 노력을 기울여왔다. 문학동네 한국문학전집은 통상적으로 펴내는 작품집과 작가별 전(선)집과 함께 한국문학의 특수성을 세계문학의 보편성과 접목시키는 매개 역할을 수행해나갈 것이다.

새로운 한국문학전집을 펴내면서 '문학동네 20년'이 문학동네 자신의 역량만으로 이루어졌다고 자부하려는 것은 아니다. 문인, 문단, 출판계, 독서계의 성원과 격려가 없었다면 문학동네의 오늘은 불가능했을 것이다. 그러므로 오늘, 문학동네 성년식의 진정한 주인공은 문학인과 독자 여러분이어야 한다. 이 자리를 빌려 거듭 감사드린다. 창립 20주년을 맞아, 문학동네는 한국문학의 더 나은 미래를 위해 한국문학전집 1차분 20권을 선보인다. 문학동네는 해를 거듭할수록 그 가치를 더해갈 한국문학전집과 함께, 그리고 문학인과 독자 여러분과 함께 '새로운 20년'을 향해 한 걸음 한 걸음 나아가고자 한다. 많은 관심과 성원을 부탁드린다.

문학동네 한국문학전집 편집위원
권희철 김홍중 남진우 류보선 서영채 신수정 신형철 이문재 차미령 황종연

황석영

1943년 만주 장춘에서 태어나 동국대 철학과를 졸업했다. 고교 재학중 단편 「입석 부근」으로 『사상계』 신인문학상을 수상했다. 주요 작품으로 『객지』 『가객』 『삼포 가는 길』 『한씨연대기』 『무기의 그늘』 『장길산』 『오래된 정원』 『손님』 『모랫말 아이들』 『심청, 연꽃의 길』 『바리데기』 『개밥바라기별』 『강남몽』 『낯익은 세상』 『여울물 소리』 『황석영의 한국 명단편 101』 『해질 무렵』 『수인』 『철도원 삼대』 등이 있다. 만해문학상 단재상 이산문학상 대산문학상을 수상했다. 프랑스, 미국, 독일, 이탈리아, 스페인, 일본, 스웨덴 등 세계 각지에서 『오래된 정원』 『객지』 『손님』 『무기의 그늘』 『한씨연대기』 『심청, 연꽃의 길』 『바리데기』 등이 번역 출간되었다.

문학동네 한국문학전집 002
개밥바라기별
ⓒ 황석영 2014

1판 1쇄 2014년 1월 15일
1판 10쇄 2024년 6월 5일

지은이 황석영
펴낸곳 (주)문학동네 | 펴낸이 김소영
출판등록 1993년 10월 22일 제2003-000045호
주소 10881 경기도 파주시 회동길 210
전자우편 editor@munhak.com | 대표전화 031) 955-8888 | 팩스 031) 955-8855
문의전화 031) 955-2696(마케팅) 031) 955-2675(편집)
문학동네카페 http://cafe.naver.com/mhdn
인스타그램 @munhakdongne | 트위터 @munhakdongne
북클럽문학동네 http://bookclubmunhak.com

ISBN 978-89-546-2324-7 04810
    978-89-546-2322-3 (세트)

www.munhak.com